Ronso Kaigai
MYSTERY
258

モンタギュー・エッグ氏の事件簿

Dorothy L. Sayers
The Casebook of Montague Egg

ドロシー・L・セイヤーズ
井伊順彦［編訳］

論創社

The Casebook of Montague Egg
2020
by Dorothy L. Sayers
Edited by Nobuhiko Ii

目次

モンタギュー・エッグ氏の事件簿

Recommendation

"I am so pleased that Ronsosya has decided to issue these stories in a new Japanese translation. They are amongst the best from three collections of the works of Dorothy L Sayers, and possibly those most easily approachable for non-English speaking audience. Sayers was writing in a time almost a century ago now, so many of the expressions she used can be difficult for modern day English speakers to comprehend, though the ideas and subjects of her stories do not date. I commend this translation highly."

Secretary and Bulletin Editor, The Dorothy L. Sayers Society　　Jasmine Simeone

推薦の弁

「今回、論創社からドロシー・L・セイヤーズによる諸短篇の新訳版が刊行されることになり、とても嬉しく思います。収録作品は、いずれもセイヤーズの生前に出版された三冊の短篇集のなかでも選りすぐりで、英語を母語としない読者には最もなじみやすいものかもしれません。セイヤーズが執筆していたのは、もう百年近く前のことなので、英語圏の現代人でさえわかりづらい表現も多いのですが、作品の主題や発想は古びていません。私はこの一書を強くお勧めします」

ドロシー・L・セイヤーズ協会事務局長　　ジャスミン・シメオネ

アリババの呪文

ランベス（ロンドン中部、テムズ川南側の地区）のとある薄気味悪い小さな家の、通りに面した部屋で、一人の男が燻製ニシンを食べながらモーニングポスト紙に目を走らせていた。わりに小柄のやせた男で、茶褐色の髪は少しわざとらしいほどきっちり縮らせ、髪と同じ色のごわついたあごひげの先をきれいに刈りそろえていた。紺のダブルスーツや靴下、ネクタイ、ハンカチと、すべて几帳面なまでに調和していて、最良の趣味という点から見ればむしろちゃんとしすぎであり、靴もわずかながら茶の色が明るすぎた。男は紳士には見えなかったし、紳士の従者ですらない感じだが、良家の生活ぶりになじんでいる雰囲気を漂わせていた。自分で準備した朝の食卓も、上流階級の使用人に求められるような細心の注意が行き届いていた。小さなサイドテーブルに歩み寄り、自らハムを皿に取り分けるようすなど、上級執事そのものの身のこなしだ。とはいえ引退した執事にしては歳が若い。遺産を手にした従僕というところだろうか。

男はハムをうまそうにたいらげると、コーヒーを味わい飲みながら、先ほどから気にしていて流し読みはできそうもない記事にじっくり目を通した。

ピーター・ウィムジイ卿の遺書公表される

従僕に遺産

慈善団体に一万ポンド

昨年一二月、タンガニーカ（東アフリカのイギリス委任統治領）で猛獣狩りをしていたさなか、命を落としたピーター・ウィムジイ卿の遺書が昨日、本物と証明された。遺産総額は五〇万ポンド。一万ポンドは各種慈善団体に贈られる（以下、遺贈先の一覧が続く）。故人の従僕だったマーヴィン・バンター氏には、五〇〇ポンドの年金とピカデリーにある遺産作成者のフラットに対する賃借権が遺される（以下、遺贈先の個人名がずらずら載っている）。残りの財産は、ピカデリー一一〇番Ａにある貴重な書籍や絵画の収集品を含めて、故人の母堂デンヴァー公爵未亡人に贈られる。

ピーター・ウィムジイ卿は享年三七。我が国の最も富裕な貴族である現デンヴァー公爵の令弟だった。生前は犯罪学に一家言ある人として知られ、世を騒がせた数々の難事件の解決に当たった。著名な書籍蒐集家にして社交界の花形でもあった。

男はほっとためいきを洩らした。

「よし、これでいい。またよみがえるつもりなら、誰も自分の金を人にばらまいたりするまい。やつは死んで、ちゃんと葬られたわけだ。もうこっちは自由だ」

男はコーヒーを飲み干し、食器を片づけ洗い終わると、帽子掛けから山高帽を取って外に出た。バスでバーモンジー（ロンドン東部、テムズ川南側の地区）まで行った。バスを降りると、薄暗く入り組んだ通りへ入ってゆき、一五分ほど歩いて貧民街の怪しそうなパブまで来た。なかに入ってウィスキーのダブルを頼んだ。店は開いたばかりだったが、酒が飲めるときを戸口で待ちかねていたらしき面々が、早くもカウンターに群がっていた。従僕ともおぼしき男も自分のグラスに手を伸ばしたが、その拍子に、チェックのスーツを着て悪趣味なネクタイを締め、めかしこんだつもりの人物のひじを突いてしまった。

「おい」めかし屋がすごんだ。「なんのつもりだ。ここはおめえみてえな野郎の来るとこじゃねえ。さっさとうせやがれ」ことさら口汚くののしり、男の胸をぐいと押した。

「酒場ってのは誰が来てもいいところだろ」男も負けずに相手を小突き返した。

「ほらほら」若い女のバーテンがなだめた。「その辺にしとけば。こっちの殿方だってわざとやったわけじゃないわよ、ジュークスさん」

「どうかね。ふん、おれはやる気だった」ジュークスが応じた。

「あんた、恥ずかしくないの」バーテン女が頭を振り立てて言い返した。「この店でけんかはごめんよ——まだ開けたばかりなのに」

「ほんのはずみだったんだ」ランベスの男が言った。「騒ぎを起こすような人間じゃない。高級店しか行き慣れていなくてね。でも相手が誰であれ、ごたごたを起こしたいというなら——」

「わかった、わかった」ジュークス氏も口ぶりを和らげた。「べつにあんたの顔のかたちが変わるような一発を見舞おうってわけじゃない。顔が変わればもっと見ばえがよくならんとも限らんが。とにかく、今度からはお行儀に気をつけな。さ、なんでも好きなものを頼んでくれ」

「いや、いや」相手は断った。「この場はこっちが持つよ。さっきは押したりしてどうも。悪気はなかった。しかし、あんなにいきなり突っかかってこられるのはいやだね」

「その話はここまでだ」ジュークス氏は心の広いところを見せた。「ここはおれのおごりだ。姐さん、ダブルをもう一杯と、いつものをもう一杯。こっちへ来いよ、あまり混んでないとこへさ。でないとあんた、またもめごとに巻き込まれるかもしれないぞ」

ジュークス氏は先に立って隅のテーブルに移った。「よしよし。いいぞ。この店じゃやばいこともないだろうが、気をつけるに越したことはない。さてと、例の件だがな、ロジャーズ。おれたちと一緒にやる決心はついたか」

「うむ」肩越しにあたりをうかがいながらロジャーズが答えた。「ああ、ついた。ただし、いいか、何も心配ないなら、だ。ごたごたはごめんだし、危ない取り引きに巻き込まれるのも困る。そっちに情報を提供するのはかまわない。だがあくまで、こちらが実際の仕事に加担しない限りでの話だ」

「たとえ望んだにせよ、あんたは一枚かませちゃもらえないさ。いいかい、小物さんよ。第一号（ナンバーワン）はその道の玄人にしか仕事を任せないんだ。あんたはただ、品物のある場所と入手の仕方を教えてくれりゃいい。あとは協会が引き受ける。なかなかの組織なんだぞ、掛け値なしに。どんなやつが手を下してるのか、どんな手段を用いてるのか、誰にもわからない――第一号を除けばな、もちろん。第一号は全員のことをお見通しだ」

「きみのこともそうだろ」ロジャーズが言った。

「もちろん。だがおれはそのうち別の地区に回される。今日を限りに、おれたちが顔を合わせることはない。総会のときは別だが。だが総会では、みな仮面をつける」

「まさか」ロジャーズが信じられないという顔をした。

「ほんとだ。あんたは第一号のもとへ連れてかれる――第一号はあんたを見すえる。だがあんたには相手は見えない。で、こいつは役立ちそうだと思ってもらえたら、あんたは仲間に加われる。そのあと報告先を教えられる。地区会議が二週間ごとにある。それから総会が三カ月ごとにあって、分配がおこなわれる。銘々が番号で呼び出されて、分け前を渡される。そういう次第だ」

「ほう、でも二人で同じ任務につくようなときはどうする」

「昼間の仕事なら、自分のおふくろにもばれないほどの変装をさせられる。だがまあ仕事はたいてい夜だ」

「なるほど。でも、そうだな、誰かに自宅まであとをつけられて警察に密告されるのを防ぐような手立てはあるのか」

「ないね、もちろん。ただ、そんなまねはしないほうがいいと言っておく。こないだ、そんなこざかしい考えを起こしたやつが、ロザーハイズ（バーモンジーの東、テムズ川南側の地区）あたりの川に浮かんでたよ、大事な報告書を提出する間もないままにな。第一号は誰にもだまされないってことだ」

「ほう——で、その第一号とはどんな人物なんだ」

「それを教えてくれるなら大枚はたくってやつは山ほどいる」

「誰も知らないのか」

「誰も。どえらい傑物だよ、第一号は。紳士だぞ、これは確かだ。立ち居ふるまいからして、やんごとなき御方ってふうだ。おまけに頭の後ろにも目がついてる。そればかりかこの場所からオーストラリアにも届くぐらい腕が長い。にも拘わらず誰もあの人のことは知らないのさ、第二号を除いては。あの女性のこともおれは知らない」

「ん？　じゃ女性もいるのか」

「あったりまえだ。近ごろぁ女抜きじゃ仕事もできない。だがあんたが気にすることじゃない。女たちは安心できる。誰もヤバい結末を迎えようなんて思ってないよ、おれやあんたと同じく」

「ふむ、でも、ジュークス——金の件はどうするんだ。分捕るには危ない橋を渡ることになる。それに見合うだけものはあるのか」

「見合うだぁ？」ジュークスは大理石張りの小さなテーブル越しに身を乗り出し、相手の耳元でささやいた。

「へえ」ロジャーズは息を呑んだ。「ぼくの取り分はどれぐらいだ」

「仲間と公平に分けることになるね、自分がその仕事に加わっていようがいまいが。仲間は五〇人だから、取り分は五〇分の一だ、第一号やおれと同じく」

「ん？　まさか」

「指切りげんまん、うそついたらなんとやら、だ」ジュークスは笑った。「おい、おめおめ引き下がるつもりか。こんなうまい話、これまであったためしはないぞ。今までで一番でかい山だ。とにかくすごい男だよ、第一号は」

「今までずいぶん大仕事をやってのけたのかね」

「ずいぶん？　いいか、おい。カラザースのネックレス盗難事件や、ゴーレストン銀行強盗事件を憶えてるだろ。フェイヴァーシャムの盗難も。国立美術館からルーベンスの絵画が消えたし、フレンシャムの真珠もなくなった。どれもこれも協会の仕事だ。解決に至ったのは一件もない」

ロジャーズは唇をなめた。「しかし、ここが肝心な点だが」用心深く言いだした。「たとえばこちらが、まあ言うならばスパイだとして、これからまっすぐ警察へ行って、今聞いた話をしゃべったとしたら、だね」

「ふん、たとえば、か。そうだな、警察へ行く途中で何かまずいことが起きなきゃいいがな——おれにどうこう言えることじゃないが、気をつけな――」

「こちらは監視されてるってことかね」

「そう言わずしてなんと言う。あたりまえだ。まあ、たとえば警察へ行くまでの道で何も起きないとして、ここで自分の目の前に座ってる御人(おひと)を見つけようと、サツを連れてきたところで――」

「ところで、なんだ」

「見つからないってことだ。おれは第五号のところへ行ってるだろうから」

「第五号って誰だね」

「さあな。とにかく、あんたが待ってるあいだに新しい顔を作ってくれる男だ。整形手術ってやつさ。指紋も新しくなる。何もかも新しくなるぞ。おれたちの出し物では最新の方式が求められる」

　ロジャーズはひゅーと口笛を吹いた。

「ふふん、どうだい」ジュークスは手にしたタンブラーの縁越しに相手を見つめながら問うた。

「そうだな――いろいろ聞かせてもらったが。もし『いやだ』と言ってもだいじょうぶかな」

「ああ、それは平気だ――お行儀よくして、こっちに迷惑をかけなけりゃな」

「ふむ、そうか。で、『わかった』と言ったらどうなる」

「そのときゃ、あんたはたちまち財産家になれるよ、ポケットには金が詰まってて、紳士みたいな暮らしができる。そのためにはべつに何もしなくていい。今まで住み込みで働いてたお屋敷について知ってることを教えてくれりゃいいんだ。協会の言うとおり動いてたら、ぼろもうけできる」

　ロジャーズは黙ったまましばらく考えた。

「やるよ」

「それがいい。姐さん、さっきと同じのをもう一杯。じゃ、乾杯だ、ロジャーズ。初対面のときから、あんたなら間違いないってわかってたよ。ぼろもうけに乾杯だ、それから第一号ばんざい。第一号っていえば、今夜にでも会いにいったほうがいい。早いに越したことはない」

「たしかに。どこで会えるんだ。ここかね」

「とーんでも。もうこの店に用はない。居心地いい店だから惜しいが、仕方ない。いいか、あんたのやることはこうだ。今夜、一〇時きっかりにランベス橋を北へ渡れ（どこに住んでるかは知ってるぞと暗に言われているようで、ロジャーズはぎくりとした）。そこに黄色いタクシーが一台停まってる。運転手はエンジンをかけてる。あんたはそいつに言うんだ。『お宅の車、乗れるかね』すると相手はこう答えるよ。『行き先次第だ』と。そこであんたはこう言う。『ロンドン一番まで』。実はそういう名の店もあるんだがね、そこへ運ばれるわけじゃない。どこへ向かってるか、あんたにはわからない。車の窓に覆いがかかってるからだが、文句は言わないように。初のおうかがいの際の決まり事なんだ。そのうち正式な一員になったら、場所の位置を教えてもらえるだろう。そこに着いたら言われたとおりにふるまって、ほんとのことを話せ。そうしないと、第一号に始末されるぞ。わかったか」

「わかった」

「あんた、度胸はあるか。怖くないか」

「もちろん怖くない」

「そりゃよかった。さて、行くとするか。ここでおさらばだな、もうお互い顔を合わせることもないから。じゃな——がんばれよ」

「それじゃ」

二人はスイングドアを押し、ごみごみした薄汚い通りに出た。

元従僕ロジャーズが正式に盗人一味に加わってからの二年間、名士の屋敷が襲われる事件がいくつも起きて世を騒がせた。たとえば、デンヴァー公爵夫人が大粒ダイヤのティアラを盗まれた。何者かがピーター・ウィムジイ卿の生前の住処だったフラットに侵入した結果、七千ポンド相当の金銀製食器が消えた。百万長者セオドア・ウィンスロップの地方邸宅に侵入した者がいる——ちなみに、この一件のせいで、はぶりのよい紳士である当主自身が上流人士連を何度もゆすっていたことが発覚し、メイフェアを揺るがす醜聞に発展した。コヴェントガーデンで『ファウスト』が上演された際のこと、「宝石の歌」のアリア（第三幕）が熱唱されていたさなか、ディングルウッド侯爵夫人の有名な八連真珠のネックレスが奪われた。もっとも真珠は模造品だったことが判明している。本物のほうは、侯爵にとっては不面目極まる事情ゆえに、夫人の手で質入れされていた。それはともあれ、盗みの手口はお見事というほかなかった。

一月のある土曜の午後、ロジャーズがランベスの自室にいたところ、正面の戸口でかすかな物音がした気がした。ロジャーズはとっさに椅子から立ち上がり、狭い廊下を駆け抜けると玄関の扉を開け放った。通りには誰もいなかった。それなのに、ロジャーズが居間に戻ってみると、一通の封書が帽子掛けに載っていた。宛名はただ「第二一号」と書いてあるのみ。協会が通信文を届ける芝居めかした手口にはもう慣れきっていたので、ロジャーズは肩をすくめただけで書きつけを開いてみた。

中身は暗号で書かれていたが、ふつうの文に直すと次のように読めた。

「第二一号へ　今夜一一時半、第一号邸で臨時総会あり。欠席の際は身の危険を覚悟せよ。合言葉は終幕」

ロジャーズはしばらく立ったまま考え込み、それから奥の部屋へ向かった。部屋には壁に作りつけた丈の高い金庫があった。ロジャーズは組み合わせ錠を開けて金庫のなかに入った。なかはけっこうな奥行きがあり、いわば貴重品保管室になっていた。ロジャーズは「通信」と記した引き出しを開け、届いたばかりの一通をしまった。ほどなく外へ出ると、錠を新しい組み合わせに変えて居間に戻った。

「終幕か。うむ——だろうな」ロジャーズはつぶやくと、電話に手を伸ばしかけた——が、気が変わったのか、階段を上がって屋根裏へ行き、屋根のすぐ下の小部屋（ロフト）に入った。垂木（たるき）のあいだを這うようにしながら、いちばん奥の隅まで進み、木組みの節（ふし）の一つを用心深く押した。隠れていた上げ蓋がぱっと開いた。ロジャーズが部屋を這い出ると、隣家の似たような屋根裏部屋に出た。なかへ入ってゆくと、やさしいクークーという鳴き声に迎えられた。天窓の下に鳥かごが三つあり、伝書バトが一羽ずつ入っていた。

ロジャーズはあたりを警戒しながら天窓から外を見た。窓からは工場か何かの裏側の高い塀が見下ろせた。小さな薄暗い裏庭には人影がなく、目の届く限りでは窓もなかった。ロジャーズは頭を引っ込め、小銭入れから薄い紙切れを一枚取り出すと、文字と数字をいくつか記した。それからいちばん手近な鳥かごに寄ると、ハトを取り出して羽に紙切れを取りつけ、そのまま窓台にそうっと止まらせた。ハトは一瞬ためらったが、何度かピンク色の脚を小刻みに動かし、羽を広げて飛び立った。工場の屋根の上高く、すでに暗くなりかかった空にハトが舞い上がり、遠くへ消えてゆくさまをロジャーズは見つめた。

ロジャーズは懐中時計をちらりと見て階下へ戻った。一時間後、二羽目のハトを放し、さらに一時間後には三羽目のハトを放してやった。次いで腰を下ろして時を待った。

九時半にロジャーズはまた屋根裏部屋に上がった。暗かったが、星がいくつか凍てつくような光を放っており、開いた窓から冷たい風が吹き込んでいた。床の上で何かがかすかに青白く光っている。ロジャーズはそれを取り上げた——暖かくて羽のような手触り。返事だった。

ロジャーズは柔らかな羽のなかを探り、目当ての紙を見つけた。その文面を読む前にハトにえさをやり、ハトをかごに戻した。かごの戸を閉めようとして、ふと手を止めた。

「ぼくに何かあっても、おまえまで飢え死にすることはないからな」

ロジャーズは窓を広めに押し開けると、また階下へ行った。手にしていた紙にはただ二文字、「OK」とだけ書いてあった。急いで書いたようだ、左上の隅にはインクの染みが長くついているから。ロジャーズはこれに気づいてにんまり笑い、紙を火に投げ込むと厨房へ行き、卵と新たに缶を開けたコンビーフで一品作り、腹ごしらえをした。手近な棚にパンがひと塊載っていたが、それには手をつけず、水道の水で食器を洗うと、しばらく水を出したままにしてから思い切ったように水を飲んだ。その際にも、飲む前に蛇口の内外をしっかり拭った。

食事を終えると、ロジャーズは鍵をかけてあった引き出しから拳銃を取り出し、ちゃんと使えるかどうか状態を念入りに確かめると、まだ封を切っていない箱から新しい弾薬を抜き取って詰めた。そうしてまた腰を下ろして時を待った。

一〇時四五分、ロジャーズは立ち上がって通りに出た。塀とはたっぷりあいだを空けて足早に歩くと、街灯の明るい大通りに出た。ロジャーズはバスに乗り、乗り降りする客一人一人の顔が見える車掌の隣の席についた。バスを何台も乗り換えて、ようやくハムステッド（ロンドン北西部）の高級住宅街まで来た。ここでバスを降りると、また塀とはたっぷりあいだを空けながら自然公園のほうへ歩を進めた。

　月の出ていない夜だったが、あたりは真っ暗というわけでもなく、ヒースのひっそりしたところを通り過ぎるとき、違う角度から一つ二つ黒い影が自分のほうに近づいてくるのにロジャーズは気づいた。そのまま大きな木の陰で立ち止まり、ひたいからあごまで隠れる黒いビロードの仮面を顔に当てた。仮面の下部には21という番号が白い糸でくっきり縫い取られていた。

　地面が心もちくぼんだところを歩いていると、ヒースの田舎を想わせる風景のなかに、ぽつんと一軒、別荘ふうの建物が現れ出た。窓の一つに明かりが灯っている。ロジャーズが入り口へ向かうと、同じく仮面をつけた黒い人影がいくつかぐいぐい近づいてきて、ロジャーズを取り囲んだ。人影は少なくとも六つ数えられた。

　先頭の男が建物の扉をノックした。ややあって扉が控えめに開いた。男はその隙間に首を突っ込んだ。低い話し声がして、扉が広く開いた。男はなかへ入り、扉は閉まった。

　男三人がなかに入ると、次は自分の番だとロジャーズは気づいた。扉を三度強く、次いで二度軽くノックした。扉が二、三インチ（五〜八センチほど）開き、その狭い隙間に耳が覗けた。ロジャーズは「終幕」とささやいた。耳は引っ込み、扉が開き、ロジャーズはなかへ滑り込んだ。

　それ以外はなんら言葉も交わされぬまま、第二一号は左側の小部屋に入った。机と金庫が一つずつ、椅子が二つある事務室のようなところだ。机に向かって、夜会服を着た大柄な男が名簿を前にして座っていた。新参者は後ろ手にそっと扉を閉めた。かちりと音がして錠が閉まった。ロジャーズは机に歩み寄ると、「二一号でございます」と声を発し、うやうやしく相手の反応を待った。大男が顔を上げると、ビロードの仮面には1の数字が目にも鮮やかなほど白く記されていた。男の妙に鋭い青い目がロジャーズをじろりとにらむように見た。ロジャーズは男の合図で仮面を外した。相手が本人であることをじっくり確かめてから、会長は「よろしい、二一号」と言い、名簿に書き入れた。その声は目と同じく鋭く金属質の感じだ。ぴくりともしない黒い仮面の奥から射貫くように見つめられ、ロジャーズは落ち着かなくなったのか、足を踏み替えてうつむいた。第一号は下がってよいと合図した。ロジャーズはほっとしたような吐息をかすかに漏らし、再び仮面をつけて部屋を出た。それと入れ替わるように次の者がなかへ入った。

　総会の会場は二階のいちばん広い部屋を二つ打ち抜いて一つにした大広間だった。当世流行の郊外住宅にならった飾りつけがなされており、照明がまばゆい。片隅の蓄音機からにぎやかにジャズの曲が流れ、それに合わせて仮面をつけた一〇組ほどの男女が踊っていた。夜会服を着た者もいれば、ツイードの服やジャンパーという身なりの者もいる。

　別の片隅にアメリカふうのバーが設えてあった。ロジャーズはそこへ向かい、仮面をつけた係の男にウィスキーのダブルを頼んだ。カウンターに寄りかかって頼んだ酒をゆっくり胃におさめた。部屋は混んでいた。ほどなく誰かが蓄音機に歩み寄って音楽を止めた。ロジャーズは振り向いた。第一号が戸口に姿を現していた。黒い服を着た長身の女がかたわらに立っている。2という数字が白く縫い取られた仮面が女の髪と顔をすっかり覆っている。品のあるふるまいや、白い腕や胸、仮面から覗くきらきらした黒い目から、地位と魅力に恵まれた女であることが明らかに察せられた。

「参列者諸兄諸姉」第一号は部屋の上座に立っていた。第二号の女はその横に座っている。目を伏せていて、心の動きは読み取れない。だが両手は椅子の肘を握りしめており、全身の神経が張り詰めているようだ。

「諸君。今夜、我々の番号は二つ欠けている」仮面がそれぞれ動いた。いくつもの目があちこちに向き、ここにいない者を探し、人の数をかぞえた。「コートウィンドルシャムのヘリコプター設計図を入手する計画が、無残な失敗に終わったことは、もはや諸君に伝えるまでもない。勇敢にして忠実なる同志、第一五および四八号は、裏切りに遭い、警察に捕らえられた」

一同のあいだから不安げなささやき声が漏れた。

「意思堅固をもって鳴るあの同志両名でさえ、尋問に屈するのではないかと、そんなことが頭をよぎった向きもあるかもしれない。恐れるいわれはない。例の指令が発せられており、両名の口が適切に封じられた旨の報告を今夜すでに受けている。かの勇敢なる両名が、不名誉な行為に走る誘惑に抗する試練や、公開法廷の場に立ったのちに長期刑に服する苦痛からまぬかれえたとわかれば、さぞや諸君も安堵することだろう」

麦畑の上を風が流れるごとく、はっと息を呑む音が参加者のあいだを駆け巡った。

「両名の遺族には、常のとおり、心を込めた償いがなされる。第一二および三四号には、その思いやり深い任に当たってもらう。指示することがあるので、総会終了後、わたしの執務室まで赴いてほしい。指名された番号の両名は、この任を喜んで引き受けるとの意思を示していただけますかな」

指名に応じるべく二本の手が上がった。会長は懐中時計に目をやりながら話を続けた。

「参列者諸兄諸姉、お相手と次のダンスをどうぞ」

蓄音機からまた曲が流れだした。ロジャーズはそばにいた赤いドレス姿の若い女のほうを向いた。

女はうなずいた。二人はフォックストロットのリズムにうまく乗った。それぞれのカップルは硬い表情で口を結んだまま、ぐるぐる回った。せわしなくからだの向きを変え右に左に脚を動かす人影が日よけに映った。

「どうしたのかしら」ほとんど唇を動かさぬまま、女がささやき声で言った。「わたし怖いわ。あなたは？　何か怖いことが起きる気がする」

「たしかにちょっとどきっとしますね、会長のやりかたには。でもそのほうが安全なんですよ」ロジャーズも応じた。

「かわいそうな人たち――」

二人のすぐ後ろでからだを動かしていた男がロジャーズの肩に手を触れた。

「話はしないでください」ぎらりと目を光らせながら男は言うと、自分の相手とともに踊りの群れのなかへ消えていった。ロジャーズの相手役は身ぶるいした。

蓄音機の音がやんだ。いっせいに拍手が起こった。踊っていた人々はまた会長の席の前に集まった。

「諸君。今夜なぜこの臨時総会が開かれたのかと思っておられるかもしれない。それは深刻な理由があってのことです。先般における計画の失敗は不慮の災難ではなかった。当夜、警察はたまたま現場にいたわけではない。我々のなかから裏切り者が出たのだ」

ぴたりと寄り添い踊っていた者同士が、不審げな顔で相手から離れた。人に指で突かれてびくっとするカタツムリよろしく、各々が身をこわばらせた。

「諸君もディングルウッドの一件の残念な結末は憶えているだろう」会長がだみ声で語を継いだ。「不首尾に終わったほかの細かな数件の出来事も忘れられまい。こうした失敗の原因はすべて突き止めた。今では幸い不安の種も取り除かれた。不埒者は発見されており、いずれ追放される。もはや過ちは起こりえない。裏切り者を当協会に紹介した心得違いの会員については、おのれの軽挙妄動が悪影響を及ぼさずにすむ地位に回されるだろう。恐れるいわれはない」

裏切り者やその不運な推薦人は誰なのかと、一同の視線があちこちさまよった。いくつも並んだ黒い仮面の下のどこかに、蒼ざめた顔が一つあるに違いない。息苦しいほど顔にぴたりとはりついたビロードの下のどこかに、踊って暑くなったせいではない汗をにじませたひたいが一つあるに違いない。しかし、仮面がすべてを覆い隠していた。

「参列者諸兄諸姉、お相手と次のダンスをどうぞ」

蓄音機が半ば忘れられた昔の曲を流した――「だあれもあたしを愛しちゃくれない」赤いドレスの女が夜会服を着た長身の人物にダンスを申し込まれた。誰かに腕を触れられてロジャーズははっとした。緑のジャンパースカート姿の小柄でぽっちゃりした女が、ひんやりした手をロジャーズの手に滑り込ませた。ダンスは続いた。

曲がやみ、例によって拍手が起きるなか、みな相手から離れて立ち、顔をこわばらせながら次の展開を待った。再び会長の声が発せられた。

「参列者諸兄諸姉、どうぞいつもどおりにふるまっていただきたい。これはダンスの会であり、公開の会合ではありません」

ロジャーズはダンスの相手を椅子に座らせ、アイスクリームを持ってきてやった。身をかがめて顔を近づけると、相手の胸がせわしなく上下していた。

「諸君」いつまでも続くかのような中休みが終わった。「おそらく諸君も、この緊張のときからすぐにでも解放されたいだろう。では、裏切りを助けた者の名を挙げる。第三七号」

一人の男が、首を絞められたようなぞっとする声を発しながら、はじかれたように立ち上がった。

「静かに！」

哀れな男は息を詰まらせ、あえいだ。

「わたしは決して——ぜったいそんな——わたしは潔白です」

「静かに。きみは思慮に欠けていた。処分されることになる。おのれの愚行を弁明したいというなら、あとで聴こう。座りたまえ」

第三七号は椅子にへたりこんだ。仮面の下にハンカチを押し入れて顔を拭った。長身の男二人が歩み寄った。死病の患者から誰もが遠ざかってゆくように、ほかの参加者は第三七号のそばからあとずさりした。

蓄音機から曲が流れた。

「諸君、今から裏切りをおこなった者の名を挙げる。第二一号、前へ出たまえ」

ロジャーズは前へ進み出た。四八人の不安と憎悪を凝縮したような目がロジャーズに向けられた。ジュークスがあらためて哀れっぽい泣き声を上げた。

「なんなんだよ、これ。どうなってんだ」

「静かに。第二一号、仮面を外したまえ」

裏切り者が厚手の覆いを顔から外した。参加者の憎しみにぎらつく目がその顔をまじまじと見た。

「第三七号、この男はきみの紹介で入会した。ジョウゼフ・ロジャーズという名で、かつてデンヴァー公爵の第二従僕を務め、窃盗のかどで解雇された。きみ、この件が事実かどうか調査したのかね」

「しました——しましたとも。神に誓って間違いありません。同僚だった従僕二名に本人確認もさせました。いろいろ事実調査もしました。すべてそのとおりでした——誓って間違いありません」

会長は目の前の書類を読み、また懐中時計に目をやった。

「参列者諸兄諸姉、お相手と次のダンスをどうぞ」

両手を後ろに縛られ、手錠をかけられた第二一号が身じろぎもせずに立っている場を中心にして、死の舞踊が展開された。踊りが終わり、拍手が鳴り響いた。ギロチンの下に蒼ざめた顔で座っている男女の拍手さながらに。

「第二一号、記録によればきみの名はジョウゼフ・ロジャーズ、従僕、窃盗のかどで解雇と。これは本名か」

「いや」

「なんという名だ」

「ピーター・デス・ブリードン・ウィムジイ」

「死んだと思っていたがね」

「だろうな。そう仕向けられていた」

「本物のジョウゼフ・ロジャーズはどうした」

「外国で死んだ。わたしは身代わりになった。わたしが誰だか見抜けなかったからって、べつに部下を難じることはないだろうに。わたしはロジャーズに成り代わっただけではない。ロジャーズそのものだったんだ。独りきりでいるときも、ロジャーズのように歩き、ロジャーズのように座り、ロジャーズの本を読み、ロジャーズの服を着ていた。しまいにはロジャーズとほぼ同じような考え方をしていた。うまく人に扮する唯一の方法は、決して気を緩めないことだ」

「なるほど。きみ自身のフラットの窃盗も芝居だったのかね」

「いうまでもない」

「デンヴァー公爵夫人の一件もきみは見て見ぬふりをしていたのか」

「そのとおり。あれは実に見苦しいティアラで――まともな趣味の持ち主にとっては、なくしてもなんら痛くないものだった。ところで、タバコを吸ってもいいかな」

「だめだ。参列者諸兄諸姉……」

　あやつり人形が単調な動作をしているかのようにダンスが続けられた。腕の動きはぎこちなく、脚はよろめいた。囚われの身となった男はそのようすを我関せずとばかり冷ややかに見つめた。

「第一五号（第一五号は味方の手で口を封じられた旨の発言がすでになされている。ゆえにこれは作者の誤りだろう）、第二二号、第四九号。きみたちは捕虜を監視していた。この者は外部の誰かと接触しようとしたかね」

「それはまったく」第二二号が代表して答えた。「本人の手紙や小包は開封しました。電話も盗聴して、行動の際には尾行しました。水道管もモールス信号で使われる恐れがあるので監視しました」

「その言葉に間違いないな」

「一切ありません」

「囚われ人よ、このもくろみに関わったのはきみ一人か。事実を話せ。でなければ、きみにとってはさらに不本意な事態になる」

「一人だ。無駄な危険は冒さない」

「かもしれんな。いずれにしろ、警視庁（スコットランドヤード）のあの男――名はパーカーだったかな――を黙らせるために、手は打っておいたほうがよかろう。この男の従僕マーヴィン・バンターと、同じく母親と妹も含めて。兄はでくのぼうだから、弟から秘密を打ち明けられていないかな。念のために見張りをつけておけば、この件の用は足りるだろう」

囚われた男はここで初めて動揺したようだ。

「会長、わたしの母と妹は協会を危険にさらすようなことなど何も知りません」

「身内の心配はもっと早くしておくべきだったな。参列者諸兄諸姉、お相手と次の――」

「いやだ！」血の通った人間には、もはやこんな三文芝居は耐えられないわけだ。「もうけっこう。早くこいつを始末して、この件を終わらせてほしい。総会はお開きだ。危険ですよ。警察が――」

「静かに！」

会長は一同をすばやく見回した。みな一様に険悪な表情をしている。会長は我を折った。

「よろしい。捕虜を連れていって口を封じよ。この者は第四の処置を施されることになる。まずはきちんとその中身を説明してやるように」

「ああ！」

一同の目がオオカミさながらの残忍な満足を示すようにぎらりと光った。誰かの手がウィムジイの腕をがっしりつかんだ。

「ちょっと待った――見苦しい死に方は容赦してほしい」

「前もって身の処し方も決めておくべきだったな。連れていけ。諸君、満足あれ――この囚われ者もあっさり死ぬことはない」

「ちょっと待て！　待ってくれ！」ウィムジイはけんめいに叫んだ。「言うことがあるんだ。命乞いじゃない――すっぱりやってほしいだけだ。じ、実は、売りたいものがある」

「売る？」

「そうだ」

「裏切り者とは取り引きなどしない」

「違う――とにかく聴いてくれ。こんな事態になるのは前もって想定しているよ。わたしもそれほど向こう見ずじゃない。手紙を置いてきた」

「ほう。そう来たか。手紙とな。誰宛だ」

「警察だ。わたしが明日までに戻らないと――」

「どうなる」

「手紙が開封される」

「会長」第一五号が口をはさんだ。「はったりです。この男は手紙など出していません。わたしはこ何カ月も厳密に監視してきました」

「そうかね。でもまあ聴いてくれ。手紙はランベスに来る前に置いてきた」

「ならば読むに値する情報など書いてあるはずがない」

「いや、それが書いてあるんだ」

「どんな」

「自宅の金庫を開ける文字の組み合わせだ」

「ほう。この男の金庫は突き止めてあるな」

「はい、会長」

「何が入っていた」

「重要な情報はべつに。我々の組織の概要――この家の名前とか――などで、明朝までに変えて隠せないようなものはありません」

ウィムジイはにんまりした。

「金庫の内扉のなかは調べたかな」

少し間が空いた。

「今の言葉は聞こえただろ」会長が鋭く声を発した。「内扉のなかは見たのか」

「内扉はありませんでした。この男のはったりです」

「言葉を返すようで悪いが」いつもの人当たりのよさを心がけながらウィムジイが言った。「やはり、きみは内扉のなかを見落としたと思わざるを得ないな」

「そうか」会長が言った。「それで、内扉があるとして、なかに何が入っていると言いたいのだ」

「協会の全会員の名簿だ、住所や写真、指紋とともに」

「なんだと?」

ウィムジイを取り巻く目は醜い恐怖の色を浮かべた。ウィムジイは会長の顔を見すえたままだ。

「いかなる策を弄してそんな情報を手に入れたのかね」

「まあそれは、少しばかり一人で探偵の仕事をしていたからね」

「だがおまえは監視されていたんだぞ」

「たしかに。我が監視役の指紋が情報集の一頁目を飾っていますよ」

「その発言は証明できるのか」

「もちろん。証明しましょう。たとえば第五〇号の名は――」

「やめろ!」

怒気を含んだざわめきが起きた。会長は手ぶりでざわめきを抑えた。

「もしここで名前を挙げると、情状酌量の望みはなくなるぞ。第五の処置というのもあるからな――会員の名を明かす者どもに対するとっておきの処置が。この捕虜をわたしの執務室に連れていけ。ダンスは続けたまえ」

会長はズボンの尻ポケットからピストルを取り出すと、からだをきつく縛られた囚われ人を机越しに見すえた。

「さあ、話せ」会長が言った。

「わたしがあなたなら、そんなものはしまっておくがね」ウィムジイが蔑んだように言った。「その代物を使うほうが、第五の処置なんぞよりずっと心地よい死に方ができそうだからね。そいつを使ってほしいと頼みたくなりそうだ」

「頭が切れるな。だが少しばかり切れすぎだ。ほれ、ぐずぐずするな。知っていることを話せ」

「話したら助けてくれますか」

「約束はしない。とにかく早くしろ」

ウィムジイは縛られて痛む肩をすくめた。

「いいでしょう。知っていることを話す。そこまでだと思ったら止めてくれ」

ウィムジイはからだを乗り出し、小声で話しだした。頭の上で蓄音機の音やステップを踏む足音が聞こえるところからすると、ダンスはまだ続いているのがわかる。たまたまヒースに足を踏み入れた通行人の耳にも、一軒家の連中がまた夜のどんちゃん騒ぎをやっているような音が届いた。

「どうです、まだ話を続けますか」ウィムジイが言った。

会長の仮面の下から、不気味に笑っているらしい声が響いた。

「いやはや、話を聴いていると、実際きみが我らの協会の一員でないのが残念でならん。機知と勇気と勤勉は、こういう結社には貴重でね。きみを説得しても無理だろうか。うむ――無理だろうな」

会長は机の呼び鈴を鳴らした。

「一同に夕食の間へ行くよう伝えてくれ」入ってきた仮面の人物に会長は言った。

夕食の間は一階にあり、鎧戸とカーテンが下りていた。中央には長いむきだしのテーブルがあり、まわりに椅子が置いてある。

「バルマク家さながらの、見せかけだけのもてなしか、なるほどね」ウィムジイが朗らかに言った。この部屋を見るのは初めてだった。奥の床では上げ蓋が不吉なほど大きく口を開けている。

会長がテーブルの上座についた。

「参列者諸兄諸姉」会長は例のごとく切りだした。このばかていねいな呼びかけが、これほど不吉に感じられたことはなかった。「現況の深刻ぶりはあえて隠さずにおく。囚われ者は二〇を超える会員の名前や住所をわたしに吐露した。会員自身とわたしを除いては知らぬはずのものだ。つまり重大な疎漏があったわけだ」――だみ声が響いた――「この件は打ち捨ててはおけない。指紋が採られている――わたしもいくつかの写真を見せられた。監視役がなぜ金庫の内扉を見落としたか。これは調査を要する問題だ」

「監視役を責めないで」ウィムジイが口をはさんだ。「人に見つからないための仕組みなんだから。わたしはそういうふうに作った」

さえぎられたことには気づかぬような顔で会長は語を継いだ。

「この男の話では、住所などを記した名簿は内扉にあるというのだ、各人の家から盗まれた手紙や書類をはじめ、本物だとわかる指紋がついた多数の品物とともに。うそではあるまい。この男はあっさり死ねることと引き換えに、金庫の組み合わせ文字を教えようと言っている。言い分は受け入れるべきだとわたしは考える。諸兄諸姉の意見はどうかね」

「番号はもうわかっています」第二二号が応じた。

「愚物め。本人が言葉どおり証明したのだぞ、自分はピーター・ウィムジイ卿だと。番号を変え忘れるようなまねをしでかすと思うか。内扉の秘密の件もある。今夜この男が姿を消して、警察がこの男の家に入れば――」

「わたしの意見としては」よく通る女性の声がした。「この人が出した条件は守って、情報を使ってください、それも早く。時間が迫っています」

賛意を示すつぶやき声がテーブルのまわりを巡った。

「聞いたな」会長がウィムジイに言った。「おまえが金庫の組み合わせ文字と内扉の秘密を言えば、こちらはあっさり死ぬ権利を与えてやる」

「請け合ってくれるんだな」

「請け合う」

「ありがとう。で、母親と妹はどうなる」

「おまえのほうでも――おまえは信義を守るはずだな――その二人が我々にとって害のあることを何も知らないと請け合うなら、ともに命は助かる」

「それはどうも。わたしの名誉にかけて言うが、母や妹は何も知らないんだ、安心してほしい。そういう危険な秘密を厳守する責任を女性に負わせるつもりはない――ましてやわたしにとって大切な人間に」

「よかろう。それは承知した――いいかな?」

同意を示すつぶやき声が発せられた。先ほどの声より熱はこもっていないが。

「ではご所望の情報を提供しよう。金庫の組み合わせ文字は不確実性（UNRELIABILITY）だ」

「内扉の件は」

「警察の来訪を予期して、内扉――いろいろ問題を引き起こすこともあり得たので――は開けてある」

「よろしい。わかっているだろうが、もし警察が我々の使者のじゃまをするようなら――」

「わたしのためにならないってわけか」

「一つの賭けだ」会長が思案ありげに言った。「だが、避けては通れぬ賭けだ。捕虜を地下室へ連れていけ。第五の処置用の装置を鑑賞して時間つぶしでもしていればよい。その間、第一二号と第四六号は――」

「だめ、だめ」

異議を唱えるつぶやき声が上がり、険悪な空気が広がった。

「だめですよ」長身の男が取り入るような甘ったるい声で言いだした。「だめです――そんな証拠をなぜ特定の会員の所有物とするのですか。今夜この部屋から裏切り者が一人、愚か者が複数、それぞれ見つかったんです。一二号と四六号が同じく愚か者や裏切り者でないとも限らないではありませんか」

そう異を唱えた男に、当の男二人が憎々しげな目を向けたとき、一人の女が甲高くて興奮したような声で話に割って入った。

「そうよ、そう。そのとおりって言いたいわ。あたいたちどうなるの。どこの誰かも知らないやつに自分の名前を知られるなんて、やなこった。こんなことはもうまっぴら。こいつら、あたいたちをまとめて警察の手先に売るかもしれないでしょ」

「賛成」別の声が上がった。「誰も信じないほうがいい。誰一人として」

会長は肩をすくめた。

「では諸君、どうすべきだと言うのかな」

少し間が空いたあとで、先ほどの若い女がまた金切り声で言いだした。

「会長が自分で行きゃいいでしょ。みんなの名前を知ってる人、会長だけなんだから。捕まったりもしないわよ。あたいたちが危険を冒したり、さんざん苦労してるあいだ、会長は家でじっとしたままお金を独り占めできるなんて。行くなら自分一人で行きなって、あたいは言いたいよ」

もっともだというひそひそ声がテーブルのまわりに広がった。

「今の動議に賛成」時計隠し(フォッブ)に金印(ゴールドシール)をいくつもつけた固太りの男が言った。ウィムジイは金印を見ながら笑みを浮かべた。このうすっぺらな見栄のおかげで、発言者の名前と住所がぴんときたのだ。そう考えると、こんなちゃちな代物にもなんとなく親しみがわいた。

会長が一同を見回した。

「つまり、わたしに行けというのが総意なのだな」腹に一物あるかのような声で会長が言った。賛意を表すべく四、五本の手が上がった。第二号の女だけが、みじろぎせず口も閉じたままだ。力強そうな白い両手が椅子のひじ掛けをぎゅっと握っている。

自分を脅すように取り囲んだ一同を会長はじろりと見渡したあげく、視線の先は第二号に定まった。

「満場一致の決議だと解釈していいのかな」会長が問うた。

女は顔を上げた。

「行かないでください」女はあえぎ気味に言った。

「聞こえたか」会長がかすかにあざけりを含んだ声で言った。「この淑女が行くなと仰せだ」

「わたしに言わせれば、第二号の言い分は取るに足りません」甘ったるい声の男が言った。「わたしたちの奥方だって夫を行かせたくはないでしょうよ、そちらのお方様みたいに特権的な地位におられるなら」相手を愚弄するような口ぶりだ。

「そう、そう」別な男が声を上げた。「ここは民主的な会でしょ。特権階級はいらない」

「よかろう」会長が応じた。「おまえも聞いたな、第二号。全体の空気はおまえに不利だ。自分の意見に有利となるような理由はあるか」

「山ほど。会長はこの協会の理論面でも精神面でも大黒柱です。もし会長の身に何か起きれば――わたしたちはどうなりますか。みなさんは」――第二号は下々(しもじも)を見るような目で一同を眺め渡した――「みなさんはへまをしたんです。自分たちの軽はずみなおこないのおかげで、こんな始末になった。会長があなた方の愚かさの尻ぬぐいをしてくれなければ、誰もここには五分も無事にいられないでしょ」

「一理ある」今まで黙っていた男が口を開いた。

「差し出がましいようだが」ウィムジイが嫌味まじりに言いだした。「こちらの女性は会長の信任が厚い立場におられるようだから、わたしのちっぽけな名簿の中身もすでにご存じなんでしょう。第二号さん、なぜ直々に行かれないのかな」

「わたしが行くなと言っているからだ」相棒の口元まで出かかっている答えを押しとどめながら、会長がいかめしく言った。「一同の総意とあらば、わたしが行こう。家の鍵を渡せ」

部下の一人がウィムジイの上着のポケットから鍵を取り出して会長に渡した。

「家は張り込みされているんだな」会長がウィムジイに問うた。

「いや」

「本当か」

「本当だ」

会長は戸口で振り返った。

「二時間経ってもわたしが戻らなければ、みな自分の身を守る手立てを講じるように。捕虜は好きなように処分しろ。わたしの代わりに第二号が指揮を執る」

会長は退室した。第二号が指揮者然とした顔で椅子から立ち上がった。

「参列者諸兄諸姉、夕食は終了とします。ダンスを再開してください」

地下室では、一同が第五の処置装置と向き合うなか、時はゆっくり流れていた。哀れなジュークスは、泣き叫ぶのとわめきたてるのとを繰り返したあげく、声を出すのもつらくなるほど疲れ切った。監視役の男四人はときおりひそひそ声で言葉を交わした。

「会長が出かけてから一時間半だ」一人が言った。

ウィムジイはちらりと目を上げたが、すぐまた部屋を観察しだした。妙な機材がたくさんある。一つ残らず記憶しよう。

ほどなく上げ蓋が勢いよく開いた。「そいつを連れてこい」と大声がした。ウィムジイはすぐ立ち上がった。顔がいくらか蒼ざめている。

盗賊団一同がまたテーブルを囲んでいた。第二号が会長の席に座っている。目は今にも襲いかからんばかりの怒りを込めてウィムジイを見すえている。しかし、口を開くと声は落ち着いていたので、ウィムジイもひそかに舌を巻いた。

「会長が出かけてから二時間経ちました。何が起きたのでしょうか。二度の裏切りとは――会長はどうなったんです」

「わたしが知るわけない」ウィムジイが答えた。「第一号の看板が大事だから、三十六計逃げるに如かずというところかね」

第二号は怒りのひと声を上げて弾けるように立ち上がると、ウィムジイに詰め寄った。

「人でなし！　嘘つき！」第二号はウィムジイの口元を叩いた。「あの方がそんなまねするはずない。仲間を裏切ったりしない。あんた、あの方をどうしたの。何か言いなさい――でないと、わたしが言わせるわよ。そこの二人――焼きごてを持ってきて。どうせ言うんだから」

「わたしは推測するしかないんです」ウィムジイが答えた。「焼きごてを押し当てられても、それでましな考えが浮かぶわけはありませんよ、サーカスの道化役（パンタローネ）じゃあるまいし。気を鎮めてください、これから思うところを述べますから。どうやら――まことに遺憾ながら――会長（ムシュー・ル・プレジダン）どのは、わたしの金庫の興味深い展示品を急いで調べているうち、おそらくついうっかり、内扉を後ろ手に閉めてしまったんでしょう。そうすると――」

肩をすくめて見せようとしたが痛みで声を上げかけたウィムジイは、代わりにまゆを吊り上げ、嘘偽りなく心から残念だという目で相手を見つめた。

「何が言いたいの」

ウィムジイは一同にさっと視線を走らせた。

「そもそも我が家の金庫がどんな造りになっているか、そこから説明したほうがよさそうだ。わりによくできた金庫でね」ウィムジイはしんみりと言い足した。「自分で内部の仕組みを考えたんだ――構造の原理は知らないがね、それは科学者の専門だから――要するに仕組みを取り入れようってことをね。

さっき話した組み合わせ自体はまったくそのとおりだ。バン・アンド・フィシェット社製で、三つのアルファベットによる一三の文字の組み合わせ錠でね――この種の品としては上等だ。文字を合わせると外扉が開き、ふつうの保管室に通じる。そこに現金やフロス・ブロウワー（当時ロンドンにあった慈善団体）のカフリンクスなどを入れてある。だがその奥に、異なる開き方をする二つの扉がある別の保管室が控えているわけだ。外側の扉は表面が薄いはがねで、金庫の奥の壁と同じ色に塗ってあって、ぴたりと閉まっているから、互いに別のものとはわからないようになっている。部屋の壁と同じ面にあるから、金庫の外と内を調べても境目には気づかないでしょう。扉はふつうの鍵で外側に開く。それから会長に請け合ったように、わたしがフラットを出たとき扉は開けてあった」

第二号がせせら笑うように言った。「会長がそんな見えすいたわなにかかるほどおめでたい方だと思う？　たぶんその内扉をこじ開けているでしょうよ」

「おっしゃるとおりでしょう。しかしね、外側のほうの内扉、って言い方をするとすれば、その目的としては内扉が一つしかないと見せかけることなんだ。扉の蝶番（ちょうつがい）の後ろには、別の引き戸が壁のなかにきっちり埋め込まれているから、あらかじめそこにあると知らない限り見落としてしまうでしょう。この扉も開けてある。我らが尊師第一号どのは、ただ金庫の奥の保管室へまっすぐ進めばいいだけです。ついでながら、金庫は古い地下厨房の煙突に組み入れるように造ってある。煙突が家のそこまで立っているから。話はおわかりかな」

「ええ、わかったわ——先を続けて。手短に」

ウィムジイは軽く頭を下げると、もっと慎重な口ぶりで話を続けた。

「さて、わたしが編纂をやらせていただいた協会の活動に関する例の興味深い一覧は、かなり大きい名簿——会長（ムシュー・ル・プレジダン）どのが階下でお使いの元帳より大判——に載せてあります。ついでながら、マダム、あの元帳を安全な場所にしまっておく必要性をお心に留め置いておられたはずですね。おせっかいな警察官に調べられる危険性は別として、元帳が協会の新参会員の手に渡るというのはよろしくない。ご一同の感情としても、そんな事態には反対でしょう」

「安全な場所にあるわ」第二号があわてるように答えた。「もう！（モンジュー）　自分の話を続けなさい」

「恐れ入ります——そうかがってほっとしました。よろしい。この大判の名簿は内側保管室の奥にあるはがねの棚に乗せてあります。そうだ、まだこの保管室についてはお話ししていませんね。高さ六フィート（一メートル八〇センチ強）、幅三フィート（九〇センチ強）、奥行き三フィート。楽に立っていられる空間ですよ、よほど背が高ければ別ですが。わたしには楽に合います――ごらんのとおり、身長はせいぜい五フィート八インチ半（約一六三センチ）ですから。会長はわたしより背が高いから、少し窮屈かもしれませんが、立っているのがつらくなったらしゃがめる余裕はあります。ところで、はたしてお気づきかどうか、ずいぶんきつく縛ってくれましたね」

「骨がぎしぎしいうぐらい縛ってやればよかったわ。あなた、こいつをなぐってやって！　時間稼ぎをしているんだから」

「わたしに手を上げてごらん、死んでも口を割らないから。落ち着きなさいよ、マダム。王手をかけられているとき、あわてて動くのはよくない」

「早く先を続けて！」じだんだ踏みながら女はまた叫んだ。

「どこまで話したかな。ああ、内側の保管室のところか。まあとにかく、ちょっと心地よいところでね――空気がどこからも入ってこないから、なおさらだ。名簿ははがねの棚に載っていることは話したかな」

「聴いたわ」

「よろしい。棚は極めて手際よく隠されたバネの上で釣り合いを取っている。名簿の重み――繰り返すが、どっしりしたものだから――が取り去られると、ほんのわずか持ち上がる。すると電流がつながる。想像してごらんなさい、マダム。会長どのがなかに足を踏み入れる――偽りの扉につっかい棒を立てて開けておく――名簿を見つける――さっと取り上げる。目当ての名簿かどうか確かめようと表紙を開ける――頁をめくる。続いてわたしが話したほかの品――指紋がついた代物――を探す。すると、音もなく、しかし驚くほどすばやく――想像できるでしょ、ね――棚が持ち上がったことで電気が流れて、秘密の扉が自分の後ろで閉じてしまう。ヒョウのごとく身軽く。いや、ありふれた比喩ですが、的を射ているでしょ」

「何よそれ！　どういうことよ！」顔を締めつける仮面をはぎとろうとするように、第二号の手が持ち上がった。「この――この極悪人――悪魔！　内扉を開ける言葉は何よ。早く教えなさい！　締め上げてでも言わせるから。どんな言葉なの！」

「憶えにくいものじゃありませんよ、マダム――今では忘れられていますがね。ほら、子どものころ、『アリババと四〇人の盗賊』という話を聴かされたでしょ。あの扉を作らせたとき、少し感傷に浸ったんですよ、ふと幼いときの幸せな日々を思い出してね。扉を開ける言葉は――『開けゴマ』です」

「へえ！　それで、その悪魔のわなに入って、人はどれぐらい生きてられるの」

「そうだな」ウィムジイが明るく応じた。「二、三時間は持つんじゃなかろうか、冷静さを失わず、叫んだり叩いたりして内部の酸素を無駄に使わなければね。今すぐ行けば、元気な姿のご本人に会えるでしょう」

「わたしが行くわ。この男を連れ出して――こっぴどい目に遭わせてやって。わたしが帰るまでは生かしておいてよ。この目で死ぬところを見たいから」

「ちょっとお待ちを」相手のほほえましい願いにびくともせずにウィムジイが言った。「わたしもお供したほうがよろしくはありませんかね」

「なぜ――どうしてよ」

「だから、扉を開けられるのはわたしだけなんですよ」

「でもわたしに秘密の言葉を教えたでしょ。あれは嘘だったの？」

「いや——あれは正しい。でもね、うちのは新型の電動扉だから。実際、扉としては最新式ですよ。まあ自慢の一品でね。たしかに『開けゴマ』で開くんだが——わたしの声でなければだめでしてね」

「あんたの声？　そんなもの、のどを締めつけて出なくしてやる。どういう意味よ——あんたの声でなければだめって」

「そのままの意味です。そんなふうにのどをつかまないでほしいな。声質が変わって、扉が聞き分けられなかったらどうするの。それでけっこう。声の区別がなかなか厳しいものでね。以前、一週間ものりで貼りつけたように開かないことがありましたよ、わたしが風邪をひいて、しゃがれ声で泣きつくように何か言おうとしても。ふだんでさえ、きちんと正しい抑揚をつけられなくて、何度か言い直さないといけないこともある」

　第二号は振り向き、かたわらに立っている背の低いずんぐりした男に問うた。

「今の話ほんとなの。そんなこと、ありえるの？」

「おそらくそのとおりでございましょう」男はうやうやしく答えた。声からすると、何かかなり腕利きの職人だなとウィムジイは踏んだ。たぶん技師か。

「電動装置ですって？　あなた、わかる？」

「はい。どこかにマイクロフォンを仕込んであって、それが音声を一連の振動に変えることで電気針を動かすわけです。針が正しい振動線図形をたどれば、電気回路が完成して扉が開くのです。光の振動によっても同じく楽に開きます」

「道具を使ってはだめなの？」

「時間をかければ可能です。装置を壊さないといけませんが、おそらくしっかり保護されている代物でしょう」

「それを前提としたほうがよさそうだね」ウィムジイが元気づけるように口をはさんだ。

第二号は頭を抱えた。

「してやられたようですね、こちらが」できのよい装置に対する一種の敬意を込めた口ぶりで技師が言った。

「いえ――ちょっと待って。誰か知っている者もいるはずよ――その仕掛けを作った職人は？」

「今はドイツに」ウィムジイがぼそっと言った。

「だったら――そう、そうよ、一つ思いついた――蓄音機があるわ。こ、こ――こ、この方に秘密の言葉を言ってもらうのよ。早く――どうしたらいいか」

「無理でございます。日曜の朝三時半に、どこで蓄音機が手に入りましょうか。そのころには残念ながら会長はとっくに――」

みな黙り込んだ。鎧戸を下ろした窓を通じて、目を覚ました街の物音が聞こえてきた。車の警笛が遠くで鳴っている。

「負けたわ。この人を行かせてあげないと。縄をほどいてやって。会長を救い出せるわね」第二号はすがるようなまなざしをウィムジイに向けた。「あなた、いくら悪魔でも、そこまでひどい悪魔じゃないわよね。さ、早く家に戻って会長を助けて！」

「こいつを行かせてやるって、とんでもない！」男たちのなかから声が上がった。「まさか、こいつがサツに垂れ込まないなんて思っちゃいないでしょうね。会長はしてやられた、それだけの話だ、今のうちにずらかったほうがいい。これで話はもう終わりだぞ、諸君。こいつを地下室へ放り込んで閉じ込めとけ。騒ぎ立てて地元の住人を起こしたりしたらやっかいだ。おれは名簿を破棄する。信用できないならおれの動きを見てりゃいい。それからおまえ、三〇号、爆破スイッチの場所を知ってるな。おれたちはずらかるから、一五分後にこの屋敷を木っ端みじんにしてくれ」

「だめよ！　行かせやしない――あの方――会長――を見捨てるなんて。みんなの指導者――そしてわたしの――そんなこと、許さない。この人でなしを放してやって。誰か、手を貸して、縄を――」

「今はそんな場合じゃない」先ほど異を唱えた男が言った。男は第二号の両手首をつかんだ。第二号は身をよじり、金切り声を上げ、かみつき、つかんできた相手の手から逃れようともがいた。

「ちょっと、よく考えてみよう」甘ったるい声の男が言った。「もうじき朝になる。一、二時間後には空が明るくなるでしょう。いつ警察が踏み込んでくるかわからない」

「警察！」第二号は無理にでも落ち着こうとした。「そうね、そう。そのとおりだわ。一人のために全員を危険にさらすわけにはいかない。あの方ご自身もそんなことは本意じゃないはず。そういうことね。この汚物を地下室に入れてちょうだい、ここに置いておくと空気が汚れるわ。さ、みなさん、自分の家に逃げてください、今のうちに」

「もう一人の捕虜は？」

「ああ、あれ？　哀れなお馬鹿さん――無害な男よ。何も知らないし。放してやって」ふんという顔で第二号が答えた。

二、三分のちには、ウィムジイは縛られたまま荷物よろしく地下室に放り込まれていた。やや戸惑っていた。第一号の命を犠牲にしてまで自分を逃がしたくないのだということはわかった。危険は承知の上で自分はここに忍び込んだのだ。とはいえ、連中にとっては不利な証人である自分を生かしておくのはどうも解せない。

　ウィムジイを地下室に連れてきた男たちは、その両足首をそろえて縛り、明かりを消して出てゆこうとした。

「ちょっと！　友よ（カムラート）！」ウィムジイが声をかけた。「ここに座っているのは少しさびしいな。明かりをつけてもらえるとね」

「だいじょうぶさ、兄ちゃん。そんなに長く暗闇にいなくてすむよ。起爆装置を取りつけたからな」

　ほかの者たちがさもおかしそうに笑い声を上げた。一同は出ていった。そういうことだったか。自分は屋敷もろとも吹き飛ばされるのか。とすると、自分が救い出される前に会長もあの世行きというわけだ。ウィムジイとしては心残りだった。あの大泥棒を裁きの場に引き出してやりたかった。なんといってもロンドン警視庁が六年がかりで組織の解体に取り組んでいたのだ。

　ウィムジイは耳を澄ました。頭上で足音が聞こえた気がした。すでに一味はそっと屋敷を出たはずだが……。

　たしかに物のきしむ音がした。上げ蓋が開いた。誰かが地下室に忍び込んでくるのを、耳で、というよりからだで感じた。

「しっ！」耳元で声がした。柔らかな手がウィムジイの顔をなで、からだをまさぐった。手首にひんやりしたはがねが触れる感じがあった。縄がゆるみ、床に落ちた。手錠の鍵がかちりと開いた。足首の縄もほどかれた。

「さ、早く！　時限装置をしかけてあるから。屋敷は爆破される。全力であとをついてきて。わたしだけこっそり戻ってきたの——自分の宝石を取ってくると言って。それはほんとよ。わざと置き忘れたの。あの人を救わないと——あなただけができることよ。急いで！」

縛られて萎えていた両腕にどっと血液が戻ってきた痛みのせいで、ウィムジイはからだをふらつかせたが、それでも第二号のあとを追い、やっとの思いで上階の部屋に入った。第二号は鎧戸を荒々しく開けると窓も開けた。

「さ、行って！　あの人を助けて。約束してくれるわね」

「します。しかしですね、マダム、屋敷は包囲されていますよ。金庫の扉が閉じると信号が発せられて、わたしの召使は警視庁へ向かいます。あなたのお仲間も、いちもう——」

「まあ！　いいから行きなさい——わたしのことはほっといて——早く！　もうほとんど時間が」

「ここから離れるんだ！」

ウィムジイは相手の腕をつかんだ。二人はもつれる脚で小さな庭を走り抜けた。繁みのなかから懐中電灯の光がいきなり照った。

「きみか、パーカー」ウィムジイが叫んだ。「部下を遠ざけてくれ。早く！　屋敷がもうすぐ吹っ飛ぶぞ」

庭はたちまち叫び声や走り回る人影であふれかえったように思えた。暗闇のなかをもがきながら進んでいたウィムジイはレンガ塀にがつんと跳ね返された。塀の上めがけて飛びあがり、塀の笠石をつかむと、塀をよじのぼった。両手が第二号のほうに伸びた。ウィムジイは第二号をかたわらに引っ張り上げた。二人は塀から飛び降りた。誰もが飛び降りていた。第二号は足を取られ、あえぐように声を上げて倒れた。ウィムジイは立ち止まろうとして石につまずき、前のめりになって倒れた。そのときだ、閃光と轟音とともに夜の闇が炎に包まれた。

　ウィムジイは瓦礫と化した庭の塀のなかから痛々しげにからだを起こした。近くでかすかにうめき声がするので、いっしょに逃げた相手も生きていることがわかった。二人にいきなりカンテラの光が向けられた。

「ここにいたか！」ほがらかな声がした。「だいじょうぶかな、きみ。うわ、なんだその顔は、原始人か」

「だいじょうぶ。爆風にさらされただけで。ご婦人は無事かな。ふむ――腕を折っているのか――ほかは無傷だな。ほかの者はどうなった」

「一味の六人ほどが吹っ飛ばされた。残りは捕らえたが」（寒々とした夜明けを迎えたなか、黒い人影がまわりを取り囲んでいることにウィムジイは気づいた）「や、これは驚いた。こんな日が来るとは。著名人、奇跡のご帰還。腹立つ御仁だなあ――二年ものあいだ死んだふりをしてたとは。わたしだって腕に巻く喪章を買ったんだ。ほんとですよ。誰か知ってた人はいるんですか、バンター以外に」

「母親と妹はね。秘密信託で伝えておいた――ほら、遺言執行者や関係者に送るやつ。近いうちに弁護士たちと面倒な協議をしないといけないな、わたしがわたしであることを立証するために。やあ、きみはサッグくんかな」

「は、いかにも」笑顔を見せるどころか泣きださんばかりの感激ぶりでサッグ警部が応じた。「またお目にかかれる日が来るとは、嬉しくてなりません。お手柄でございますよ。署員みな、握手していただくことを望んでおります」

「ほう、そうかね。まずは顔を洗ってひげを剃りたい。またみんなと会えたのがなんとも嬉しいな、ランベスに二年も閉じ込められていたから。ちょっとした見物(みもの)だっただろ」

「あの方は無事ですか」

苦しげな声が聞こえてウィムジイははっとした。

「ああ、そうだった。金庫に入った紳士のことを忘れていた。ほれ、車をすぐに回してくれ。一味の首領であらせられる現代のモリアーティ（シャーロック・ホームズの宿敵）が、わたしの自宅で窒息寸前の目に遭っている。さ——急いで乗って。このご婦人もだ。二人で戻って助けてやると約束したんだ——ただし（と、ここから先はパーカーに耳打ちした）、殺人の容疑もありうるし、わたしだって中央刑事裁判所(オールドベイリー)で、ご当人のためになるような証言をするつもりもないが。もっとアクセルを踏んでくれ。あの御仁、金庫に閉じ込められているから長くはもたないな。きみたちに追われている悪党だ。モリソン事件やホープ・ウィルミントン事件をはじめ、数々の犯罪の黒幕だよ」

ランベスの家の前に着くころには、冷え冷えした朝が通りを灰色に変えていた。ウィムジイは第二号の腕を取り、車から降ろしてやった。女の仮面は外され、やつれて落ち着かないようすの顔があらわになった。恐怖と苦痛で蒼ざめている。

「ロシア人ですかね」パーカーがウィムジイの耳元でささやいた。

「そんなところだな。くそお。この扉、開けようにもびくともしない。鍵はやっこさんが金庫に持ち込んでいる。窓から飛び込んでくれないか」

パーカーは言われたとおりなかへ入り、すぐに扉を開け放った。家は足音一つしないようだ。ウィムジイは先に立って、金庫室のある奥のほうへ進んだ。外側の扉と第二の扉が椅子をつっかいにして開いている。内側の扉が窓のない緑の壁さながら閉まっている。

「あせって叩いて、装置を壊していなければいいんだが」ウィムジイがつぶやいた。不安でたまらぬような手が腕をぎゅっとつかんできた。ウィムジイは自らを奮い立たせ、なんとかいつもどおりの明るい声を出そうと努めた。

「さあ、御大」扉と語り合うかのようにウィムジイは声を発した。「力のほどを見せてくれ。開けゴマってんだよ。開けゴマ！」

緑の扉がいきなり壁のなかへ滑るように消えていった。女は弾けるように前へ出て、金庫のなかからぐったりと倒れ込むように出てきた人物を両腕に抱えた。服はずたずたになっており、打ち傷だらけの両手からは血が垂れている。

「だいじょうぶだ」ウィムジイが言った。「よし、よし。生きている――法廷には立てる」

毒入りダウ'08年物ワイン

「おはようございます」いささか芝居がかった手つきで粋なフェルト帽を脱ぎながら、モンタギュー・エッグ氏が声をかけると、正面の扉が開いた。「またうかがいました。憶えてくれていますよね。そう、わたしのほうはあなたみたいな若い女性のことを忘れるはずありませんよ、百年経とうが。ご主人さまのごようすはいかがですか。わずかな時間でも、お目通りがかないますかね」

エッグ氏はにっこり笑った。念頭にあったのは『販売員必携』第一〇箴言だ。「小間使いとの友好関係が商いの九割を占める」

ところが部屋付き小間使いは、落ち着きなく、きまりが悪そうだ。

「どうかしら――ああ、そうね――お入りください。ご主人さまは――つまり――あんまり――」

エッグ氏は見本の品を持ってさっさとなかへ入ったが、どきりとしたことに一人の警察官が目の前に立っていた。相手はぶっきらぼうに名前と職業をたずねてきた。

「プラメット&ローズ　酒造(ワインズ・アンド・スピリッツ)　ピカデリーの訪問販売員です」何も隠し立てするものはありませんよという風情でエッグ氏が答えた。「名刺をどうぞ。何があったんですか、巡査部長さん」

「プラメット&ローズ？　ああ、なるほどね、ちょっと座ってください。警部からお訊きすることがあるでしょうから」

内心ますます驚きながらエッグ氏は椅子に腰かけた。ほどなく小さな居間に招き入れられた。制服姿の警部と筆記帳を手にした別の警察官がいた。

「ああ、どうも」警部が言った。「おかけください。お名前は――ふうむ――エッグさん。本件に関して何か参考になることをうかがえるかと思いましてね。去年の春、ボロデイル卿に箱売りしたポートワインについて、何かご存じですか」

「もちろんですとも。ダウの一九〇八年物のことなら。わたしが販売しました。一ダース一九二シリングの品を六ダース。三月三日に自分で発注して、八日に本社から発送しました。受領通知は一〇日で、お支払いは小切手でした。当社としてはすべて規定どおりです。問題ないと思いますが。苦情もいただきませんでした。わたしが今日まいりましたのも、閣下におたずねするためでした。味はお気に召されましたか、もしよろしければ追加のご注文はいかがですかと」

「なるほど。いつもの外回りとして訪れたところだというわけですな。ほかには理由もないと」

どうもまずいありさまだなと悟ったエッグ氏は、返事代わりのつもりで、好きに見てくれとばかりに注文控え帖と営業日程表を差し出した。

「わかりました」その二つにざっと目を走らせてから警部が言った。「問題なさそうですな。実はですね、エッグさん、言いづらいのですが、今朝ボロデイル卿が書斎で亡くなっていたんです。毒物摂取の疑いが濃い状態でね。さらに言えば、毒物は御社のポートワインが入ったグラスに投与されたと見られます」

「そんな！」エッグ氏はとんでもないという顔をした。「実に不本意だ。弊社にとっても打撃です。もっともワインは発送したときにはまったく問題なしでしたが。言うまでもなく、ワインに何かおかしなものを入れるなんて、弊社にとっては割に合いませんよ。おわかりでしょ。そんなことを宣伝するつもりはないけれど。とにかく、どうしてうちのワインのせいだと思われたんですか」

その答えとして警部はテーブルに置いてあったデカンターを相手に押しやった。

「自分で調べてごらんなさい。触ってもだいじょうぶ――もう指紋の検査は終えました。グラスがいるなら、ここにあります。でも何か入れて飲むのはお勧めできないな――生きることにうんざりしていない限り」

エッグ氏は恐る恐るデカンターをくんくんかいでみて、まゆをひそめた。ワインを一口分だけ注ぎ、においをかいで再びまゆをひそめた。続いて試しにワインを舌に一滴だけ垂らし、すぐさま手近にあった植木鉢に吐き出した。ほかに飛び散らないよう、そうっと。

「うわ、まいったな、これは」エッグ氏が言った。いかにも困ったとばかりに血色のよい顔がゆがんだ。「ご老体が吸い終わった葉巻の吸い殻を入れたような味がしますよ」

警部はもう一人の警察官とすばやく視線を交わし合った。

「当たらずといえども遠からず。医師はまだ検死を終えていませんが、ニコチンの毒が死因ではないかと見ています。すると一つ問題がある。ボロデイル卿は夕食後に書斎で欠かさずポートワインをグラスで二、三杯飲んでいました。昨夜もいつもどおり九時にワインが持ってこられた。開けたてのボトルで、執事のクレイヴンが地下貯蔵庫からまっすぐ運んできました。かごに入れ――」

「卓上ワインボトル入れ（クレイドル）です」エッグ氏が口をはさんだ。

「クレイドルね、そういう呼び名ならそれでいい。従僕のジェイムズが執事のあとに続いて、デカンターとワイングラスをトレーに載せて運んできた。ボロデイル卿はボトルに元から貼ってあったラベルを確かめました。それからクレイヴンが、ボロデイル卿と従僕の見ている前で、コルクを引き抜き、デカンターにワインを注ぎました。続いてその使用人二人は部屋を出て厨房に戻りました。戻る途中で、ボロデイル卿が書斎の扉に鍵をかける音を聞いています」

「なぜ鍵をかけたんですか」

「いつもそうしていたようです。卿は回想録を執筆中でした——ほら、高名な判事でしたからね。扱っていた書類の一部は極秘のもので、誰かがいきなり入ってこないようにと用心していたわけです。一一時に家族が床につくと、まだ明かりがついていることにジェイムズが気づきました。翌朝、ボロデイル卿が寝室にいないことがわかりました。書斎の扉はまだ鍵がかかっていて、こじ開けてみると、床の遺体が見つかったわけです。どうやら卿は具合が悪くなり、呼び鈴を鳴らそうとしたが、手が届く前に倒れたようだ。医師の話では死亡時刻は一〇時ごろだと」

「自殺ですかね」エッグは言ってみた。

「ううむ、そうとも断じがたい。一つには遺体の位置のことがある。それに、室内をじっくり調べたんだが、ボトルにしろ、卿が毒物を入れておくのに使えたような容器にしろ、一つも見つからなかった。しかも卿は楽しく生きていたようだ。金銭面でも家庭面でも悩み事はないし、高齢だったが健康もすこぶるよかった。自殺する理由が見当たらない」

「だとしても、ワインの味とにおいのひどさに気づかなかったのはどういうことか」エッグ氏が異を唱えた。

「いや、卿は当時かなり癖の強い葉巻を吸っていたようでね」警部が言った（エッグ氏は相手をとがめるように首を振った）。「軽い風邪もひいていたそうだから、それで味覚と嗅覚が正しく働かなかったのかな。デカンターとグラスから検出された指紋は、本人と執事と従僕のもののみ——もちろん、だからといって、ほかの誰かがどちらかの容器に毒を入れる可能性も否定できないが。でも、書斎のドアに鍵がかかっていたからね。窓は二つとも内側から閉まっていた。盗難防止装置もついている」

「デカンターはどうですか」勤務先の世評を気にしながらエッグ氏がたずねた。「ワインを入れたとき、きれいでしたかね」

「うむ、それは。書斎に運ぶ前にジェイムズがよく洗いました。洗うところを見ていたという女料理人の証言もある。水道の水を使ったあと、内部に行き渡るよう少しブランデーを垂らしたと」

「それはけっこう」エッグ氏もうなずいた。

「ブランデーのほうも問題ない。あとでクレイヴンが同じものを飲んでいますから――本人の弁では動悸を静めるためだと」警部は意味ありげに鼻をひくつかせた。「グラスはトレーに乗せるときにジェイムズがよく拭い、デカンターともども書斎に運びました。貯蔵庫を出てから書斎に入るまでのあいだに、何も加えられたり取り去られたりしなかった。だがクレイヴンに言わせると、玄関広間を通ったとき、ミス・ウェインフリートに呼び止められて、翌日の予定について少し問われたそうです」

「ミス・ウェインフリート？　姪御さんですよね。前回のご訪問のときにお会いしました。とても魅力ある若い女性です」

「ボロデイル卿の相続人です」警部が意味ありげに応じた。

「とても気立てのいい若い女性です」エッグ氏が力を込めた。「それから、今のお話ですと、クレイヴンが運んでいたのはデカンターやグラスではなく、クレイドルだけだということですね」

「そうです」

「だとすると、ジェイムズが運んでいたものに、ミス・ウェインフリートが何かを入れるのは無理でしょうね」エッグ氏はいったん間を置いた。「コルクのラベルは――ボロデイル卿がごらんになったと言われましたよね」

「うむ。クレイヴンとジェイムズもね。あなたも見られますよ、お望みなら。これがその残りです」警部は灰皿を一つ取り出した。わずかな葉巻の灰に加えて、暗青色の封蠟の断片がいくつかついている。エッグ氏はその断片をじっくり見た。

「うちの社の蠟とラベルです。コルクのてっぺんが鋭いナイフですぱっと切り取られていますね。商標はそのままだ、プラメット&ローズ、ダウ一九〇八年と。ふつうどおりです。茶こしはどうですか」

「当日の午後に、調理番のメイドが熱湯消毒しています。そして使う直前にジェイムズが拭って、デカンターとグラスを乗せたトレーで運びました。そのあと、ボトルと一緒に下げてからまたすぐ洗いましたよ、残念ながら――洗ってなければ、いつニコチンがポートワインに入ったか、何か手がかりを残してくれたかもしれないが」

「とにかく、うちの社では入れていません」エッグ氏が言い張った。「そこは確かです。それから、ボトルに入ったというのも信じられないな。不可能でしょ。ところで、ボトルはどこですか」

「分析官に回すために包んだはずです」警部が答えた。「でも、あなたがおられるんだから、見てもらったほうがいいかな。ポジャーズ、あのボトルの包みを開けてみようか。指紋はクレイヴンのものしかないから、誰かが細工したようには見えないが」

警部に指示された警察官がハトロン紙の包みを持ってきて、そこからワインボトルを取り出した。きれいなコルクで栓をしてある。地下貯蔵庫に置いてあったときの埃がまだ少しついていて、指紋検出用の粉と混ざっている。エッグ氏は口のコルクを抜き、中身をくんくん強くかいだ。やがて顔色が変わった。

「このボトル、どうやって入手しましたか」エッグが鋭く問うた。

「クレイヴンから。言うまでもないが、グラスなどとともに、はじめに見せてくれとこちらが求めたものです。クレイヴンは貯蔵庫へ我々を連れていき、これを示しました」

「これだけがあったんですか、それともほかにボトルがたくさんありましたか」

「床に立ててありましたよ、並んでいる空のボトルの端に。どれも同じ箱に入っていた。クレイヴンの話では、飲んだ順どおり床に置いたと。そしてそれを集めて片づけたそうです」

エッグ氏はボトルを少しずつ傾けた。底に残っていたおりのせいで濁った濃厚な赤の液体が、手にしたワイングラスに数滴垂れた。エッグ氏はまたそのワインのにおいをかぎ、口に含んでみた。何か言いたげに獅子鼻をふくらませた。

「どうです」警部が問うた。

「ニコチンの形跡はありませんね。わたしの鼻が利かないのなら別ですが。しかし、おわかりいただけるでしょうが、そんなはずはないと思いますよ、なにしろわたしは鼻を利かせて食べているんですから。問題なし。もちろん警察は分析に出さないといけないんでしょうね。それはわかりますが、わたしとしてはボトルに怪しい点はないほうに大金でも賭けたいな。しかも、うちの社にとっては、言うまでもなく胸をなでおろしたい心もちです。個人的には、警部がこんなふうにこの一件の内実を示してくださったことには感謝します」

「こちらこそ。あなたの専門的な知見は貴重ですから。もうボトルは除いて、デカンターに的を絞ってよさそうだ」

「そうですよ。それが正解。ボトル六ダースのうち何本が使われたか、わかりましたか」

「いや。でも知りたければクレイヴンが教えてくれますよ」

「ちょっと安心したくて。これが当のボトルだと確認したいだけなんです。何か誤解を招いてしまったならすみませんが」

　警部は呼び鈴を鳴らした。執事がすぐさま現れた。見たところいかにも重厚な初老男だ。

「クレイヴン、こちらがプラメット＆ローズのエッグさんだ」警部が言った。

「存じ上げております」

「よろしい。職業柄ポートワインの件で何か興味があるそうだ。知りたい点は――どういうことですかね、エッグさん」

「このボトルは」モンティ（モンタギューの愛称）は指のつめでボトルを軽く叩いた。「昨夜（ゆうべ）あなたが開けたものですね」

「さようでございます」

「間違いないね」

「間違いございません」

「何ダース残したのかな」

「すぐにはお答えできかねます、貯蔵庫の帳簿を見ないことには」

「それは貯蔵庫にあるんでしょ。お宅の貯蔵庫を見てみたいんだが――どれも立派なものだとうかがっているから。きっと整然としているんでしょ。室温なども適切で」

「問題はございません」

「みんなで地下まで見にいこうか」警部が言った。信頼しているふうを装いながらも、エッグ氏を執事と二人きりにするのを危ぶんでいるようだ。

クレイヴンは軽く頭を下げ、先に立って歩きだしたが、途中で配膳室から鍵を取ってきた。

「ニコチンの件ですが」みなで長い廊下を進みながらエッグ氏が言いだした。「命取りのものなんですかね。つまり、人間を毒殺するのにどれぐらいの量が必要なのか」

「医者から聞いたところでは」警部が答えた。「純正の抽出物、というのかどうかはともかく、数滴あればどんな生物でも二〇分から七、八時間で死にいたると」

「ほう、それはそれは。で、ご老体はどれぐらいワインをお飲みになったのかな。グラスでたっぷり二杯？」

「さようでございます、デカンターの残り量からしますと。いつもワインをぐいと飲み干されておられました。ちびちび飲まれることはございません」

エッグ氏は暗い顔になった。

「よくないな、それは」嘆くような口ぶりだ。「だめだめ。香りを確かめる、ちびりとやる、風味を引き出すように味わう――これがワインの作法なんだ。あ、庭には池か小川のようなものはありますかね、クレイヴンさん」

「ございません」きょとんとしながら執事が答えた。

「ああ、そう。ちょっと気になったものだから。誰かがニコチンを何かに入れて持ち込んだに違いない。そのあとで小さなボトルか何かをどう始末したのかな」

「やぶに投げ込んだり土に埋めたりするのは簡単です」執事が答えた。「庭の広さは牧場や中庭を除いても六エーカーですから。もちろん用水桶や井戸もございます」

「ぼくはなんてトンマなんだ」エッグ氏が口走った。「それは思いつかなかった。あ、これが貯蔵庫だね。すごいな――とびきり上等の設備ってところだ。室温もほどよい。夏も冬も同じでしょ。上の階の暖炉からはずいぶん離れているからね」

「はい、おっしゃるとおりでございます。ここはお屋敷の反対側で。最後の段にお気をつけくださいい、みなさま。少し壊れております。ここがダウの一九〇八年物を立てるところでございます。一七番の箱――一、二、三ダース半、残ってございます」

エッグ氏はうなずき、箱から突き出たボトルの口に懐中電灯を近づけると、ラベルをじっくり見た。

「たしかに、そのとおり。三ダース半だね。悲しいな、ワインが通っていったのどは、いわば死神に詰まらされたと考えると。外回りをしているとき、よく思うんだが、残念ながら人間はこういうワインとは違って、誰もが歳を取ったからって熟してまろやかになれるわけじゃないんだ。ボロデイル卿は、立派な老紳士だったたと話に聞きますが、難物というべき方でしたね、無作法者ではないにしろ」

「難しいところがございました」執事もうなずいた。「ですが、廉直なお人柄でした。とても廉直な当主ということでございます」

「たしかに」エッグ氏も応じた。「それからここにあるボトルは、どうも空のようだな。二二、二四、二九――足す一で三〇――三ダース半は四二――七二――六ダース――よし、了解した」エッグ氏は空のボトルを一つ一つ持ち上げた。「死人に口なしというが、モンティ・エッグくんには語りかけてくれている。たとえば、この一本。もしここにうちのダウ一九〇八年物が入っていたら、モンティ・エッグをスクランブルエッグにしてくれていい。においのひどさ、おりのひどさ、こんな漆喰の染みは一人の貯蔵庫管理人の手でつけられたわけがない。空のボトルを別な空のボトルとすりかえるのはたやすい。一二、二四、二八足す一で二九。三〇本目はどうしたのかな」

「わたくしは一本も持ち去っておりません」執事が答えた。

「配膳室の鍵は——ドア内側の飾り鋲の上か——すぐ手に取れる」モンティが言った。

「ちょっと待った」警部が口を開いた「つまり、見当たらないボトルは同じ組のものじゃないってことか?」

「違います——とにかく、たぶんボロデイル卿はたまに製造年の違うものに好んで手を伸ばしたんでしょう」エッグ氏はボトルを逆さにして強く振った。「乾いている。変だ。底に死んだクモがいる。クモはえさなしでも意外なほど長生きできるんです。妙ですよ、この空のボトルは列の半ばにあるから、列の端のものよりもっと乾いていて死んだクモがいてもおかしくないのに。わたしたちの職業では、妙なことがたくさんあるんですよ、警部——いろいろな物事に、いわば目をつけるよう仕向けられています。『目を見開いた販売員は、はるか山頂からの注文も見逃さない』(『販売員必携』所収の一項)ということです。このボトルは妙な代物と呼んでよさそうだ。もう一つ。クレイヴンさん、あなたが昨夜開けたという別のボトルね——あなた、どうしてそんな誤りを犯したのかな。ぼくの味覚はもちろんだが、嗅覚も信頼に足るとすれば、ボトルを開けてから一週間は経っている」

「さようでございましょうか。たしかこの列の端に置いたはずでございますが。誰かにすりかえられたに違いございません」

「だがね——」警部が言いかけたが、ふと何かを思いついたかのように語を切った。「クレイヴン、自分の貯蔵庫の鍵をわたしに渡しておいたほうがいいぞ。我々がこの場をくまなく調べる。さしあたりはそれでいい。エッグさん、一緒に上まで来てください。お話しすることがあります」

「いつでも喜んで」モンティがほがらかに応じた。二人は階上へ戻った。

「あなた、おわかりかな」警部が言いだした。「たった今ご自身が口にされたことの趣旨、というかむしろ含蓄を。このボトルが目当てのものでないという点に関して、あなたの読みどおりだとすると、誰かがわざわざすりかえたわけだ。そして目当てのものは消えた。さらには、ボトルをすりかえた男――または女――は指紋を残していない」

「わかります」すでに同じ推論をしていたエッグ氏が応じた。「さらに言えば、ともあれ毒物はボトルに入っていたような感じですよね。その点が――警部のお考えでは――プラメット&ローズにとっては一大事というわけですね、ボトルがボロデイル卿の部屋に持ち込まれたとき、うちの社のラベルがボトルに貼ってあるのは確かだから。そこはわたしも否定しませんよ、警部。違う、違うなんて騒ぎ立てるのは無駄ですね、事実が明らかなんだから。我々の業界に入ろうとする者にとっては、これが有益な態度です」

「まあまあ、エッグさん」警部が笑いながら言った。「お次の推論に移ってはいかがかな。ボトルがすりかえられた件に目をつけたのはあなただけなんだから、わたしとしてはあなたに手錠をかけなきゃいかんようだ」

「ちょっと、あれは不愉快な推論ですよ」エッグ氏が口を尖らせた。「警部はまさかその線で突っ走るわけじゃありませんよね。そんなふうにはなってほしくない。うちの上層部だって思いもしないでしょう。警部だって、ちょっと考えたらおわかりでしょうに、うちの社が自分たちにとって悔いが残りそうなことをする前に、暖炉室を覗いてみるのが好ましいって」

「暖炉室？　なぜ」

「ほら、何か始末したいものがあるとき、ふつうならどこにそれを持ち込むだろうかとぼくがたずねたとき、クレイヴンがあえて口にしなかった場所だからです」

この推理の仕方に警部ははっとしたようだ。二、三人の部下にちょっと手を貸してくれと声をかけた。ほどなく、屋敷の温度を保っている暖炉の灰がせっせと掘り返された。まず見つかったのは、溶けかかった分厚いガラスのかたまりだ。ワインボトルの一部だったようにも見える。

「あなたの見立てどおりだったかもしれないね」警部が言った。「だがこれで何かを立証できるとは思えない。ニコチンを取り出すのは難しい」

「ですね」エッグ氏も哀しげにうなずいた。「でも」顔が明るくなった。「これはどうですか」

刑事が灰を振るい分けるのに使っているざるから、エッグ氏はたわんでねじれている薄い金属片をつまみ上げた。黒焦げになった小さな骨状のものがついている。

「なんだね、それは」

「たいした代物には見えませんが、ワインの栓抜きの一部かもしれない」エッグ氏が穏やかに答えた。「とくに変わった点もなさそうな、ありふれた感じですね。ここを見てください。金属の部分がくぼんでいるのがわかるでしょ。分厚い象牙つき取っ手もくぼんでいたって驚きませんよ。もちろんひどく焦げていますが、開いてみて、なかに空洞があったら、しかも小さな溶けたゴムもあるかもしれないが――まあ、けっこうな手がかりになるかもしれませんね」

警部は自分の太ももをぴしゃりと叩いた。

「でかしたね、エッグさん。あなたの言わんとするところがわかった。このコルク抜きに万年筆のゴムのインク壺みたいなくぼみを作って、そこに毒物を満たしておけば、ピストンの要領で圧迫することで毒は空洞の軸を伝わっていくわけだ」

「そのとおりです。もちろん、コルクにねじこむには細心の注意が必要ですがね、管をだめにしないように。しかもコルクの底から突き出るぐらいの長さにしないといけない。でも、とにかく可能ではないか。さらに言えば、実際そうしたんですね。でなければ、先端から一インチの四分の一（六ミリ弱）ほどのところに、こんな小さなくぼみがあることの説明がつかない。ふつうの栓抜きなら穴なんか開いていませんよ——ぼくの経験では。はばかりながら、栓抜きを扱って食ってきたんだから」

「でも、だとすると、誰が——」

「ふむ、コルクを抜いた人物じゃないですかね。指紋がボトルについた人物」

「クレイヴンか？　動機はなんだ」

「さあ。いずれにしろ、ボロデイル卿は判事でしたね、それも厳格な。クレイヴンの指紋を警視庁に送れば、誰のものか認識できるかもしれません。わかりませんがね。でも、可能でしょ。あるいはミス・ウェインフリートがクレイヴンについて何か知っているかな。それともボロデイル卿が執筆中だった回想録に、執事の話が出てくるかもしれない」

　警部は相手の示唆を受けてすかさず確かめてみた。警視庁もミス・ウェインフリートも、クレイヴンを追いつめる材料を持っていなかった。クレイヴンは執事になって二年だが、仕事ぶりは実にまじめだった。だが、ボロデイル卿の判事としての執務記録を見てみると、何年も前に、卿はクレイヴンという名の若者に対して過酷な重懲役刑を課していた。被告は腕のいい金属細工の職人で、雇い主への詐欺行為に加担したようだ。もう少し調べてみてわかったが、この若者は半年前に出獄していた。

「クレイヴンの息子さ、もちろん」警部が語を継いだ。「手先が器用で、家庭でふつう使う栓抜きとまったく同じものを模倣することができる。ところでニコチンはどこで入手したのか。まあ、それは近いうち明らかになるだろう。庭で使うものを見つけるのは難しくないな。あなたの専門知識には助けられましたよ、エッグさん。ボトルの件のからくりを突き止めるまでには時間がかかったでしょうからね。クレイヴンから無関係のボトルを渡されたとわかったときに、やつを怪しいとにらんだんでしょ」

「いや、違います」エッグ氏は控えめに鼻をひくつかせて答えた。「あの男が部屋に入ったときに、ぴんときました」

「まさか。ほんとですか。あなたは実在するシャーロックってわけかな。でも、なぜ」

「ぼくに対して『ございます、ございません』と、丁寧語を使ったのでね」エッグ氏は、こほんと一つ咳をした。「前回こちらのお宅にうかがったとき、あの男はぼくのことを『若いの』と呼んで、出入りの商人は裏口へ回れと言ったんです。ひどい失策だ。自分が間違えていようが正しかろうが慇懃たることに如(し)くはなしと、『販売員必携』に載っていましてね」

香水を追跡する

モンタギュー・エッグ氏の目には、〈ピッグ&ピューター〉の巡回販売員用部屋は暗い洞窟であるかのように映った。原始人が湿った海藻を燃やした火でマンモスの肉を焼いている場さながらだ。別の言い方をすれば、ここは電気の光が明るくなく、冷え冷えしていて、煙ったく、腐りかけた食べ物にも似たにおいが広がっていた。

「いや、まいったな、これは」エッグ氏はぼやきながら、咳き込む原因であるこのえんどう豆色の煙をどうにかしようと、くすんだ石炭をつついて転がした。

エッグ氏は呼び鈴を鳴らした。

呼び出されたメイドが言った。「ああ、お世話さまでございます。まことに申し訳ございませんが、東から風が吹くといつもこんなふうでして。それはもう、今までいろいろな換気帽や通風管をとっかえひっかえつけてみました。今日も一人、作業している者がおります。だからつい今しがたまで火もついていませんでした。それでも、どうも手の打ちようがなさそうです。カウンターラウンジにちゃんとした暖炉ございますから、よろしければそちらへどうぞ。みなさまがご歓談でございます。おくつろぎいただけますよ。お客さまのような営業関係の方もおいでで。はるばるドラブルズフォードからファゴットさまとジュークス巡査部長もお見えです。ああ、それからオートバイでいらしたお客さまが二組。穏やかでお優しい方々ばかりで」

「ぼくにもなじみやすそうだな」エッグ氏がほがらかに応じた。しかし、営業を生業とする仲間に対しては、マグベリーの〈ピッグ&ピューター〉に泊まるのは控えろと言ってやらねばと、そう心に刻んだ。宿の評価は巡回販売員用部屋で決まるからだ。おまけに食事がまずい。自分の到着が遅かったせいだというのでは片づけられないまずさだ。

しかしながら、カウンターラウンジはわりによかった。客が団欒している炉辺の一方の側には、田舎出のファゴット老が座っている。乏しくなった白いあごひげの下には、長い赤の毛糸の襟巻がぶらりと垂れている。手にはエールの入った大ジョッキが握られている。ご老体の向かいには、やはり大ジョッキを手にした大柄な男がいる。見たところ私服警官のようだ。暖炉の正面のテーブルには、抜け目のなさそうな色の浅黒い若い男が座っている。かたわらに置いてあるじょうぶそうな革のカバンを見て、営業関係者だなと、エッグ氏はすぐ察しがついた。男はシェリーを飲んでいる。バイク乗りらしい服装の若い男女二人が、別のテーブルでウィスキーの水割りとグラスワインをそれぞれ飲みながら、小声で語り合っている。帽子をかぶってギャバジン素材の服を着た別の男が、バーとつながっている配膳口のところでギネスビールを注文している。離れた一角では、男らしき人影が物静かに座っているが、つばの広いソフト帽をかぶっていて、目の前で新聞を広げているので姿が半ば隠れている。エッグ氏は一同にぺこりと頭を下げ、ひどい夜ですねと声をかけた。

まったくそうだと、営業関係の男が力強く応じた。

「ぼくは今夜ドラブルズフォードまで行く予定なんです」男が言いだした。「でもこんなふうに、霜だ、霧雨だ、また霜だなんて天候だと、道路が走りづらくてね、このまま留まっていたほうがよさそうだ」

「右に同じですよ」カウンターに近づきながらエッグ氏が応じた。「甘口と辛口の中間のやつを。しかも寒いしね」

「ほんとに寒い」警察官が言った。

「あー」ファゴット老が言った。

「荒れてるね」ギャバジン服の男がカウンターから戻ってきながら言った。営業男のそばに席を取った。「なぜだかはわかる。二マイル(三・二キロ)離れた電柱に車が滑っていきましたよ。バンパーを見てもらいたい。まあね、一年のこの時期だからこそ起こることだが」

「あー」ファゴット老が言った。少し間が空いた。

「じゃあ、乾杯」エッグ氏が言い、自分のジョッキを品よく持ち上げた。

一同もきちんとそれに応じた。また間が空いたが、営業男が沈黙を破った。

「この地方はおなじみなんですか」

「いや、とんでもない」モンティが答えた。「受け持ちじゃありません。いつもはバスタブルが回っていますよ——ヘンリー・バスタブルね——ご存じじゃないかな。ぼくらはプラメット&ローズ酒造の外回りで」

「背が高くて髪が赤い人かな」

「それです。かわいそうに、リューマチ熱にかかって寝込んでいるんですよ、だからぼくが臨時の代役を仰せつかった。エッグといいます——モンタギュー・エッグ」

「ああ、あなたが。ハロゲート兄弟商会のテイラーからおうわさを聞いた気がする。ぼくはレッドウッドです。香水と装飾品を扱うフラゴナード社の者で」

エッグ氏はおじぎをし、商いのようすをどう見ているか、さりげなく控えめにたずねた。

「悪くもなし。もちろん金回りはちょっと厳しいけど、そこは覚悟の上で。ともかく、いろんな点から考えると悪くもなし。ところで、ここに一つ品物がありましてね。けっこう売れ行きもよくて、お宅にとっても考えの手がかりになるかな」男は背を曲げ、バッグの革ひもをほどいて、丈のある携帯用酒瓶（フラスク）を取り出した。細ひもをきちんと巻いてガラス栓をさしてある。「どうです、ご感想は」ひもを外してモンティにフラスクを渡した。

「パルマスミレですかね」ラベルにちらりと目をやりながらギャバジン男が言った。「この手の品を評価するのは若い女性が最適だ。お嬢さん、もしよろしければ。美しき人には美しき花を（シェイクスピア『ハムレット』第五幕第一場。死んだオフィーリアに対する王妃ガートルードの言葉）」いんぎんに言い足した。「失礼しました」

若い女はくすくす笑った。

「出番だぞ、ガート（ガートルードの愛称）」女と同席している男が言った。「好ましき申し出は断るべからず」栓を抜き、なかのにおいを思い切り吸い込んだ。「これ、高級品だ。きみのハンカチに一滴垂らしてみろ。ほら——代わりにやってやる」

「まあ、ご親切に」女も言った。「お上品な香りってところね。やめてちょうだい、アーサー。あたしのハンカチに触らないで——みなさんがあんたのこと、どう思ってるか。垂らしたいなら自分のでやりなさいよ、こちらの男性もきっと許してくださるから」

アーサーは一同に向けてことさら芝居がかって片目をつぶってみせると、自分のハンカチにたっぷり香水を振りかけた。モンティはフラスクを取り戻し、ギャバジン男に手渡した。

「失礼ですが」レッドウッド氏が口を開いた。「言わせていただくと、香水の正しい確かめ方を誰もが知っているわけではないんですね。ただ手に少しだけ叩くようにつけて、液体が蒸発するのを待って、それから手を鼻腔に当てればいいんです」

「こんなふうに？」ギャバジン男が言い、うまく小指で栓を抜くと、左の手のひらに香水を一滴垂らし、また栓をした。流れるような手際だ。「ああ、なるほど」

「おもしろいな」モンティは感心したように言い、自分もまねてみた。「ブランデーを入れた薄いグラスを手のひらのくぼみでゆりかごみたいに揺らして、香りを漂わせるのと同じだ。手のぬくもりでエーテルが広がる。いいことを教えていただきましたよ、レッドウッドさん、香水の正しい取り扱い方ってわけだ。学ぶ姿勢は稼ぐ道（『販売員必携』所収の一項）――これがモンティ・エッグの姿勢です。いずれにしろすばらしい香水だ。いかがですか、かいでごらんになったら」

　エッグ氏からボトルを差し出された田舎出の老人は、首を振り、「においにゃ耐えられんよ、そったらひどかもんは」と、吐き捨てるように言った。エッグ氏は続いて警察官に差し出した。この人物はお上品ぶりのしぐさを見下していて、器の口を思い切りかぐなり、きっぱりこう言った。「においは悪くないが、もっと弱いほうが好きだな」

「まあまあ、好みは人それぞれですね」モンティが言った。ちらりとあたりを見回し、離れた一角に先ほどから黙っている男の存在に目を留めると、悠々と近づいて意見を求めた。

「なんなんだ、きみは」相手の男はうなるように言い、障壁のように広げていた新聞の陰からしぶしぶ姿を現した。けんかでもしそうなほど逆立った金色の口ひげと不機嫌そうな青い目があらわになった。「このバーにはくつろぎの場もないのかね。香水だと？　そんなもの耐えられん」いらついたようにエッグ氏の手から香水をひったくると、においをかぎ、ろくに口の位置も見ないでぞんざいに栓を差し込もうとしたが、栓はうまく口におさまらず、テーブルの下に転がってしまった。「におうよ、たしかに。ほかに何を言わせたいんだ。買うつもりはないぞ、それがあんたの狙いならな」

「もちろん違いますよ」心外だとばかりにレッドウッド氏が言い、遠ざかっていった商売道具をあわてて拾い上げた。「何をいらついてるんだ」小さく吐き捨てるように言った。「目がやけにぎらついてる。両手もぶるぶる震えてるし。あの男のこと、見張ってたほうがいいですよ、巡査部長。殺人事件なんてごめんだ。まあとにかく、みなさん、この大瓶入りの香水は小売りできると知ったら、どうお思いですかね。一本三シリング六ペンスです」

「三シリング六ペンス?」エッグ氏が驚いた。「売り物が酒類だったら、そんな値段をつけたら商品に失礼だろと言いたいところだ」

「そうですね」レッドウッド氏も力を込めた。「酒ならね。でも違いますから。ここまでお安くしたところが肝です。この点は企業秘密ですよ、そうとしか言えない。いずれにしろ、これが最高値の商標に匹敵する最上のパルマスミレなのかどうかと、ふつうの人が問われたにしろ、違いはわからないでしょうね」

「それは無理だ」エッグ氏も応じた。「すばらしいの一言。残念だな、酒造業界の場合、盛り上げに一役買えるような品が見つからなくて。もっとも、そんなものがあっても、さほど力にはならないのは明らかだが。あるいは、大蔵大臣の言い分はどうだろうかな。酒と言えば、みなさん、何を飲んでおられますか。あなたはどうなの、お嬢さん。ここは一つ、ぼくにおごらせてもらいますよ。みなさんに同じものを」

店主はすかさず注文に応じた。店内を回りながら、ラジオのスイッチを入れた。ラジオからはすぐに九時の時報が発せられ、続いてアナウンサーのはっきりした声が流れた。

「ロンドンからの全国放送です。天気予報をお伝えする前に警察からの情報があります。ノッティンガムのアリス・スチュワード殺害事件に絡んで、警視総監から次のようなお知らせをしてほしいとのことです。警察はジェラルド・ビートンという若い男の足取りを追っている。この男は事件に先立つ午後、被害者のもとを訪れたことがわかっている。年齢は三五歳、中肉中背、金髪、短い口ひげを生やし、目はブルーないしグレー、丸顔、血色はよい。最後に目撃されたときは、グレーの背広にグレーのソフト帽、淡い黄褐色の外套といういでたちだった。今はモーリス社の車——ナンバーは不明——で地方を回っていると見られる。この人物、またはこの人物の所在について心当たりのある方は、ただちにノッティンガム警察の警視にご一報ください。最寄りの警察でもかまいません。では、天気予報です。低気圧の影響で……」

「あ、スイッチを切ってくれ、ジョージ」レッドウッド氏が言った。「低気圧の話なんか聞きたくない」

「いいですよ」店主はラジオを消した。「むかっとくるなあ、警察の説明には。今ぐらいの乏しい手がかりで、一人の男が特定できると思ってるのかね。これこれは中ぐらいで、これこれも中ぐらい、ふつうの顔立ちで、血色はよく、ソフト帽だとね——そんなの誰だって当てはまる」

「かもしれないね」モンティが応じた。「ぼくかもしれない」

「ふむ、まあ、そうだな」レッドウッド氏も続いた。「あるいはこちらの紳士とか」

「たしかに」ギャバジン服の男が認めた。「または百人のうち五〇人ほどがそうかな」

「そう。それとも」——店のすみで新聞を広げている男のほうをモンティがそっとあごでしゃくった。

「あいつかな」

「そう、それもある」レッドウッドが言った。「だが、誰もあいつの顔をまだじっくり見てない。ジョージは別だが」

「わざわざあの人に毒づくつもりはありませんよ」店主が苦笑しながら言った。「あの人、店にすたすた入ってくるなり、こっちに目もむけないで酒を注文して、金を払ってくれましたよ。でも、ちょっと顔を見た限りだと、公開された人相は誰だって当てはまりそうだ。それから、あの人はモーリスの車に乗ってきたんだが——車は車庫に入ってますよ」

「べつに怪しいことはない」モンティが言った。「ぼくの愛車も同じだ」

「ぼくのも」ギャバジン男が応じた。

「ぼくもそうだ」レッドウッドも加わった。「国内産業を応援しましょうってことだ。いずれにしろ、車だけじゃ犯人の特定には役立たない。ちょっとすみません、巡査部長さん、でしたっけ、どうしてもう少し一般人が安心できるよう動いてくれないんですかね、警察は」

「どうしてって」巡査部長が答えた。「一般人からのくだらん目撃証言にもとづいて捜査せにゃならんからですよ。そういうわけです」

「一本取られたな」レッドウッドがほがらかに応じた。「ねえ巡査部長、最後に目撃された男に事情聴取するつもりだなんていう話は、嘘っぱちですよね。つまり、当局の目的は逮捕することでしょ」

「わたしが言うことじゃないね、そこは」巡査部長が物思わしげに答えた。「あんた自身で判断してもらわないと。警察がやろうとしてるのは事情聴取だよ、生前の被害者と会った最後の何人かに含まれることがわかってる男に対する。分別のある人物なら姿を現わすだろう。そうでないなら呼び出しに応じてもらうと——まあ、あんたも好きに考えればいい」

「どんな人間なんですか」モンティがたずねた。

「好奇心が抑え切れんか。夕刊は読んだかね」

「五時から外回りでしたから」

「ふむ、こんな具合だ。被害者の老女ミス・アリス・スチュワードは、ノッティンガム近郊の小さな家にメイドと二人暮らしをしてた。昨日の午後はメイドの休憩時間で、本人の話では、外出しようとしたところ、一人の見知らぬ男がモーリスの車で乗りつけてきたそうだ。こういう小娘の話は信用ならんがね。それに車だって、オースチンかウルズリーか、またはほかのものか、どれであってもおかしくない。その男はミス・スチュワードに会いたいと言った。メイドはそいつを居間に入れた。すると女主人が『あら、ジェラルド』と言った。こんな具合だ。それからメイドは映画を観に出かけた。あとに二人が残った。メイドが一〇時に戻ってくると、女主人が頭をなぐられて倒れてたってわけだ」

　レッドウッド氏は身を乗り出し、エッグ氏をひじでそっとつついた。店のすみにいる例の男は目を上げると、広げている新聞の陰からこっそり一同を見ている。

「その話からすると、やつは容疑者に復活だな」レッドウッド氏がつぶやいた。「ところで巡査部長、どうしてメイドは男の名字と本性を知ったんですかね」

「それはだね、かつて女主人がジェラルド・ビートンなる男のことを話題にしてたのを思い出したからだ——何年も前の話だが。だから警察もあまり詳しいことは聞き出せなかった。メイドが憶えてたのは名前だけだ。調理本に載ってたのと同じ名前だったと」

「ルーイス（イーストサセックス州中部の都市）の人間ですか」アーサーという若者がいきなり口を開いた。

「かもしれん」相手にいささか鋭い目を向けながら巡査部長が応じた。「被害者がルーイスの出身だから。なぜだ」

「思い出したんですよ、ぼくがまだ子どものころ、お袋がルーイスのミス・スチュワードって人のことを話題にしたのを。とてもお金持ちで、薬局から若い男を養子にもらったそうです。たしかそいつは家から逃げ出して、悪の道に走ったか何かしたはずです。とにかくミス・スチュワードも町を出ていきました。お金はたんまりあって、それをブリキの箱か何かにみんな入れてると言われてたな。お袋のいとこがミス・スチュワードの家政婦だったというおばさんを知ってたけど――でも、どれもうさんくさい話だ。いずれにしろ、六、七年前のことでね、たしかお袋のいとこも家政婦も亡くなってます。お袋は」次の問いを見越してアーサーなる若者は語を継いだ。「二年前に死にました」

「それにしても興味深い話だ」エッグ氏が先を促すように言った。「警察にも伝えたほうがいいね」

「もう伝わりましたよね」アーサーがにやりとしながら巡査部長に目をやった。「だけど、警察だってもう知ってるだろうな。それとも、ぼくが警察まで足を運ばないとだめかな」

「今の件なら」巡査部長が言いだした。「おれが警察署の代理だ。まずきみの名前と住所を教えてくれないか」

若者はアーサー・バンスなる氏名とロンドンの住所を口にした。ここで若い娘ガートルードが何か思い当たったような顔をした。

「ブリキの箱はどうなったの。男は箱を奪うつもりで女性を殺したのかしら」

「箱のことは新聞に何も載っていなかったな」ギャバジン服の男が口をはさんだ。

「当局だって記者に何もかも話すわけじゃない」巡査部長が言った。

「我らの不愉快なる御仁が愛読する新聞には載っていないのかな」レッドウッド氏がぼそっと言った。それと同時に、くだんの不愛想な男が奥の席から立ち上がり、配膳口に歩み寄ると、わざとらしくビールのお代わりを頼んだ。が、実は一同の会話をもっとよく盗み聞きしたいという意図がありありとうかがえた。

「警察はそいつを捕まえるつもりなのかな」レッドウッドが思案ありげに言った。「警察は——ああ、そうか、それでわかった——だからかなり厳しく見張っているんだ。ぼくはウィントンベリーで車を停められて運転免許証を調べられたんだが、なぜなんだと思っていた。通りを走るモーリスの車はすべて調べていたんだな。ご苦労なことだ」

「この地域のモーリスの車はすべてだね」モンティが言った。「ぼくはサグフォードで停められた」

「へえー」アーサー・バンスが声を上げた。「警察は容疑者の情報をつかんだ感じだな。ねえ巡査部長さん、ちょっと教えてくださいよ。この件で何か知ってることあるでしょ」

「何も話すことはない」ジュークス巡査部長がおごそかに答えた。不愛想な男が配膳口から離れた。同時に巡査部長も立ち上がり、離れたところのテーブルまで歩くと、ことさらのように植木鉢のなかへパイプの灰を叩き落とした。そのまま立ち止まり、たばこ入れから取り出した葉をパイプに詰め直した。大きなからだが不愛想男と出入り口とのあいだに壁を作った。

「警察はそいつを捕まえない」不愛想男がいきなり口を開いて、みなを驚かせた。「決して捕まえない。なぜだかわかるか。教えてやろう。そいつが賢くて手に負えないからじゃない。逆に愚かすぎるからだ。ありふれた話だ。たぶんそいつはビートンじゃないだろう。あんたら、新聞を読まないのかね。ミス・スチュワードの居間は一階にあるのを知らないのか。食堂の窓は上の部分が開いていたんだぞ。窓からなかへ忍び込むのは子どもでもできそうなことだ。老婦人は少し耳が遠かったし。で、犯人は気づかれずに襲いかかって、頭をなぐった。庭の門と窓とをつなぐのは、不ぞろいの石造りの舗道一本のみだ。昨夜は乾燥していて、土には霜が降りていなかった。だから犯人は敷物に足跡を残さなかった。追跡するのが難しい殺人事件なんだ――計略らしい計略もなく、明らかな動機もない。レディングで起きた殺人事件を見てみろ。それから――」

「ちょっとお待ちを」巡査部長が言った。「舗道の石がふぞろいだってこと、なぜ知ってるんですか。たしか新聞には載ってなかったが」

熱弁が絶頂にさしかからんとしたところで、不愛想男はふと口をつぐまざるを得ず、いらついたような顔をした。

「実は現場を見たんですよ」不愛想男が言いたくなさそうに答えた。「今朝あそこへ行って見てきた――個人的な理由でね、あなたにご心配いただくようなことじゃないが」

「それは興味深い話だ」巡査部長が応じた。

「かもしれない。でもあなたには関係ない」

「ああ、そりゃそうですね。我々にもそれぞれ道楽がある。お宅の場合は石が不ぞろいの舗道ってわけかな。造園家の方かな」

「とも言えない」

「記者さんですかね」レッドウッド氏がたずねた。

「そっちのほうが近い。ぼくの三本の万年筆を見たからかな。なかなかの素人探偵さんだね」

「この男性が記者っていうのはありえないいな」エッグ氏が口を開いた。「失礼なことを言うようですがね、記者ならレッドウッドさんの合成アルコールだかなんだかに関心を抱かないわけがない。もしぼくがあなたの職業を当ててみろと言われたら、なんと解答しようかな。人は誰でも自分の仕事の特徴を言動のどこかに示すものです。レッドウッドさんやぼくの場合ほど、つねに目立つとは限りませんが。書物を例に取りましょう。学術関係者かどうかは本の頁の開け方でわかる。いわばからだに染みついているわけです。あるいは瓶でもそう。ぼくはいつも同じように瓶を扱う――仕事柄ね。医師や薬剤師の扱い方はぼくらとは違うでしょう。たとえばこの香水の容器。あなたやぼくがこの瓶の栓を抜くとしたら、どうやりますかね。あなたならどうです、レッドウッドさん」

「ぼく?」レッドウッド氏が言った。「力いっぱい抜き取るよ。『いーち』で右手の親指と指二本を栓をつまんで、『にー』でぐいと引っ張り上げる。何か起きたらまずいから左手で瓶をしっかりつかんでね。あなたならどうします」ギャバジン男に目を向けた。

「同じだな」相手は返事どおりの動作をしてみせた。「何も難しいことじゃない。ほかに方法はないでしょ。実際そうやって抜いてるし。わたしにどうしてほしいっていうのか。吹き飛ばせばいいのかね」

「この人の言うことはまっとうですよ」不愛想男が話に割って入った。「そういうやり方になりますよね、ふつうの人の場合、一方の手がふさがっているとき、もう一方の手で量を測って注ぐことに慣れてないから。だが医師や薬剤師は、こんなふうに一方の手で持ったまま小指で栓を抜ける。そして瓶を同じ手で持ち上げる。測量グラスをもう一方の手で持ったまま――そう――それから――」

「おい、ビートン」エッグ氏が鋭い声を発した。「出番だよ!」

フラスクが不愛想男の手から滑り落ち、テーブルの端に当たって割れた。とたんにギャバジン服の男がはっと立ち上がった。むせかえるようなスミレのにおいが部屋いっぱいに広がった。巡査部長が突進した——短いながら激しい取っ組み合いが起きた。若い娘が金切り声を上げた。店主がカウンターから飛び出てきた。男たちがあわててあとに続き、戸口をふさいだ。

「よし」巡査部長が息を弾ませながら取っ組み合いから立ち上がった。「おとなしくしろ。よく聞け。宣告するから。ジェラルド・ビートン、アリス・スチュワード殺害の容疑で逮捕する——ほら、立て。おまえの発言は記録され、法廷で証拠として採用される。ありがとうございます。この男を戸口まで連れていくのをお手伝いいただければ。前の路上に相棒を待たせてあるんです、パトカーともども」

二、三分後、外套に腕を通そうと四苦八苦しながらジュークス巡査部長が戻ってきた。にわか協力者たちもついてきた。どの顔も晴れ晴れとしている。今日一日の大仕事を終えたようなおもむきだ。

「あれはなんとも気の利いた策でしたね」巡査部長がエッグ氏に声をかけた。エッグ氏はお嬢さんに気つけ薬よろしく強めの酒を飲ませている。レッドウッド氏と店主は敷物に飛び散ったパルマスミレの液をせっせと拭いている。「うわ。ぷんぷんにおうな。これじゃ床屋と変わりない。やつがこっち方面にいそうだって情報が入ってね、あんた方の誰かがそうじゃないかとおれは見たんだが、誰だかはわからなかった。ビートンは薬剤師だったたっていうこのバンスさんの話が大いに役立ちました。それからあなた、うまくやつの動揺を誘ってくれたのが大きかったよ」

「どういたしまして」エッグ氏が言った。「あの男がはじめにやって見せた栓の抜き方で、ぴんときたんです。あれであの男が実験作業に通じているのがわかった。もちろん偶然の動作かもしれませんがね。でもあとで、正しい抜き方がわからないふりをしたとき、今こそあの男が名前を呼ばれて反応するかどうか確かめるときだと思いました」

「いい思いつきだ」不愛想男が愛想よく言った。「わたしもいつかその手を使っていいかね」

「ああ、そうそう」ジュークスが言った。「あなたにはひらめきの種をいただきましたよ、舗道のことで。何をなさって——」

「好奇心で食っている男だね」不愛想男がにやりとしながら答えた。「探偵小説を書いています。でも我らの友エッグ氏は現実の舞台では役者が一枚上だった」

「いえいえ」モンティが言った。「みんなが力を出し合ったんです。各自のささやかな貢献で、いかなる難問も解決はたやすい（『販売員必携』所収の一項）。そうですよね、ファゴットさん」

田舎出の老人が立ち上がりながら苦々しげに言った。「そったら汚染水みでえなにおいのするもんは、売るならちゃんとした値さつけろ。汚物なんたら、わしにゃ耐えられね」そう言い捨てて、おぼつかない足取りで外に出ると戸を閉めた。

マヘル・シャラル・ハシュバズ

（旧約聖書「イザヤ書」第八章第一〜四節参照）

街路の雑踏に魅力を感じずにいられるロンドン子はいない。キングズウエイ（ロンドン中心部を南北に走る道路）を車で走っていたモンタギュー・エッグ氏は、道を美しく飾っている細いプラタナスのなかで、一本の木の枝をしげしげと見ている一群の人に気づき、なんの騒ぎか確かめたくて車を停めた。

「ほらほら、ネコちゃん」促すように指をパチンと鳴らしながら、枝を見ている人々が声をかけた。

「よう、ニャンコ。ネーコ、ネコ、ネコ、いいからおいで」

「ほら見てごらん、かわいいネコちゃんだ」

「ちょっとキャットフードを与えてやりなよ」

「あそこにいるのに飽きたら下りてくるさ」

「石を投げてやりゃあいいんだ」

「ちょっと、いったいなんの騒ぎだ」

空のかごを抱えて、一団から少し離れて立っていたみすぼらしい服装のやせこけた子どもが、警官に訴えた。

「ねえ、この人たち追い払ってよ、お願い。みんなからわいわい言われて、あの子、どうやって下りたらいいの。おびえてるんだから、かわいそうに」

ゆさゆさ揺れている枝のなかから、ぎらぎらした琥珀色の二つの目が人々を見下ろしている。警官は頭をかいた。

「ひと仕事だな、お嬢ちゃん。あいつ、どうやってあそこまで登ったんだ」

「留め具が外れちゃって。そしたらあの子がかごから飛び出たのよ、あたしたちがバスを降りたときに。ねえ、お願いだからなんとかして」

人込みに視線を投げたモンタギュー・エッグ氏は、その端っこに窓ふき男の姿を認めた。手押し車にはしごを積んでいる。エッグ氏は男に呼びかけた。

「そのはしごを持ってきてくれよ、兄さん。ぼくらが下ろしてやるよ、お嬢ちゃん、きみがうんと言ってくれたらさ。このままほっとくと、たぶん死ぬまであそこにしがみついていなくちゃならない。『ひとたび不安を覚えた顧客を安心させ、説得し、魅惑するのは難しい』ってね。慎重にいくよ。そこが肝心なところだ」

「ああ、ありがとうございます。優しくしてあげてね。人につかまれるのが大嫌いな子なの」

「だいじょうぶだよ、お嬢ちゃん。安心して。いつでも紳士たる男、それがモンティ・エッグだ。家庭には思いやりを、子どもにはさわやかさを。さあ行くぞ」

エッグ氏はかぶっている中折れのフェルト帽をぽんと叩くと、猫なで声を発しながら葉の茂る木を登っていった。木を見上げている者たちに、敵を派手に威嚇するようなネコのうなり声が降り注がれた。小枝もシャワーさながら、ばらばらと。ほどなく、不本意ながらも赤褐色の毛皮服を丸めてつかんだまま、エッグ氏はいささか不格好に下りてきた。少女はかごを差し出した。狂ったように宙をけっている四本の脚がどうにかまとめてかごのなかに押し込められた。販売員の助手がひもを取り出し、かごの口は閉じられた。窓ふき人はほうびを与えられ、はしごをしまった。野次馬は散っていった。エッグ氏はひっかき傷のできた手首にハンカチを巻き、服のえりについた葉をせっせと払ってネクタイを直した。

「まあ、こんなにひっかかれてしまったのね」少女は青い瞳を痛ましげに見開き、泣きそうな声を出した。

「なんでもない」エッグ氏が言った。「力になれて嬉しいよ、ほんとに。車で送ってあげようか。ネコもバスに乗るより居心地いいだろう。窓を閉めておけば外に飛び出ることもできないよ、またかごを開けたにしろ」

エッグ氏は尻込みする少女を急き立てるように愛車に乗せ、どこへ行きたいかとたずねた。

「ここ」少女は使い古しの手提げから新聞の切り抜きを取り出した。「ソーホーのどこかでしょ」

エッグ氏は「ん?」と思いながらその広告記事に目を走らせた。


求む。勤勉で有能なネコ（性別問わず）。居心地よい別荘にネズミをはびこらせず、中年夫婦の相手ができること。適任の応募者には一〇シリングおよび高級住宅を。火曜の一一時から一時までに、西地区フリス街、ラ・シガール・ビヤンウルーズ、ジョン・ドウ宛ご連絡乞う。


「おかしな条件だな」エッグ氏がまゆをひそめた。

「あら。何か変なところがあるのかしら。ただの悪ふざけとか」

「ふむ。どういうわけで、ただのネコのために一〇シリングも自分から払おうとするのか解せない。ふつうなら、いらないネコの子を水に沈めて殺すのをよしとしない人から無料で譲られるものだ。しかも経費負担なしで。それにジョン・ドウ氏って存在はどうも疑わしい。いわゆる法的虚構のような感じだ（ジョン・ドウは氏名不詳の意）」

「まあ、そんな」青い瞳に涙をためて少女が叫んだ。「いたずらなんかじゃなければといいと思ってたのに。うちの家族はほんとにお金がないんです、お父さんは失業してるし、マギー――継母(ままはは)です――に言われたの、もうマヘル・シャラル・ハシュバズは飼えないわよって。テーブルの脚はひっかくし、人間(クリスチャン)さまと同じぐらい食べるからって、かわいそうに――そんなことないのに、ミルクとキャットフードをちょっと食べるだけよ。それにネズミを捕るのがすごくうまいの。うちにはあんまりネズミがいないけど。だからあたし考えたの、この子にいい住処を与えてあげられたらって。それに一〇シリングあればお父さんにも新しい靴を買ってあげられるし。一足すごくほしがってるのよ」

「まあ、いいから元気を出して」エッグ氏が言った。「先方は成長しきった折り紙つきのネズミ捕りのために、喜んでお金を出してくれるんじゃないかな。それとも――もしかしたらさ――これはよくある映画の宣伝だったりして。まずは行ってみよう。とにかく、ぼくも同席してドウさんに話を聴くほうがよさそうだ。これでもけっこうちゃんとした人間だからね」急いでそう言い足した。「ぼくの名刺だ。モンタギュー・エッグ、ピカデリーにあるプラメット＆ローズ酒造の訪問販売員。お客さんとのやりとりはお手の物だ。『販売員の任務は顧客獲得――取引が終わるまで相手先を離れるべからず』（『販売員必携』所収の一項）――モンティの座右の命だ」

「あたし、ジーン・メイトランドといいます。お父さんも商人です――でした、去年の冬に気管支炎にかかるまでは。今はからだが弱って、外を歩き回れないけど」

「お気の毒に」ハイ・ホーボーン（ホーボーン駅付近から東へ走る道路）へ曲がりながらエッグ氏が思いやるように言った。この一六歳ごろの少女が気に入り、どうにかしてやらねばという誓いを心に刻んだ。

どうやら、ネコ一匹に一〇シリングというのは割がよいと思う人々がほかにもいるようだ。ソーホーの薄汚い小さな食堂の前の舗道には、ネコの持ち主が群がっていた。かごを手にしている者もいれば、腕にペットを抱えている者もいる。あたりには囚人の哀しげな叫び声が響き渡っている。

「ちょっとした競技会だ」モンティが言った。「まあいずれにしろ、まだ席は埋まっていないようだな。ぼくに任せて。やれることはなんでもやってみよう」

二人はしばらく順番を待った。応募者は裏口から出てゆくようだ。なかに入ってゆく者は多いのに、あまり戻ってこないからだ。ようやく二人は陰気な階段を上がってゆく列に並ぶところまで来た。それからさらに延々と待たされてのち、なかに入る気も失せるような黒ずんだ扉の前に立てた。まもなく扉が開いた。開けたのは肉づきのよい顔をした固太りの男だ。鋭い小さな目をしている。ぶっきらぼうに「お次の人、どうぞ」と言った。二人はなかに入った。

「ジョン・ドウさんですか」エッグ氏がたずねた。

「ええ。ネコはお持ちですか。おお、こちらの女性(ひと)のネコね。そうですか。お座りください。お嬢さん、名前と住所を」

少女はテムズ川の南側の住所を伝えた。相手の男はそれを書き留めながら語を継いだ。「選んだ人が不適任だったと、あとでわかったときに困るので、念のためにね。こちらからお手紙を出すことがあるかもしれないし。では、ネコを拝見」

かごが開けられた。黄褐色の頭が威嚇するように現れた。

「ああ、これ。いかにも、っていう感じだ。やせたネコちゃんだね。あまりなついてなさそうだ」

「車に揺られてたからおびえてるんです。慣れればかわいいですよ。ネズミ捕りもすごくじょうずで。

きれい好きだし」

「そこは大事だ。きれい好きでないと困る。それにエサは自分で探してもらわないといけない」

「あ、ちゃんと探します。相手がネズミでもなんでも闘います。うちではマヘル・シャラル・ハシュバズって呼んでます。『略奪は迅速に』（旧約聖書「イザヤ書」第八章第二節）おこなうから。でも、マッシュって呼べば応えますよ。だよね、おまえ」

「なるほど。ふむ、体調はよさそうだ。ノミはいないかね。何か病気は？　うちの妻はうるさいんだ」

「ありません。健康自慢のネコです。ノミなんてとんでもない」

「気を悪くしないでね。でも厳しくしないといけないんだ、立派なペットに仕立てたいから。毛色はあまり気にしていない。黄褐色のネコに一〇シリングは、はずんだつもりだよ。それから、はたして――」

「ちょっと、ちょっと」モンティが口を開いた。「広告には色のことは何も出ていませんでしたよ。このお嬢さんははるばるここまでネコを連れてきたんです。その気持ちに精一杯応じてあげていいはずでしょ。こんないいネコ、ほかでは手に入りませんよ。黄褐色のネコはいちばんネズミを捕るってことは誰でも知っている。何しろ威勢がいいから。それに、この白くてきれいな胸の毛皮をごらんなさい。見事なほどきれい好きなのはわかるでしょ。それから、こんな利点があることをお忘れなく――目で見ればわかりますよね、あなたも奥さまも、暗いところでこのネコにけつまずく恐れはないんです、クロネコやトラネコの場合と違って。実のところ、こちらとしては、色がこんなにきれいな分の料金も請求したいところです。そんじょそこらのネコより数も少ないし高級だから」

「一理ある」ドウ氏も認めた。「ところで、いいかね、ミス・メイトランド。今夜あなたがマヘル——と言っていたね——を我が家へ連れていくとする。うちの妻がマヘルを気に入ったら飼うことにしよう。これが住所だ。六時ちょうどに来てください、そのあと夫婦で出かけるから」

モンティが住所に目をやった。エッジウェア駅からモーデン駅までの地下鉄線（ノーザン線）の最北地点だ。

「いちかばちか、この機会にかけてようやくここへ来たんです」エッグ氏はきっぱり言った。「あなたがミス・メイトランドの経費を負担してくれないと」

「それはもちろん。そうしないと申し訳ない。ほら、半クラウン（一クラウンは五シリング）あげる。今夜おつりを返してくれればいい。お世話さま。あんたのネコは我が家へ来れば居心地満点の住処を与えられるよ。かごに戻してやろう。出口は反対側だ。足元に気をつけて。ご苦労さまでした」

エッグ氏と新しい友は、狭苦しくて息が詰まりそうな裏口の階段をよろけながら下り、悪臭の漂う横道に出ると互いに顔を見合わせた。

「なんだかぶっきらぼうな感じの人だったわ」ミス・メイトランドが言った。「マヘル・シャラル・ハシュバズに優しくしてくれるといいんだけど。毛色のことでは、ほんとにお世話さまでした。あの人、色がお気に召さない気がするわ。あたしの大事なマッシュ！　きれいな色なのに、嫌う人がいるなんて信じられない」

「ううむ、まあ、ドウさんはだいじょうぶじゃないかな。でも、信用するのは一〇シリング払ってくれるまで保留だね。とにかく先方の家へきみを一人で行かせはしないよ。五時に車で迎えにいくから」

「そんな、エッグさん――そこまでしていただくわけには。それに、あたしの交通費として半クラウンもらってくれたじゃないの」

「当たり前のことだ。五時きっかりに行くから」

「あの、四時に来てね。お茶ぐらい飲んでってください。あたしのうちじゃ、それぐらいのことしかできないけど」

「嬉しいな、そうするよ」エッグ氏が言った。


ジョン・ドウ氏が住んでいる家は、新築の一戸建て郊外住宅で、新しくてまだ舗装されていない道路の端にぽつんと立っていた。呼び鈴に応じたのはドウ夫人だった。おびえたような表情を浮かべて涙目をした小柄な女で、青白い唇を指でせわしげにつまんで引っ張る癖があった。マヘル・シャラル・ハシュバズは居間でかごから出してもらった。ドウ氏は肘掛け椅子にゆったり座って夕刊紙を読んでいる。ネコは氏のからだを怪しげにくんくんかいだが、おずおず近寄ってきた夫人にはなついたのか、おとなしく耳をなでてもらっている。

「どうかな、きみ」夫が言った。「悪くないだろ。色は嫌いじゃないよな」

「ええ。きれいなネコね。気に入ったわ」

「よかった。じゃあ飼うとしよう。ほら、ミス・メイトランド、一〇シリングだ。この領収証に名前を書いて。どうも。半クラウンのおつりは気にしないで。さあこれですんだ。きみもお気に入りのネコが見つかったね。これでもうネズミともおさらばできるといいんだが。さて」ドウ氏は腕時計をちらりと見た。「ミス・メイトランド、愛するネコと今さよならをしてもらわないといけないな。これから出かけるから。この子のことはわたしたちがいるから安心して」

最後の一言を背中で聴きながら、モンティは紳士らしい寡黙ぶりでゆっくり歩を進めながら廊下へ出た。そこから、同じく紳士らしい心境のまま、居間の戸口から家の裏口のほうへ向かった。ほとんど待つこともなく、ジーン・メイトランドが小さなハンカチに顔をうずめて、雄々しいほどひくひくしゃくりあげながら出てきた。あとにドウ夫人も続いている。

「あのネコが大好きなのね、あなた。どうか悪く思わな――」

「ほれ、ほれ、フロシー」いきなり現れた夫が妻の肩越しに声をかけた。「ミス・メイトランドはわかってくれてるよ、心配ないって」ドウ氏はみなを外に出すと、すばやく扉を閉めた。

「きみが満足できないなら、ネコはすぐにでも返してもらうから」エッグ氏が心配そうに言った。

「そんな、だいじょうぶです」ジーンが答えた。「できたら、早く車に乗って街を走りましょ――飛ばして」

でこぼこ道をがたがた走る車のなかから、一人の少年が近づいてくるのがモンティには見えた。片手にかごを持っている少年だ。これ見よがしに口笛を吹いている。

「ほら」モンティが言った。「断られた競争相手の一人だ。ともあれぼくらはあいつに先んじたわけだ。『販売員はまず現場で契約書に署名し捺印する』と。てやんでえ」心のなかで言い足すと、アクセルを踏み込んだ。「うまくいけばいいが。どうかな」

マヘル・シャラル・ハシュバズの預かり先を定めるためにがんばったとはいえ、内心エッグ氏は落ち着かなかった。この一件が気になってならず、翌週の土曜にロンドンへ戻ってくると、テムズ川の南側まで足を運んでいろいろ調べることにした。メイトランド家の扉をジーンが開けたとき、背中を丸めて尻尾を振るマヘル・シャラル・ハシュバズがかたわらにいた。

「そうなの、この子、自分で帰ってきたのよ、賢いでしょ！　ちょうど一週間前に――やせこけて泥だらけで――どうしてそうなったのか。とにかく、ぜったい送り返したりしないから。ね、マギー」

「そうなの」メイトランド夫人も応じた。「ネコは昔から好きじゃないんだけど、これぱっかりはね。ネコにだって感情はあるでしょう。でも、お金のことは困ったわね」

「ええ。実はね、この子が戻ってきて、もう送り返さないとうちで決めたとき、あたしドウさんに手紙を書いて気持ちを伝えたの。そして一〇シリング分の郵便為替を送ったんです。だけど今朝その手紙が郵便局から戻ってきたのよ、『受取人不明』と記してあって。うちじゃ、もうどうしたらいいかわからなくて」

「ジョン・ドウ氏なんて存在しないと思っていたよ」モンティが言った。「ミス・メイトランド、ぼくに言わせれば、あの男はうさんくさい。もう考えたくもないやつだ」

だが少女はまだ心にわだかまりを抱えていた。世話好きなエッグ氏は、ふと気づけば郵便為替を携えて、謎の男ドウ氏を探して北方面へ車を走らせていた。

くだんの家の扉が、こぎれいな服装をした初めて見る高齢女性の手で開けられた。ジョン・ドウ氏は在宅かとエッグ氏はたずねた。

「ここにはいません。聞いたこともない名前です」

ネコを購入した紳士と会いたいのだとモンティは言った。

「ネコ？」女の顔色が変わった。「どうぞお入りください。ジョージ！」女は奥のほうにいる誰かに呼びかけた。「こちらの方がネコのことでお見えなの。あなたなら――」あとの言葉は、居間から出てきた男の耳にささやかれた。男は夫のようだ。実際そうだった。

ジョージはエッグ氏を上から下までじろじろ見た。「ドウなんて人は知りませんね。でも最後の居住者のことなら、もういませんよ。わたしは地主の管理人です。高齢のご主人が埋葬された翌日に、荷物をまとめてそそくさと出ていきました。わたしは地主の管理人です。ネコがいなくなったんなら、探してみればどうですか」

ジョージは先に立つと、家のなかに始まり、裏口から庭までエッグ氏に見せた。花壇の一つの真ん中に大きな穴が開いていた。かたちの歪んだ浅い墓のように見える。土にすきがまっすぐ刺してある。芝生の上には、見るも哀れなことに、死んだネコの亡骸が二列に並んでいた。エッグ氏がざっと数えたところ、五〇近い数のようだ。

「ここにお宅のネコがいるなら、どうぞ持ち帰ってください。だけど、いわゆるいい保存状態ってわけじゃないよ」ジョージが言った。

「ひどいな、これは」ぞっとしながらエッグ氏が言った。マヘル・シャラル・ハシュバズがここにいなくてほっとした。しっぽをぴんと立てて、メイトランド家の戸口で自分を迎えてくれたあのネコが。

「この件で話を聞かせてください。まったく――信じられない」

最後の居住者の名はプロクターだという。一家の顔ぶれは、世帯主だった病弱な老プロクター氏と、その甥夫婦だと。

「住み込みの使用人はいませんでした。以前はクラップ夫人ってのが日々の世話をしにきてました。その人の話では、ご主人が大のネコ嫌いだそうで。ネコのせいで具合がおかしくなってしまうんだと。まるで――わたしもそういう人たちを前から知ってますが。もちろん甥御さん夫妻も気をつかわなくてはいけなくてね、ご老人のからだが弱ってて、心臓が悪いから。いつ息絶えてしまうかもわからない。ネコがあんなに埋められてるのを見たとき、ご老人がいやがってるから目に触れないようにと、甥御さんが殺したんじゃないかなって気もしました。だけど、妙なんだよね、ネコはみんなほぼいっぺんに殺されたように見えるし、それもそんなに前の話じゃないんだ」

エッグ氏の頭には、広告記事の文言や偽名の一件があらためて浮かんだ。応募者たちが裏口から出ていったことも。だから何匹のネコが買われていくら支払われたのか、誰からも聞き出しようがない。ほかにも思い出したことがある。ネコは六時ちょうどに連れてきてくれとわざわざ言い添えられたり、自分たちの一五分ほどあとに、かごを手にした少年が口笛を吹きながら現れたりもした。エッグ氏はさらに思い出した。玄関広間でジーンがマヘル・シャラル・ハシュバズにさよならと言っていたとき、同じくそこに立っていたエッグ氏の耳に、ニャーニャーと鳴く声がかすかに届いた。それから、このネコがお気に入りですかとジーンにたずねたときのプロクター夫人の目には、不安の色が浮かんでいた。プロクター氏の息子は何か邪悪な目的でネコを集めていたようなふしもある。ロンドンの四方八方から集めていたのか。足を運べるところならどこからでも。ともあれ、どうしてあんなに名前と住所を書き留めることにこだわったのか。

「ご老人はなぜ亡くなったんですか」エッグ氏がたずねた。

「それがですね」ジョージの妻が答えた。「お医者さまによると、心臓発作だと。先週火曜の夜に亡くなりました。ご遺体の身づくろいをなさったクラップ夫人のお話では、おかわいそうに、ぞっとするような恐怖の表情が浮かんでいたそうです。でもお医者さまは、どこも異常な点などないし、病気も見つからないと。でもお医者さまは忙しくて見直しができないのね。遺体の顔と腕にひどいひっかき傷がありました。日ごろから苦しくてつめでかくのが癖になっていたんでしょう――ああ、おかわいそうに。でもねえ、ろうそくの火が消えるように、いつ亡くなってもおかしくなかったというのは、誰でもわかります」

「おれも知ってたよ、サリー」夫が言った。「だけど寝室のドアのひっかき傷はどうなんだ。あれもご老人がやったってはずはない。たとえそうでも、なぜ誰も音を聞きつけて助けにいってやらなかったんだ。ティムズさん――地主です――がごもっともなことを言っておいでしたよ、プロクター一家が出ていったあと、浮浪者たちが屋敷に入り込んだに違いないから、我々夫婦を管理人として招き入れたのはよかったと。それにしても、なんで浮浪者どもはあんなつまらんまねをしでかしたのかな」

「血も涙もない連中よ、プロクター一家って。わたしはそう言いたいわ」夫人があとに続いた。「たぶん、ぐうぐう寝入ってて、自分たちのおじさんが亡くなるのをほったらかしてたんだわ。このことでは弁護士も平然としてたわよ。ご老人の遺書を作成するために朝やってきたけど、そのご老人がぽっくり逝ってしまった。甥御さんたちは要するにお金目当てで屋敷に入り込んだんだから、ふつうならそれなりのお葬式をしてあげるだろうと思うじゃないの。だけど、しみったれてるのよ――花も満足についてないような、たった半ギニーかけただけの花輪――棺桶はオーク材じゃないし――ニレ材で、みすぼらしい取っ手がついてるだけ。がらくたみたいだった。あの人たち、恥ずかしくないのかしら」

エッグ氏は黙り込んだ。想像力豊かな男ではないながら、どうにも悲惨な場面を頭に思い描いた。患った老人が寝ている。誰かの手が寝室の扉をそっと開ける。いくつもの粗布の大袋がずるずる引きずり込まれる。袋はじっとしておらず、もがき、ニャーニャーという声を発している。口を開けたまま床に置かれている。扉がそっと閉められ、外から鍵がかかった。常夜灯の微光に照らされるなか、部屋中を飛んだり跳ねたり走ったりしている物影——黒くて、縞模様で、黄褐色——が見える。足音も立てずに歩き回り、柔らかな毛におおわれた手足でテーブルや椅子から飛び降りている。かと思うとベッドにどすんと乗ったり——琥珀色の目をした黄褐色の大きなネコだ——寝ていた人が目を覚まして叫んだ——そのあと非情にも鍵がかかった扉の向こうで、胸の悪くなるような恐るべき悪夢が。病気の老人はよろめき、息も絶え絶えになりながら、飛びかかってきたり逃げてゆこうとしたりする恐怖の暗黒物体を次々となぐりつけている——そうして心臓にとどめを刺すような激痛が起きて、無残な死に襲われる。あとに残るのは、ただネコたちのニャーニャー泣く声と、扉のひっかき傷だけ。外側では、鍵穴にぴたりと耳をつけた者がなかのようすをうかがっている。

エッグ氏はひたいをハンカチで拭った。こんなありさまは考えたくない。だが、続けて頭に思い描くほかなかった。翌朝早く殺人犯はそっとなかに入ってくる——クラッブ夫人が来る前に罪なき共謀者たちを急いで集める——ぐずぐずしているひまはない、遺体もきちんとしておかないと——外の人間がやってきたとき、妙な鳴き声が聞こえて、その連中を驚かせてはまずい。ネコどもをほったらかしにもしておけない。屋敷のまわりをうろつかれる恐れがある。それはだめだ。天水桶。庭の墓。しかし、マヘル・シャラル・ハシュバズ——気高きマヘル・シャラル・ハシュバズ——はおのれの命を守るべく闘った。天水桶に沈められたりはしない。暴れて自由を取り戻し（それに相手をめちゃめちゃにひっかいてくれていたらいいなとエッグ氏は思った）、ロンドンの街中を走って命からがら家まで逃げのびた。マヘル・シャラル・ハシュバズが口で伝えることができれば！　とはいえ、モンティだって知っていることがあるし、何より口が使える。

「よし、伝えてやろう、もっとほかのことを」モンティは心につぶやきながら、プロクター氏の事務弁護士の名前と住所を書き留めた。これは老人を恐怖に追い込んで殺した一件なのだろう。確信はないが、真相を究明するつもりだ。『販売員必携』のなかから、何かすとんと胸に落ちる箴言はないかなと思い巡らしてみた。が、業界に入って初めて、事件にぴたりと当てはまるものを見つけられなかった。

「どうやら何度も自分の指針から外れていたようだ」モンティは暗い顔で考えた。「それでも、市民としては――」

モンティの顔に笑みが浮かんだ。大切な冊子の基調をなす箴言が頭によみがえった。

「世人に仕えることが販売員の名に値する者すべての目的なり」

ゴールを狙い撃ち

パブの特別室の出入り口が開き、一人の労働者が顔を覗かせた。

「ロビンズさんはおられますかね」

モンタギュー・エッグ氏とフットボール論議を交わしていたがっしりした紳士が、自分の名を耳にして振り返った。

「はい。ああ、ウォーレンか。なんだね」

「お手紙です。ミルズで渡されました。お帰りになられた直後に。『緊急』と記してあったので、直接お持ちしたほうがいいと思いまして。ご自宅までうかがうつもりでしたが、イーグルにお寄りになったと人に聞いたものですから」

「ご苦労さん」ロビンズ氏が応じた。「緊急なのは送り主のほうの事情だろうよ、いつものことだが」封筒を破って開けると文面にちらりと目を走らせた。顔色が変わった。「これ、誰が持ってきたんだ」

「いや、なんとも。門の郵便受けに突っ込んでありました」

「ああそうか、わかった。ありがとう」

男は下がった。少し間を措いてロビンズ氏が口を開いた。

「ボウルズ、エドガーさんが見えたら、わたしは思うところあってミルズに戻ったと伝えてくれ。ご自宅に戻られる前に、ミルズに来てくれたら嬉しいんだが」

「承知いたしました」

「少しサンドウィッチを持っていきたい。片づけたい仕事があるんだ。何か腹に入れておいたほうがいいだろう」

ボウルズは言われたとおりサンドウィッチを包んだ。ロビンズ氏はあっさり「じゃ失敬、みんな」と言って立ち去った。

「あの方はミルズの運営責任者です」ボウルズが言った。「こちらに来られて五年になります。町のことにはいろいろご関心をお持ちで。フットボール委員会の一員でもあります」

「そんな気がした」エッグ氏が言った。

「あなたも試合に熱中する方だとお見受けしますが」店主が言った。

「仕事の都合でね。顧客の紳士が熱中していることなら、なんでも熱中するんだ。『販売員必携』にあるとおり、雑貨小間物商人がゴルフ好きの顧客との取引をまとめる際、話題とすべきはボタンにあらずブレイドなり（ジェイムズ・ブレイドは二〇世紀初めのスコットランドの名プロゴルファー）。そうじゃありませんかね」

ゴルフ用半ズボンをはいた物静かな黒髪の男に、エッグ氏はそう話しかけた。

「気が利いていますね」男は笑みを浮かべて答えた。「的を射ているし」カウンターに立てかけてある自分のゴルフクラブに目をやりながら言い足した。エッグ氏はほどよくにやりと作り笑いをしてみせた。

「とにかくね」ボウルズが語を継いだ。「仕事の面から見れば、まさにおっしゃるとおり。こういう場では自分の生業の相手方にとって得になるようなふるまいを心がけないと。つい昨日もヒューイー・サールにそう話しましたよ」

エッグ氏はうなずいた。トゥイドルトン・ミルズはささやかな工場で、トゥイドルトン・ツイードの名で知られる高級な毛織布地（ホームスパン）を限られた量だけ生産している。だがトゥイドルトンはごく小さな町で、ミルズ工場は町の存続には欠かせない大黒柱となっていた。

「ヒューイー・サールって誰かな」エッグ氏がたずねた。

「ゴールキーパーだった男ですよ、トゥイドルトン・トロージャンズ史上最高の。地元で生まれ育ってね。でも、若いフレッチャーがらみの一件をめぐってロビンズ氏のご機嫌を損ねて、お払い箱になったんです。理不尽な話ではある。でも誰も委員会を非難できません。委員はみんな実務畑の人間で、ロビンズさんの前に出ると、いわば借りてきたネコみたいになる。わたしはヒューイーに言ったんです、ビル・フレッチャーはおまえの友人かもしれないが、何事にも両面があるんだよと。ロビンズさんほどの大物に対して、ひどい言葉遣いをしたり脅しめいたことをしたりすれば、ただではすまされない」

「そうだ」物静かな男チャータリス氏がいきなり口を開いた。「選手を起用する基準は、あくまで状態の如何であって個人的事情ではないという持論を持っているなら、話も別だが」

「まあね」ボウルズが言った。「でも、そのご意見、キリストの代理者いうところの完璧なる徳への勧告（新約聖書「マタイによる福音書」第一九章第二一節参照）ですね。世の人は団結心ってことをもてはやすし、正しい側を勝たせたがるが、一度このカウンターに座って、みんなの会話に耳をすましてごらんなさいな、もう悪意と嫉妬のかたまりですよ。あるいは、どうやって金を集めて別のクラブのセンターフォワードを引っぱってくるかって相談とか、えこひいきやら見立ての誤りやら何か後味の悪いことやらに対する不満とかね。わたしが子どものころとは違う競技のようだ。商業主義も度が過ぎているし、この店は行き遅れ女のお茶会かと思うほど陰口が飛び交っています」

「ところで、ビル・フレッチャーはどうしたかな」物静かな男が言った。

「やるべきことを放り出して町を出ていきました」店主が答えた。「ウィッカーズビーにいる父親と一緒に暮らすんでしょうね。ミルズでは、まだフレッチャーのあの発明品だかなんだかを使っていますよ。おかげでお金がずいぶん助かっているそうです。フレッチャーはきちんと報われずじまいで。でもエントウィッスルさんが言っていましたよ、契約の条項からすると、フレッチャーの主張には正当な根拠がないと。あの人は事務弁護士だから、事情はおわかりのはずなのに」

「発明家の生き方は、この国では厳しいな」物静かな男が言った。

「そうでしょうね」ボウルズがうなずいた。「わたしにはそういう方面の才能がない。それがかえって幸いかな。ああ、いらっしゃい、エドガーさん。お父上が数分前までここにおいででした。伝言がありますよ、思うところがあるからミルズに戻る。今からこちらに来てくれたら幸いだと」

「ほう、そうか」来たばかりの若者が答えた。背が高く、しなやかに手足を動かし、口の動きも軽やかな男で、どこかけばけばしい身なりをしている。ここに来るまで、からだによくないほど痛飲してきたように見える。「ボウルズ、ウィスキーのダブルをくれ。それから、おい、もし誰かに訊かれても、おれがここに来たことは言うなよ。親父の伝言も受け取らなかったんだからな。わかったな」

「わかりましたよ、エドガーさん」店主は答えると、モンティにちらりと目くばせし、エドガー・ロビンズを思案ありげに、あたかもこの若者の飲酒容量を測るかのように見つめた。そうして、ウィスキーのダブル一杯なら吐き出すこともあるまいと踏んだらしく、注文に応じた。エドガーは一気に酒を腹に流し込むなり柱時計に目をやった。七時四〇分だと知ると、何事かつぶやき、どかどか足音を立てながら店を出ていった。が、店に入ろうとする男と戸口で危うくぶつかりそうになった。相手の男は遠ざかってゆく背中をにらみつけた。

「見たか、今の」男が言った。「礼儀ってものを教えてやりたいよ、あのチンピ――。やっと、やっの――とっつぁんは、似た者同士だ。汚ねえったら――」

「おい、やめろよ、ヒューイー」ボウルズがいさめた。暖炉のそばで新聞を読んでいた中年過ぎの男が立ち上がり、苦虫をかみつぶしたような顔で店を出ていった。「おれの店でそんな言葉遣いは許さんぞ。おまえのせいであのお客さんは出ていった。あれは地元の人間じゃない。さぞかしトゥイドルトンをお気に召してくれただろうな。おまけにチャータリスさんもいらっしゃる前で。驚いたね」

「すみません、チャータリスさん。悪いな、ボウルズさん。だけど、もうロビンズ親子にはうんざりなんだ。あのおっさん、おれに何か恨みでもあるんだろ。あのノロマ野郎のベンソンを取るために、おれをスワローズへ追い払いやがって！　おれだって、自分よりうまいやつが入ってくるなら席を譲ってもいい――だけど、まさかベンソンごときに。やつがキーパーとはね――ニワトリでも飼う(キープ)ぐらいが関の山だろうが。こんな侮辱があるか。それからエドガーのガキは、無謀なヤギじゃあるまいし、おれに突っ込んできやがって、ごめんなさいの一言もない。いばりくさった田舎者が」

「落ち着け」ボウルズが言った。「おまえ、相手の突進をまともに受けるのは今が初めてじゃないだろ。エドガーの坊やはしこたま飲みすぎたんだ。多少いらついていたし。ミルズに行くからおまえも顔を出してくれって親父さんの伝言があったんだが、金の持ち合わせがなかったのさ。だから、自分はここに来なかったし、伝言も知らなかったことにしてくれと、おれに言って帰ったよ。ミルズでごたごたが起きても不思議じゃないな。おそらく親父さんとしては、息子の金遣いの件で何か言いたいことがあるんじゃないか」

「時間の使い方もだろ」ヒューイーが言った。「いつもの甘口を半パイント頼む。エドガー坊やはミルズで働くには紳士すぎる。ところが、そのわりには紳士らしい品に欠けてて、金はちゃっかりもらって街の女に注ぎ込むんだ。とんでもないやつらさ。おれはまだロビンズのおっさんとは片がついてない」

「おまえにとっては、ロビンズさんとの関わりは薄ければ薄いほど好ましい」ボウルズがずけずけと言った。「おまえ、今後も自分の感情を抑え切れないことが何度も起きるぞ。そして、あとで悔やむようなことを口走るわけだ。何時だ、今。四五分か。エッグさん、ご注文の肉料理（チョップ）はそろそろできているはずですよ。休憩室のほうへお移りいただいて」

「わたしは、もう行かないと」チャータリスが言った。立てかけてあるクラブを手に取り、一同に明るく別れの挨拶をして出ていった。カウンターに残ったのはヒューイー・サールだけだ。黒い目をぎらつかせている。弾丸を想わせる丸く小さな短髪頭が、広くて角ばった両肩のあいだに、いまいましげにおさまっている。

八時半にエッグ氏は肉とフライドポテトの料理をたいらげると、カウンターへゆっくり戻った。ヒューイー・サールはもういなかったが、店内は混み合っていて、ボウルズはカウンターをバーテンダーに任せてせわしなげに客の応対をしていた。イーグルはこの小さな町で掛け値なしに存在感のある唯一のホテルで、トゥイドルトンの住民は、地位や身分の如何を問わず、よく夕方になると足を運んでは明るく迎えられていた。しばらく界隈を回ることのなかったエッグ氏も、かつての得意客や知人と再会した。六年ぶりなのに、みな今でも自分を憶えていて喜んでくれた。エッグ氏が銀行の支配人ハーコート氏と時の経つのも忘れて話し込んでいると、扉が壊れそうな勢いで開かれ、一人の男が息を切らしながら飛び込んできた。目を見開いていて、目玉が飛び出さんばかりだ。

「誰か！　殺人だ！　警察に知らせてくれ！」

客がいっせいに振り返った。マグやグラスを持つ手の動きがぴたりと止まった。ボウルズはビールポンプの取っ手をつかんでいたが、半パイント分のビタービールがジョッキからこぼれて、泡がパイプを伝わり落ちることにも気づいていない。

「おい、テッド、どうしたんだ」

男はよろよろ長椅子に歩み寄ると、あえぎながら崩れ落ちるように腰を下ろした。心配そうな顔がいくつも男を覗き込んだ。

「ミルズで何かあったのか」

「ロビンズさんが——執務室で倒れてる——頭をどやされてて——顔じゅう血だらけだ。警察を呼んでくれ！　殺人だ！」

「ロビンズさんだと！」

「そうだ、あの人だよ。むごたらしい」

「誰がやったんだ」

「そんなの確かめるひまなんかねえ。おいら、すぐさまここまで駆けてきたんだ、脚がちぎれるほど死に物狂いで」

「警察には電話しなかったのか」

「はあ？　それで下手人には、後ろから近づいて一発おいらに食らわすひまを与えろってか？　ごめんだ！　あのあたりに悪人どもがうろついてるかもしれねえ」

「いやはや、おまえは見上げた警備員だよ」ボウルズが言った。「まったくなあ。あたふたここまで走ってきたのはいいが、そのあいだに犯人はまんまと逃げおおせたんじゃないかな。おまえ、門に鍵をかけてくることも頭になかったろ。もちろんそうだよな。さて、これでもうひと息ついたんだから、若いやつを二、三人連れてさっさとミルズへ戻れ。おれがウェイブリッジ警部に連絡しとくから。お、よく気づいたな、ジョージ。おまえ、一杯ブランデーを飲ませて、こいつを一人前の男にしてやってくれ」

「ぼくがミルズまで付き添いましょうか」エッグ氏が口をはさんだ。氏としては、殺人事件ないしは不可解事案が起きると、一ダース一九〇シリングのワインを一二ダース注文してもらったときと同じぐらいに、やりがいが湧いてくるのだった。「車を裏庭に停めてあります。今すぐにも出せますよ」

「それはありがたい」店主が言った。「わたしも行きましょうかね。ジョージ、太い杖を持ってきてくれ、何かあったときのために。警察に電話してくれよ。それから、うちの奥方に言っておいてくれ、おれもちょっと行ってくるから、カウンターの手伝いを頼むと。さあて、テッドくんよ。おまえも来るんだ。ロビンズさんが殺されたとはね！　なんとまあ、すごいことが起きた」

すでにエッグ氏は車のエンジンをかけていた。ボウルズは助手席に乗り、テッドは後部座席に乗せられた。両脇には、ついてゆくことを自ら申し出た銀行家と若い農場主が座っている。

車は半マイル（約八〇〇メートル）走ってトゥイドルトン・ミルズに着いた。大きな門はどこも鍵がかかっているが、小さな通用門は開いていた。

「ほら、見ろ」ボウルズが言った。「犯人が誰にしろ、もうずらかっているよ、バカじゃなければ。テッド・バギットは脳無しだ、おれの知る限りずうっと今まで」

一行は裏庭を横切り、執務室に通じる扉の前へ来た。ここも開けっぱなしだ。右側の室内は明かりが煌々とついている。一同は三分の一ほど開いた扉からロビンズ氏の部屋を覗いた。回転椅子に座り込み、机の上に頭と両腕をだらしなく載せているのは、すでに事切れているロビンズ氏だ。側頭部をしたたかになぐられている。あまりに凄惨な光景を目の当たりにして、ひそかに喜んでいたボウルズさえ息を呑んだ。テッドはみじめなようすで壁際の椅子に力なく腰を下ろし、めそめそ泣きだした。

「たしかに死んでいる」モンティが言った。「何も触らないで。でもぼくがこうする分には――ん?」

モンティはポケットからきれいなハンカチを取り出し、遺体の顔にかけた。たちまちハンカチはきれいでなくなった。

「凶器が見当たらない」まず暖炉に、次いで机にぼんやり目を向けながらボウルズが言った。机の上には書類が散らばっている。

「大きな真鍮の文鎮が消えている」ハーコート氏が言った。「ここにあったんだ、吸い取り紙のそばに。何度も見ているんだが」

モンティがうなずいた。「犯人は机のこちら側で、この椅子に座っている。二人は少し言葉を交わす。すると犯人はすくっと立ち上がり、文鎮をつかむと、ロビンズ氏には立ち上がる間もろくに与えず頭を打ちつけた。打撃は正面から加えられたんです、すでにおわかりのとおり」

「見たところ」銀行家が言った。「計画殺人ではなさそうだ」

「そうですね」モンティが応じた。あらためて遺体をじっくり見た。「左手に破れた紙切れがある。何か手がかりになるかもしれない。だめ、だめ、ボウルズさん。ちょっとやめて。警察が来るまで何も手を触れないように。お、来たようだ」

裏庭を横切る足音がモンティの言葉を裏づけた。数人の男が戸口に現れた。モンティにとっては、ゴルフ用半ズボンをはいた物静かな男の顔を目にするのは今夜二度目のことになった。

「また会いましたね、エッグさん」チャータリス氏が言った。「わたしが本部長です。こちら、スモール博士とウェイブリッジ警部。これはひどいありさまだ。先生、調べて何かわかったら教えてください。さて、遺体を発見したのは誰かな。きみの名は？　テッド・バギット？　よろしい、バギット、状況を説明してくれないか」

「何もわかりません。ただ遺体を見つけただけで。あっしは仕事で来ただけなんです。すると、七時半に男が門から出てきました。あっしが着いたとき、ロビンズさんはミルズを出ておられましたが、七時四五分ごろまた戻られました。ご自分の鍵でなかに入られて、ドアのすぐ外であっしを呼び止め、こうおっしゃいました。『ちょっと私用をすませるために来たんだ。あとでエドガーさんが来るかもしれんが、かまわんでいい。わたしがなかに入れるから』だからあっしはこの部屋にロビンズさんを残して、自分の夕食を作ろうと出てったんです。部屋はほかの棟にありまして」

「で、エドガーさんは来たのかね」

「はい。ていうか、八時ごろに外の呼び鈴は鳴りました。でもあっしはロビンズさんから言われたとおり気にも留めませんで。そのあとはなんの物音も聞いてませんし、誰の姿も見てません。あっしは夕食をすませてから、こちらに来て、九時ごろ仕事を始めるとこでした。すると、このドアが開いてて、なかを覗くと、なんとロビンズさんが倒れて亡くなってたんです。思わず口走りましたよ、『なんてこったい』って。『おれたちみんな殺されるぞ』ってね。すぐさま逃げだしました」

「エドガーさんの姿は見ていないんだね」

「はあ」テッドは困った顔をした。「はあ——見てません。だんな、まさかあの人がやったなんてお思いじゃ。そんなたわけたこと、あるはずないよ、ぜったいに」

「エドガーさん？」ボウルズがぎょっとしたように言った。「だけど、本部長ご自身うちの店にいらしたでしょ。あの人、ミルズには行かないって言ってましたよね」

「そうだな」本部長が言った。「もちろん我々にそう思わせようとしたふしもある。アリバイ作りとしてはずいぶん大胆な手だが、ありうることだ。ともあれ、今のところエドガーがやったという証拠はない。先生、何かわかりましたか」

「死後一時間から一時間半というところかな」スモール医師が応じた。「端の尖った重い物体で強打されている。文鎮って言いましたかね、ハートコートさん。そう、そのたぐいのものかもしれない」

「なんの話かな」チャータリスが問うと、銀行家は聞いた話を伝えた。

「なるほどね。ウェイブリッジ、凶器を探すようみんなに言ってくれ。どこかに投げ捨てられているかもしれない。どんな指紋がついているか、わからんから用心しろ。ほかに何かわかりましたか、先生」

「鍵がポケットに入っていました。だから犯人は別の手段で外に出たんですね。これ、手紙の一部です。遺体の左手が握りしめていました」

医師はくしゃくしゃになった紙片を机の上できちんと開いた。紫色のコピー鉛筆で書かれた活字体大文字の文面が現れた。

紙に視線を落としていた本部長とエッグ氏は顔を見合わせた。

「今夜イーグルでロビンズさんに手渡された封筒は」エッグ氏がぼそっと言いだした。「活字体の大

SON AND
SERVE BY RIGH
PUT IN GOAL. W
FAIR PLAY AND
GET IT. I SHA
YOUR HOUSE
8 O'CLO
YOU HA
AND B

文字で住所が書いてあったな、紫色のコピー鉛筆で」

「そうだ」本部長が応じた。「あれがこの封筒だと見てよさそうだ」

「やつか！」ウェイブリッジが声を上げた。「誰が書いたか疑う余地はほぼないな、差し出がましく言わせてもらえば。これは、まあいわゆる復元容易な文書ですよ。『おれはベンソンより優れた選手だ。当然ゴールを守るに値する。望むのはフェアプレーだし、それを勝ち取るつもりだ。今夜八時に、お宅へ電話する（または訪問する）』って、ところかな——いや、今夜とは書いてないが。でも八時とは書いてある——それから、末尾に『そして、もし』とある——このあと脅迫の文言が続くのか。誰か今夜ヒューイー・サールを見かけなかったのかな」


不特定多数の人間がヒューイー・サールの姿を見ているし、発言を聞いている。


「考えてみると」ボウルズが苦しげに言いだした。「わたしなんだよな、ロビンズさんがどこにいるか、やつに教えたのは。わたしが店で余計なことをしゃべらなかったら、やつはロビンズさんの家に行っただろうな、この手紙にあるように。そうなれば、やつに何か話す人間もいなかったわけだ、エドガーさんを除いては。ああ、まったく！」店主は言い足した。「もちろん——こんなわけでロビンズさんは思い直してここへ向かうことにして、息子さんにもミルズに来いと言い残した。自分の行き先をヒューイーが察して、あとをついてくるとまずいから、息子に守ってもらおうとして」

「まあ、そんなところだな」ウェイブリッジがうなずいた。「要点としては、ここへ来たのはヒューイーなのか、それともエドガーさんなのか、だ」

「時間からすれば二人ともありうる」ボウルズが言った。「互いに五分と違わない差でイーグルを出ていった。いや、一〇分ぐらいか。ヒューイーが自転車に乗っていれば、八時までには楽にここへ来られる。エッグさん、あなたが食事に行かれたたあと、一分もしないうちにあいつはバーから消えたんですよ」

「ともかく」本部長が口を開いた。「八時ごろに街で二人のどちらかを見た者がいないかどうか、確かめないと。考えてみようか。犯人がエドガーだとする。父親は息子の来るのを待っていて、迎え入れてやった。二人はこの部屋に入る。ロビンズ氏は手紙を取り出し、息子に見せる。すると息子はいきなり怒り狂って父親をなぐりつけて殺す。勢い余ってか、または初めからそのつもりだったのか。そのあとエドガーはどうしただろう。手紙をできるだけ細かくちぎるわけだ。差し出し人のところもな、もし書いてあれば——自分に疑いがかからないよう念入りに。実に浅薄な、または正直すぎる行為だが。それから、鍵を盗んでドアから逃げるのではなく、急いでどこかへ身を隠す。すると浅はかなバギットが門を開けっぱなしにしてくれたから、まんまと外へ逃げていった」

「わたしの感じでは」警部が言った。「手紙を書いたやつが犯人ではないかと」

「つまりサールか。なるほどな。その場合、ロビンズ氏は息子だと思ってサールをミルズに迎え入れたわけだ。いったんなかに入れると、自分より半分の年齢で力は倍も強い男を追い出すことができない。バギットはどこか離れたところにいる。ロビンズ氏はどうにか今の状況に対処しようとして、執務室にサールを入れた。二人は例の雇用契約の件で話し合いをする。ロビンズ氏はサールの癇に障るようなことを言う。そうして先ほど話したようなことが起きる。当然ながらサールは手紙を破るわけだ、差し出し人だから。鍵を探しているひまもなかった。エドガーと同じく、ロビンズ氏が持っていることは知りようがなかったからな」

「失礼ですが、信じられないんですよ」ボウルズが言った。「ヒューイーがそんな理由で凶行に走るなんてことは。たしかに頭に血が上りやすいし、口も悪いんですが——それにしたって、目上の人間を真鍮の文鎮でなぐりつけるなんて。そんなやつじゃない」

「口をはさんで恐縮ですが」エッグ氏が言った。「つまらない言い分でも何かのお役に立つかもしれません。『販売員必携』にも書いてありますからね、切手をなめて湿らせる件で何か知りたいなら、こつに通じた雑役係に訊くべしって。サール青年が手紙を書いたのかどうか、決めつけられない気がしますが。サールの仕事はなんですか」

「車の修理工をやっていますよ、ホブソンの整備工場で」

「製図か広告の業界にいたことはありますかね。デザインかレタリングが巧みだとか、何かそういうことは？」

「ないな、そのたぐいのことは」ボウルズがきっぱり言った。

「なぜそう訊いたかと言うと、ぼくらがふつうに字を書くのと同じぐらい、すばやく楽々と大文字を書くことに慣れている人間が、この手紙をしたためたからです。文字のまとまり具合をごらんなさい。鉛筆の動きの滑らかさも。字は荒っぽいが、はっきりしている。筆者は無理をしていない。そこが肝心です。学校で習うような活字体ではない。おまけに、苦労して書いたように装ってもいない。見出しを大胆に書くことに慣れている者の筆跡です」

「なるほど、そうだ」チャータリスが言った。「しゃれている」

「フレッチャーって男は、不満を抱いていたわけですね」モンティが語を継いだ。「父親のもとへ帰ったと。父親の職業はなんですか」

「たしか端物印刷屋の主任植字工ですよ」

「どんぴしゃりだ」モンティが言った。「それから、『ソン（son）』って部分は辞書どおりの『サン』（＝息子）であって、『ベンソン』ではないかもしれませんね」

「かもしれん」本部長がうなずいた。「で、殺害したのはフレッチャーか、または父親だと、あなたは言いたいのかもしれないが、それならどうやって犯人はロビンズ氏のいどころを知ったのかな。ロビンズ氏がミルズに来るのを知っていたのは、あなたとわたしとボウルズと、エドガー・ロビンズとヒューイーだけだが」

「もう一人いますよ」モンティが応じた。「座って新聞を読んでいた高齢者——ボウルズさん、あなたも顔なじみじゃなかった男です。ロビンズ氏がミルズへ行くと言ったあと、店を出ていきましたね、しかもエドガーさんが父親の伝言に逆らってミルズへは行かないことも聞いたうえで」

「そう、まさにそのとおりだ」チャータリスは瞬時に当該場面を思い出した。「しかし、文面にある『ゴールを守る（playing in goal）』ってところは——」

「ああ、それね」モンティが言った。「いつも業界ではguageと綴られている『標準寸法』の綴りgauge（発音はゲージ）を禁止すると、この言葉は植字工にとって、いちばん大きなつまずきの石（新約聖書「ローマの信徒への手紙」第一四章第一三節参照）になりそうです。この箇所で毎回つまずかされる。面倒なことだ。『おまえはうちの息子に対して、盗人みたいなふるまいをした。当然ながら獄舎（put in gaol）に入るに値する』この文面のほうが、なおさら自然な感じがしませんか。ぼく個人としては」エッグ氏は言い足した。「柔らかい響きのほうがいいので、刑務所（JAIL）と書きますがね——典雅な感じはしないかもしれないが、無難ですよ」

ただ同然で（ダートチープ）

心地よい眠りについていたモンタギュー・エッグ氏は、隣室の耳障りな物音のせいではっと目を覚ました。

「わー！　わー！　わー！」どんどん高まる叫び声。続いて、息を詰まらせているような、ごぼごぼのどを鳴らす音がした。

カトルスベリーの〈グリフィン〉は古びて汚ならしいホテルだった。エッグ氏も同業者も、ふつうならひいきにしようとは夢にも思うまい。しかし、悲惨な火事のせいで〈グリーンマン〉がしばらく営業停止になっていた。そういう次第で、エッグ氏はろくに調理もしていなくて消化不良を起こしそうな食事をすませると、このカビ臭くて埃っぽい寝室のでこぼこしたベッドで寝るにいたった。電灯もなく、ベッドわきに立てるろうそくやマッチすらなく、心遣いの「こ」の字もない宿だ。

意識が少しずつはっきりしてきたところで、エッグ氏はまわりに目を向けた。さびしい廊下には寝室が三つ並んでいるのみのはずだ。この部屋は真ん中で、左側の八号室には、清涼飲料や菓子類の販売元ブラザーフッド社のウォーターズ老が泊まっている。右側の一〇号室は、宝石の外交員をしているプリングルという名のがっしりした男にあてがわれている。この晩プリングルは、怪しげなサバと生焼きの豚肉をたらふく胃に詰め込み、見ている者たちの度肝を抜いていた。モンティが寝ているベッドの頭部側のすぐ後ろでは、ウォーターズ老の大きく規則正しいいびきが、通り過ぎるトラックの振動さながら薄い壁を震わせている。絶叫していたのはプリングルに違いない。サバと豚肉のせいだと考えるのが無理ないところか。

わめき声はやんだ。何度か恨みがましい物言いがかすかに聞こえてくるのみだ。エッグ氏はプリングルの人となりは知らない。あまりよい感じは受けない。とはいえ、今は本当に具合が悪いのかもしれない。ようすだけでも見にゆくのが礼儀だろう。

気が進まぬながらもエッグ氏はベッドのわきに両足を振り下ろして、床のスリッパにおさめた。わざわざマッチを探して、部屋の端にある壊れた火炎覆い(マントル)付きのガスバーナーに火をつけたりせず、手探りで扉まで歩み寄ると、鍵を開けて廊下に出た。廊下にある別のガスバーナーが、廊下と踊り場との境にあるぎしぎし音を立てる二つの段に光と影をごちゃまぜに投げており、危うく段を踏み外しそうになった。

八号室ではウォーターズ老が安らかないびきをかいている。モンティは右を向いて一〇号室の扉を叩いた。

「誰だ」息苦しそうな声が問うた。

「ぼくです――エッグです」答えながらモンティは取っ手を回したが、扉には鍵がかかっていた。

「だいじょうぶですか。叫び声が聞こえましたが」

「すまん」声の主がどうにか上体を起こしたのか、ベッドのきしむ音がした。「うなされただけだ。起こしてしまって失礼」

「かまいません」やはり見立てどおりだったのかと、ほっとしながらエッグ氏が言った。「ぼくにできることはありませんかね」

「いや、けっこう。もう平気だから」プリングル氏はまた毛布にもぐりこんでいるようだ。

「じゃ、おやすみなさい」モンティが言った。

「おやすみ」

エッグ氏は静かに自室へ戻った。八号室のいびきは次第に勢いを増している。エッグ氏が自室の扉を閉めて鍵をかけ直したとき、いきなり高らかに鼻を鳴らす音がして、いびきがぴたりとやんだ。あたりはしんとした。今は何時かなとモンティは思ったが、マッチを取り出そうと外套のポケットを探っているうち、耳に快くて響のよい柔らかな柱時計の鳴る音が遠くで聞こえた。エッグ氏がかぞえたら時計は一二回鳴った。まだ思ったほど遅くない。この夜、疲れていたエッグ氏は一〇時半に床についていた。そのわずか数分後、ウォーターズが自室に入る音が聞こえた。建物内ではなんら人が動いている音がしない。外の大通りでは一台の車が通っていった。八号室ではまたいびきが始まった。

エッグ氏は寝心地の悪いマットレスに戻り、肉づきのよいからだを横たえて眠りにつこうとした。深く心地よい無意識状態から目覚めさせられるのは大嫌いだった。いまいましいやつだな、ウォーターズは。いびきの数をぼんやりかぞえているうち、エッグ氏はうとうとしだした。

かちり。廊下の扉が開いた。こっそり外に出るような足音がした。そこに何かがきしむ音と、何かにつまずいたような音が重なった。乏しい明かりがついているのみの踊り場に通じる二つの段に誰かがつまずいたようだ。ウォーターズの変わらぬいびきを耳にしながら、モンティはある種の意地悪い満足感とともに得心がいった。サバと豚肉のせいで、ついにプリングルの体内では始末に負えないことが起きたわけだ。

と、思うまもなく、モンティはすとんと深い眠りについた。

翌朝六時、モンティは再び廊下からのかちゃかちゃいう音で目を覚ました。続いて八号室の扉がばたんと閉まる音がした。ウォーターズめ、早朝の列車に乗ろうというのか。部屋係のメイドが隣室でおかしそうに笑っている。まるで子どもだな、ウォーターズじいさんは。ともかく、勇ましいふるまいに出るにしろ、もっと時間帯を考えてくれればいいのにとエッグ氏は思った。扉の前を通るどしどしいう音。何かがきしむ音、つまずく音、いきりたつ声――浴室へ向かうウォーターズが二つの段を踏み外した。続いて訪れる静かなひととき。つまずく、きしむ、いきりたつ、どしどし歩き回る、ぶつかる――ウォーターズは浴室から戻って寝室の扉をばたんと閉める。ばたんという音、衣ずれのさらさらいう音、ごつんという音――ウォーターズが服を着替えて荷物をひもで縛っている。どしどし歩き回る音、何かがきしむ音、つまずく音、いきりたつ声――ああ、やれやれ。これでウォーターズともおさらばだ。

モンティは腕時計を見ようと腕を伸ばした。薄汚れたカーテンを通して射し込む朝日のおかげで、ぼんやり文字盤が見える。七時二分前――まだ三〇分は寝ていられる。ほどなく、街のあちこちから流れてくる音や、街の大時計が七時を知らせる音、すぐそのあとには、離れたところの時計から耳に快くて響きのよい音楽のような調べが聞こえてきた。次いで沈黙が訪れた。その沈黙を破るのは、ホテルの従業員たちが建物内部のどこかを行き来するかすかな足音のみ。モンティは再び寝入った。

七時二〇分、耳をつんざく悲鳴が何度も廊下に響き渡った。

モンティは飛び起きた。今度はまさしく何か重大事が起きたのだ。ぞんざいにまとったガウンをひきずりながらモンティは扉に走り寄り、外に出た。踊り場から三、四人が階段を走り下りてきた。

部屋係の女が一〇号室の扉の前に立っている。手にしていた缶を床に落としてしまい、みるみる水がじゅうたんに広がっている。顔は真っ蒼で、汚れた帽子は今にも頭から落ちそうなほどずれている。

女はまるで壊れた蓄音機よろしく同じような金切り声を繰り返し発した。

室内を見ると、ベッドの上でプリングル氏の巨体が横たわっていた。顔はむくんでおり、太い首には醜い紫色のあざが浮かんでいる。鼻と口から血が出ていて枕に染みができている。服はぞんざいに丸められて椅子に置かれてあり、床のスーツケースは開いている。洗面台の歯磨きコップには、まるでにやっと笑っているかのようにむきだしのまま入れ歯が入っているが、宝石の商品見本を入れた旅行カバンはどこにも見当たらない。プリングル氏は強盗に襲われ殺害されたのか。

人が殺される場面の音をおれは聞いていたのだと、ひどい自責の念にかられながらエッグ氏は思った——それどころか犯人と会話すらしたのだ。このことをモンク警部に隠さず話した。

「聞こえたのが被害者の声だったかどうかは、なんとも言えません。今までほとんど話をしたこともなくて。夕食でも同席しなかったし。バーでちょっと言葉を交わしただけです。こもった声でした——目覚めたばかりで、毛布から顔を半分ばかり覗かせて、入れ歯はしていないまま出しているような声だった。あらためて聞かされても、この声だとわかるかどうか」

「それは無理もありませんよ、エッグさん。お気を落とさずに。さて、もう一人の客ウォーターズさんですが、早朝の列車で発たれたんですね。あなた、この人がずっといびきをかいていたと言われましたが」

「はい——事件のあとも。ウォーターズさんのことは知っています。立派な人ですよ」

「なるほど。まあ、いずれじかに事情を聴いてみることになるな。とはいえ、本人としては、もし事件のあいだじゅう寝ていたんなら、何も言うことはないだろうが。とりあえず、あなたが声をかけた相手が犯人だったと考えてしかるべきかな。時間は特定できるそうですね」

「はい」時計が一二時を告げたときのようすをモンティは語った。「あ、それから、ぼくは自分のアリバイを証明できませんが、プラメット&ローズ酒造ピカデリーの経営者がぼくの人となりを証言してくれるはずです」

「そこは確かめますから、エッグさん。ご心配なく」モンク警部は落ち着いて答えた。「ところで、あなたのお名前、前にも聞いたことがあったかな。わたしの友人に会われたことがありますかね、ラメージという名ですが」

「ディッチリーのラメージ警部ですか。ええ、あります。時計の件でちょっとした問題がありまして（モンタギュー・エッグ物「朝の殺人」参照）」

「そうですか。あなたのことは賢い人だと言っていましたよ」

「とてもお世話になりました、ええ」

「ともかく、当面はあなたの証言を採用して捜査の方針を決めます。そこで、この時計だが。時間は正確だったのかな」

「はあ、今朝も鳴ったのを聞いたとき、自分の腕時計で確かめたところ、正しかった。少なくとも」ある疑いがうっすら心の底から浮かび上がったかと思うと、かたちになる前にすっと消えていったので、モンティは言い足した。「同じ時計だったと思います。音の鳴り方が同じでした――深くて、早くて、いわゆるハミングしているみたいで。なかなかきれいな音調でした」

「ふうむ。その点は調べたほうがいいかな。ゆうべは狂っていたが、今朝はまた正しく戻ったのかもしれない。建物の裏手にぐるりと回って、そこが確かめられるかどうか見てみるか。ラグルズ、誰も勝手に外出しないようにとベイツさんに説明してくれ。それから、我々はできる限り早く捜査を終わらせるからと。さて、エッグさん」

グリフィンホテルには音を発する柱時計は六つあるのみだった。階段の上の大型箱時計（グランドファーザー）は真っ先に候補から外れた。鳴らす音は弱く、高く、震えている。まるでよぼよぼ紳士の声さながらだ。駐車場の柱時計の鳴り方もかなり違うたぐいのものだ。喫茶室の時計と応接室の青銅色の醜いデカブツは、モンティの寝室からは音が聞こえない。バーの時計は鳩時計だ。しかし、モンティの寝室の階下にあたる厨房に一同が行ったとき、モンティはすかさず言った。

「これがそうかもしれない」

シタンの化粧板の箱におさまっているアメリカ製の古い八日巻き壁時計だ。文字盤は色塗りで、ガラス扉にはミツバチの巣の絵が描いてある。

「この種類のものは知っている」モンティが言った。「ぐるぐる巻いたバネで音を発するんです。ハミングしているような豊かな音でね、教会の鐘の音に似ていますが、もっと速い」

警部が時計の箱を開けてなかを覗いた。

「おっしゃるとおりだ。よく調べてみよう。今は八時四〇分か。正確だ。さ、あなたは階段を上がって。わたしは針を九時に合わせる。どんな音が聞こえたか教えてください」

自室に戻って扉を閉めたモンティは、おなじみの深くて速くて震えるような音調に再び耳をすませた。すぐに階下へ行った。

「まさにこんな感じですよ、聞いた限りでは」

「よし。じゃ、時計が操作されていなかったとすれば、時間の件はこれで解決だ」

時計が真夜中に正確だったということは思わぬほどあっさり示された。料理人が、一一時に床につく直前、市庁舎の時計どおりに時間を合わせていた。その後いつもどおり厨房の扉を閉め、自分で鍵を持っていたという。「でないと、ボーイがいつもうろついてて、貯蔵室から食べ物をくすねたりしますからね」そのボーイ――いやな目つきをした一六歳の小僧――も、しぶしぶ料理人の言い分を認めた。厨房の扉が閉まった三〇分ほどあとに扉を開けようとしたが、がっちり閉まっているのがわかったという。厨房に近づいた者は、ほかにはいなかった。ただし裏口の扉と窓は――こちらも内側からかんぬきがかかってはいたが。

「よろしい」警部が言った。「これで全員のアリバイを調べられる。ラグルズ、きみにはそのあいだにプリングルの商品見本の容器を探してもらう。プリングルはベッドに持ち込んだことがわかっている」警部はモンティのほうを向いた。信頼できる人物だと思っているようだ。「バーテンが姿を見ていますからね。それに遺体が発見される前に容器を持ち出すのは不可能だ。室外のドアはすべて閉まっていて、鍵はちゃんとかけてあった。その点は確認しました。ドアを開けて外へ出ていったのは、あなたの知人のウォーターズだけ。そのあなたの証言によれば、ウォーターズは犯人ではない。もちろん共犯者がいれば別だが」

「ウォーターズは違う」エッグ氏は言い切った。「正直そのものですよ、あの老人は。自分の必要経費さえごまかさない。ポンドやシリング、さらにはペンスにいたるまで、頑固なほどまっとうに決済すべしと、ウォーターズの座右の銘が『販売員必携』に載っていますよ」

「わかりました。それはそれとして、容器はどこかな」警部が言った。

ホテルの経営者と従業員をすべて調べたところ、きちんとした証言が得られたので、モンク警部は滞在客に焦点を絞った。サバと豚肉からなる話題の食事のあと、エッグ氏やウォーターズ氏、ラブデイとターンブルという名の販売関係者二人は一〇時半までブリッジをやった。エッグ氏とウォーターズ氏が自室へ引き取ると、ほかの二人はバーへ行き、一一時の閉店まで留まった。それから二人は建物の反対側にあるラブデイ氏の部屋へ行き、一一時半まで談笑したのち散会したという。午前一時、ラブデイ氏は制酸剤（フルーツソルト）を一服もらいにターンブル氏の部屋まで行った。ターンブル氏が扱っている商品だからだ。二人はこうして互いのアリバイを述べた。それを疑う理由もなさそうだった。

続いて警部の前に来たのは、フラック夫人という高齢女性だ。大柄の男を片手で絞殺する力はとてもなさそうに見えた。部屋は主要階にあり、本人によると一二時半ごろまで寝入っていたところで、誰かが扉の前を通り過ぎ、浴室の蛇口をひねっていたとのこと。一時少し前、この身勝手な誰かは引き上げていった。聞いた物音はそれだけだという。

ウォーターズとプリングルを除けば、残る滞在客はただ一人、プリングルの車に同乗してきた男だった。本人によると「写真代行業者」で、名前はアリステア・コップだという。目つきの悪い男だなとモンク警部は思ったが、重要人物ではあった。事件当日の夜、被害者とともにかなりの時間を過ごしていたからだ。

「思い込みはやめてもらいたいな」髪をなでつけながらコップ氏が言った。「ぼくがプリングルのことに詳しいだなんて。ゆうべの七時まで会ったためしもなかった。タッドワージー――知ってのとおり、四マイル（六・四キロ）離れたひなびた町でね――からバス（文字どおりバスですよ）に乗り損ねたんです。次のバスが来るのが九時だというから、スーツケースを持って歩き始めたわけです。するとプリングルが通りかかって、乗っていかないかと誘ってくれた。よく人を乗せてやってるそうでね。気さくな男だ。一人で車に乗るのがいやなんだと」

エッグ氏（聴取に立ち会っていた。ラメージ警部から高評価を得たゆえの特権だ）としては、宝石の販売員にあるまじき軽はずみなおこないに、ぞっとする思いだった。さらには、車が炎上して名士ラウス氏が亡くなった苦々しい一件が頭によみがえった。

「ちゃんとした好人物だったな」コップ氏はなつかしげに振り返った。「やけに明るい男でね。ここまで乗せてくれたわけです」

「あなたはカトルスベリーで仕事されていたわけですか」

「そう。だから写真ですよ。昔懐かしい結婚式の集合写真をただで引き伸ばしてやってね。写真は金ぴかの額縁に入れて二五シリング。ただ同然だ。聞いたことある商売でしょ」

「ある」警部が答えた。うさんくさい仕事だと思っていることがはっきりわかるような口ぶりで。

「まあ、そうでしょ」目くばせしながらコップ氏が言った。「で、我々は食事をしました――ひどい味の代物でね。それからバーでちょいと雑談して。ベイツとバーテンが我々の姿を見てますよ。そのあとベイツは、ひょっこり現れたどっかの若いやつとビリヤードをしにいったな。我々は一一時ごろまで残ってましたが、プリングルはふらつきながら立ち去りましたよ――気分が悪いからって。べつに驚きもしなかった。あのサバときたら――」

「サバの話はけっこう」モンクが言った。「バーテンの話では、あなたとプリングルさんは一一時五分前に最後の一杯をやり、プリングルさんはカバンを持って寝室へ向かったと。そのときあなたはビリヤード室へまっすぐ行かれたわけですか」

「そう、すぐにね。そこで我々は――」

「ちょっと待って。ベイツによると、あなたはまず電話をかけたそうだが」

「かけました。ともかく、ぼくが行ってみたら、ベイツと若いやつがひと勝負終えようとしてたんです。そこでぼくは電話をかけると言ってからベイツと一戦交えました。電話をかけた時刻は確認してくださいよ。タッドワージーのブル・ホテルにかけたんです、バーに手袋を置き忘れて。電話に出たのは男で、手袋はあったからそちらへ送りますと言ってました」

警部は証言を書き留めた。

「いつごろまでビリヤードをしましたか」

「一二時二五分ごろまで。ベイツが、明日の朝は早起きしないといけないから、もうやめたいと言ったので、負けたベイツのおごりで互いに一杯ずつやって、ぼくは部屋に戻りました」

警部はうなずいた。店主の証言どおりだ。

「ぼくの部屋は主要階にあります」コッブ氏が語を継いだ。「いや、騒ぎが起きた廊下近くの側じゃない――反対側だ。でも建物を横切って浴室に入りました。浴室は廊下に通じる階段の近くです。部屋に戻ったのは一時一〇分前ごろかな。西部戦線異状なしですよ」

「階下であなたとプリングルさんはどんな話をしたんですか」

「まあ、あれこれと」コッブ氏はあっさり答えた。「互いにあちら方面の武勇伝を披露し合ったり、とかね。プリングルにも一つ二つ艶っぽい話があった。不肖わたくしめも自分なりにがんばりましたよ。タバコ一本どうですか、警部」

「いや、けっこう。ところで、プリングルの口から――おう、ラグルズ、どうした。みなさん、ちょっと失礼」

警部は戸口に歩み寄って巡査部長と少し言葉を交わしてから、写真を一枚手にして戻ってきた。

「あなたの写真関係の荷物には、このたぐいのものはないんでしょうね、コップさん」

コップ氏はひゅーという音を発しながら長い煙を口から吐き出した。

「いや。いーや。こんな代物、どこで手に入れたんですか」

「前に見たことはありませんかね」

コップ氏は口ごもった。「まあね、訊かれたから言うが、ありますよ。今は亡きプリングルからゆうべ見せられました。あなたから訊かれなければ何も言うつもりはなかった。死者に鞭打つのはいやだしね。ともかく、ちょっとお盛んな男でしたよ、プリングルは」

「ゆうべ見たのと確かに同じものですか」

「そのようです。同じきれいな女――同じきれいなからだつきだな、まあ」

「被害者はこれをどこに入れていましたかね」警部は写真を返してもらうと、手にしている手帳にクリップで留めた――だが、その前にエッグ氏もちらりと写真を目にし、当然ながらどきりとした。

「胸ポケットです」少し間を措いてコップ氏が答えた。

「なるほど。プリングルは自分の仕事の中身を話したんでしょ。泥棒には用心しているとかなんとか、そういうことを言っていませんでしたか」

「カバンには役立つものを忍ばせるし、いつも寝室のドアには鍵をかけてると」洗いざらいしゃべりますよといった顔でコップ氏が答えた。「べつにこっちから訊いたわけじゃない。向こうが何をしようと知ったこっちゃない」

「それはそうだ。ふむ、コップさん、今のところはもうお手間を取らせるまでもなさそうです。ですが、ホテルには留まっていただくと助かりますね、またお話を聴くこともありますから。ご不便をおかけしました」

「とんでもない」コップ氏もすなおに応じた。「ぼくにとっては同じことだ」ほがらかに笑みを浮かべながら、ぶらぶら立ち去った。

「ふんっ」モンク警部が吐き捨てるように言った。「いけすかないやつだ。ぺらぺらのゴミ（チープダート）め。うそつきだし。写真、見ましたかね（あんな卑猥な代物をよくも印刷できるものだよ、あきれるしかない）。あれは胸ポケットに入れて持ち歩いていたんじゃない。端が折れ曲がっていなかった。ようすから見ると封筒から出したばかりだな。やつのスーツケースから、ほかにも一連の写真が見つかってもまるでおかしくない。でも当然やつは認めないだろう――あんなものを売れば法で罰せられる」

「どこで見つけたんですか」

「プリングルのベッドの下です。コップにアリバイがなければね――ベイツの証言は本当だろうし、事実として料理人の部屋の窓はビリヤード室の窓に面している。しかも、連中が一二時一五分までそこで遊んでいたのを料理人が目撃している。連中がグルなら話も別だが、それはなさそうだ。もう一つ、プリングルのカバンがまだ見つからない。ともあれ、あの時計が鳴った一件を崩すことができないな。本当に一二時を打ったのを聞いたんですよね」

「間違いなく。一二回しか鳴らないのに、一つ二つ聞き落とすことはありません」

「そりゃそうだ」警部はテーブルをこつこつ指で叩き、うつろな目つきをした。つまり、もうあなたは帰ってけっこうということだなとモンティは受け取り、自室へ引き取った。ベッドは整えられていないし、ゴミは捨てられていない。元々このホテルの作業はずさんなのに、大事件が起きたせいで、めちゃくちゃという言葉がふさわしいまでになった。モンティはバネの壊れた肘掛け椅子にどしんと腰を下ろすと、タバコに火をつけて物思いにふけった。

　そのまま一〇分ほどいろいろ思いを巡らしていると、街の時計の鐘が鳴りだし、一一時を告げた。すぐそれに応えるように厨房の時計が美しい音色を響かせるはずだと思い、モンティはそのまま待った。が、何も聞こえてこなかった。そうだ、今朝モンク警部が針を二〇分進ませたんだとモンティは気づいた。だからもう鳴っていなくてはいけない。モンティははじかれたように椅子から立ち上がり、声を張り上げた。

「くそ！　なんておれはトンマなんだ。今朝七時に街の時計が真っ先に鳴り、すぐ厨房の時計が鳴った。しかし、ゆうべは街の時計の鳴る音がまったく聞こえなかった。厨房の時計は誰かの手で細工されていたに違いない。まさか――まさか――まさか、うわあ。そんなことがありうるのか。そうだ、そう、可能だ。あの時計が一二時を告げる直前、ウォーターズのいびきは止まっていた」

　モンティは部屋を飛び出て八号室に駆け込んだ。自分の部屋と同じく、ここも乱雑だった。同じく何週間も掃除していないように見えた。二つの部屋を仕切る薄い壁にぴたりとついたベッドのわきのテーブルの面も、やはり埃だらけだったが、一つ跡がついていた。縦が三インチ（約七センチ半）で横が三インチ半（九センチ弱）ほどのなんらかの物体が、ゆうべ置いてあったようだ。

　エッグ氏は部屋を飛び出て廊下を走った。薄暗いなかで転びそうになって、クソッと吐き捨てるように言いながら二つの段を上がり、角を曲がって浴室へ飛び込んだ。窓は狭い横道に面している。横道の一方の端は大通りに、もう一方の端は二つの倉庫のあいだの小道にそれぞれつながっている。エッグ氏が階段を駆け下りると、ちょうど喫茶店からモンク警部が出てくるところにぶつかった。

「コップを捕まえて！」エッグ氏はあえぎながら言った。「やつのアリバイを崩せました。ウォーターズはどこに行きましたか。電話で知らせないと。早く！」

「ソーカスター行きの列車に乗ると言っていたが」あっけにとられながらモンクが答えた。

「だったら」自分の職業知識を信じてモンティが言った。「リング・オ・ベル（パブ兼ホテルのチェーン店）に泊まるでしょう。それからハンターズとメリマンズとハケット&ブラウンズを訪れますよ。どこかの店で見つかるはずです」

三〇分間あたふた方々へ電話をかけまくったあげく、エッグ氏はソーカスターでも一、二を争う製菓会社で、ようやく追跡劇の幕を下ろすことができた。

「ウォーターズさん」モンティはあえぎながらも勢い込んで切りだした。「いくつか訊きたいことがあるんだ。わけはあとで話す。くだらない問いに聞こえても気にしないで。あなた、旅行用時計を持っていますか。持っているんだね。どういうものかな。昔の二度打ち時計（リピーター）？　そう？　だいたい三インチ（約七・五センチ）四方――の四角いやつ？　そう？　ゆうべ自分のベッドテーブルに置いた？　巻いたバネ仕掛けで鳴るやつ？　そう？　ああよかった！　教会の鐘みたいな、深くて速くて柔らかい響きのやつかな。そう、そう、そうなんだ。あのさ、おじさん、よく考えてね。あなた、ゆうべ目を覚ましてリピーターを鳴らしたかな。鳴らした？　ほんとだね。助かったよ！　で、何時？　一二回鳴った？　つまり、それは何時ってことかな。一二時から一時のあいだかな？　じゃ、ウォーターズさん、お願いだから、次のカトルスベリー行きの列車に乗ってよ。だって、あんたのクソ時計のせいで、危うくあんたとぼくは殺人の共犯者にされるところだったんだ。そうさ、サ、ツ、ジ、ンだよ……。ちょっと待って、モンク警部が代わってくれって」

「つまりは」受話器を置きながらモンク警部が言った。「あなたの証言のせいで我々はけっこうな窮地に陥りかけたわけだよね。よくぞ妙案を思いついてくれました。さてと、自称〝ただ同然〟コップ氏の荷物を調べて、ほかにもきわどい写真がないかどうか確かめるか。プリングルに見せようとしていたんだろうがね」

「そうです。それにしても、よくも下手人は部屋に入れたものだ。当然プリングルはドアに鍵をかけるはずなのに。でもコップのために開けておいたんだな。コップは言ったんでしょうね、あとでそっとおじゃましまして、仰天ものの一枚をお見せしますよ、あんただけにこっそりとね、とかなんとか。プリングルが大声を発して、ぼくがドアをノックしたとき、コップはどきっとしたに違いない。でもずっとその場にいたんだ。その点は本人のためにぼくは弁じてやる。自らの属する下劣な業界では、コップは一流の販売員だったんだろう。ふいに生じた難問にうろたえるべからず。つねにぬかりなくまわりに目を向けるべしと、『販売員必携』にありますよ」

「それにしても、コップはプリングルのカバンをどう始末したのかな」警部が言った。

「浴室の窓から外へ投げて、タッドワージーから電話で呼び寄せた共犯者に渡したんです。ああ、そうだ！」モンティはひたいの汗をぬぐった。「車が走り去る音が聞こえたっけ、あのクソ時計が一二時を告げた直後に」

偽りの振り玉

「あの、ちょっと！」モンタギュー・エッグ氏が言った。

ポンダリングパーヴァのホテル〈ロイヤルオーク〉のことはエッグ氏も知っていた。ふだんなら、わざわざ泊まろうとは思いもしない宿だ。はやってもいなかった。食事はまずく、亭主はつっけんどんで、商魂たくましき高級酒の訪問販売員にとっては顧客を増やす場にはならなかった。しかしながら、朝の八時半に、建物の正面にはパトカーと消防車が停まっていて、野次馬も群がっているありさまを目の当たりにすれば、誰であれ好奇心を掻き立てられずにいるのは難しかった。エッグ氏の足はアクセルから下ろされ、車はゆっくり停まった。

「何かあったんですか」そばに立っている者にエッグ氏が訊いた。

「人が殺された……ラッドのおっさんが奥さんののどを切った……いや、あいつじゃない……ジョージがやった……それも違うな、泥棒だ、そいつらが金をかっさらって……ジョージが来てみたら、床一面が血だらけで……聞こえるか？　リズ・ラッドが泣き叫んでる……狂ったみてえに取り乱してるよ……あいつがリズののどを切ったって、誰かが言った気がしたが……いや、違う、ジムが言ったんだ、やつは何も知らねえ。こりゃジョージだよ……ああ、警部さんが来たぞ。なんかわかるかもしれねえ……」

もう車から降りていたエッグ氏はバーの入り口に歩み寄っていた。制服姿の警部が戸口で氏と向き合った。

「今は入れません。あなたは誰。なんの用ですか」

「モンタギュー・エッグといいます――ピカデリーのプラメット&ローズ酒造の外回りで。ラッドさんに会いたいんですが」

「今は会えない。早くここから離れたほうがいい。ちょっと待って。お宅、外回りって言ったね。この付近は定期的に回っているのかね」

エッグ氏はそうだと答えた。

「じゃあ、何か話を聞かせてもらえそうだ。なかへ入ってくれますか」

「ちょっとお待ちを。荷物を取ってきます」モンティが言った。興味津々の面持ちだが、訪問販売員の本分は商品見本と人物証明にあり、ということを失念するにはいたらなかった。車からずっしり重い荷物を持ってくると、野次馬のなかから「ありゃあ写真家だな、カメラが見えたか」といった声が上がるのを背中で聞きながら、宿のなかに運び込んだ。戸口で荷物を下ろすと、モンティはバーのなかを見回した。窓辺のテーブルでは、巡査が何か手帳に書き込んでいる。鼻が低く平べったい顔をしていて、経営者のラッドだとモンティも見覚えのある大柄の男が、ワイシャツ姿でカウンターにもたれかかっている。ひげも剃っておらず、あわてて着替えをしてきた感じだ。筋肉隆々で、ひたいが広くなく、髪がぼさぼさの若い男が、しかめ面でかたわらに立っている。奥の部屋から女の金切り声と泣き声が聞こえてきた。モンティにわかったのはそれぐらいだ。ただ、「特別室」と表示された右側の扉が開いていて、その向こうにいる外套を着た一人の男の背中が目に入った。男は床にかがんで何かを見ている。

警部がエッグの身分証明書を手に取り、ざっと目を通して本人に返した。

「朝早くから路上に出ていたんですね」警部が言った。

「ええ。ゆうべペティフォードまで行くつもりでしたが、霧のためにマッジベリーで立ち往生しまして。遅れを取り戻そうとしていたんです。オールドベルで一泊しました——あそこの人に訊いてもらえばわかります」

「そうですか」巡査にちらりと目をやりながら警部が応じた。「さてと、エッグさん、あなた方のような訪問販売員は、たいてい同業者のことをよくご存じでしょ。被害者の顔に見覚えがあるかどうか知りたいんですがね」

「確かめてみましょう。でもまあ、外を回っている人間はみんな顔なじみってわけでもないけれど。ともかく名前は身分証明書に載っているでしょ」

「それはそうだ」警部もうなずいた。「本人の身分を示すものは見本を入れた荷物にあるはずだが、なくなっている。手紙を何通か持っているが、ここにも名前は——まあ、そういう点はあとで調べよう。こちらへどうぞ」

警部は右側の部屋へすたすた入った。モンティもあとに続いた。かがんで床を見ていた男が立ち上がった。

「これは間違いないよ、バーチ」男が言った。「頭を強打されている。死後八時間から一〇時間。自分でやったとは考えられない。事故でもない。凶器はあそこにある瓶だろうね。指紋が検出できるかどうか調べてみる。ほかに何か知りたいことは？　なければ朝食の席に戻りたいから。帰りがけに検視官に伝言しておこうか、あんたのほうで何かあれば」

「お世話さまです、先生。八時間から一〇時間ね。ラッドの証言と符合する。さ、エッグさん、これを見てくれますか」

医師はわきにどいた。モンティは遺体に目をやった。小柄な男で、サージのこざっぱりした青い背広を着ている。黒い髪はなでつけられていて、短い歯ブラシのような口ひげをたくわえている。こめかみのぱっくり開いた傷口から血が流れて、すべすべしたほおにべっとりついている。年齢は三五から四〇ぐらいか。

「ああ、知っています」モンティが言った。「それどころか顔なじみの訪問販売員です。名前はワッグスタッフで、勤めている――勤めていた――先は、アップルバウム&モスという宝石商です。大きくて安い品を扱っているところですね」

「ほう、なるほど」バーチ警部が力を込めて応じた。「つまり、荷物には宝石が入っていたわけだ」

「ええ――それと時計とか、そういうものですね」

「ふうむ。ところで、どうして被害者は複数の人宛ての手紙を持ち歩いていたか、おわかりですか。これがその一通で――ジョウゼフ・スミス様。これが別の一通――ウィリアム・ブラウンさんへ。こっちは感じ入る一通だ――ハリー・ソーン様。内容は色物だ」

「ほかにお聴きになりたい話はありますか」エッグ氏が穏やかに言った。

「話ね。何かあるかな。あ、そうだ、あなた方営業担当者ってお互い似た者同士なんですかね。行く先々に現地妻がいるとか」

「ぼくは違いますね。モンティ・エッグに結婚式の鐘は縁もなし、と。でも、ワッグスタッフには当てはまるかもしれない。どうも来る者は拒まずといったところですかね」

「そうだね。ただ、状況からすると、ちょっとした争いごとをしていたんですな」バーチ警部はバーのなかをさっと見回した。ここは狭い部屋で、家具はいずれも暴力の被害に遭ったようだ。暖炉の前の小さな丸テーブルは倒され、割れたウィスキーの瓶からはリノリウムの床一面に中身が飛び散っており、においがぷんぷん漂っている。椅子は動かされたり倒されたりしており、飾り棚のガラスは蹴り上げた足に一撃を食らったのか、放射状にひびが広がっている。暖炉のそばに立っている大型箱時計は横向きに傾いており、炉棚の端にひっかかってどうにか倒れずにいる。さまよっていたエッグ氏の視線は文字盤にぴたりと向いた。警部の視線もあとに続いた。針は一一時一〇分で止まっていた。

「そう」バーチ警部が言った。「時計がうそつきでない限り、ことはいつ起きたのか、誰がやったのかは明らかだ。スレイターという名の営業担当者について何かご存じですか」

「アーチボールド・スレイターって人物なら聞いた憶えがあります。女性用下着の訪問販売員です」

「そいつだ。いい職についているんですかね。つまり稼ぎの面ですが。高給取りかどうか、とか」

「だと思います。有名会社にいますから」モンティは社名を挙げた。「でも本人のことはよく知りません。たしか以前はヨークシャーとランカシャーを回っていました。クリップスさんの担当地域を受け継いだから」

「お仲間を殺して商品見本をくすねそうな人物かどうかなんて、わかりませんよね」

モンティは異を唱えた。訪問販売員ならそんなまねをするはずない。路上の友愛精神というものがある。

「ふうむ。まあ、一緒に話を聴いてください。再度ラッドに事情聴取して記録に残しますから」

亭主の説明は明快だった。最初の客——ワッグスタッフと判明している——は七時半にやってきた。ペティフォードに向かうつもりだったが、霧がひどすぎると言っていた。夕食を注文し、すませてのちバーの特別室に入った。客はいなかった。このホテルには富裕層の客はほとんど訪れない。事件当日の晩は、バーの大衆席に労働者が何人かいたのみだった。九時半にスレイターがホテルにやってきた。やはり霧のせいで足止めを食ったと言っていた。食事はすでにすませており、ほどなくワッグスタッフのいるバーの特別室に行った。なかに入るなり、「感じの悪い口ぶり」で、ワッグスタッフに「よお、おまえか」と話しかけたのを聞かれている。そのあとドアが閉まったが、やがてワッグスタッフが特別室とバーとを隔てた配膳窓を軽く叩いて、スコッチウィスキーをひと瓶注文した。一〇時半、バーを閉めてグラスを洗う時間になった。ラッドがなかに入ると、暖炉のそばで例の客二人が話をしていた。ともに顔を真っ赤にして怒っていた。自分と妻とバーテンはもう寝るとラッドは二人に伝えた。そろそろ腰を上げてもらわないと。部屋に戻られるとき、明かりを消してくださいね。

ここでラッドは話を変え、こう言いだした。バーの特別室の上階には寝室はない。建物の正面に当たる箇所に広い空室が一つあるのみで、そこは地元教区の諸団体の会合に使われている。宿泊施設はすべて裏手に位置していて、各部屋では一階の物音は聞こえない。さらにラッドはこう続けた。

「一一時二〇分ごろかな、誰かが階段を上がってきて、あたしらの寝室のドアをノックしたんです。あたしがベッドから起きてドアを開けると、スレイターが立ってました。なんとも妙なようすで、あたふたしてたな。天気がよくなったから、ペティフォードへ向かうことにしたって言うんです。変な気がしましたが、窓を開けてみると霧は晴れてて、震えるほど寒くて、月が出てました。宿泊費は払ってくれとあたしが言うと、わかってるよと相手も答えました。あたしはガウンを着て、スレイターを連れて奥の階段を下りて事務室に入りました。バーの裏手です。金額を示して払ってもらいました。それからスレイターを駐車場に通じる裏口に出しました。スレイターはバッグを持ってました」

「バッグはいくつだね」

「二つです」

「泊まりに来たときも二つ持っていたのか」

「それはなんとも。あたしは気にもしてなかったから。来たときスレイターは荷物をバーの特別室にどかっと置いてました。で、あたしがお釣りを持って事務所を出ると、スレイターは通路に荷物を置いて、帽子もコートも身につけてて、いつでも外に出られるようすで立ってました。あたしは裏庭にはいっしょに行きませんでした。とにかく震えるほど寒かったし、ベッドから叩き起こされて腹が立ってたから。でも、数分後に車が走り去る音は聞きました。それからベッドに戻りましたが、事務所の窓を通して、バーの特別室の明かりがまだついてるのがわかりました。だからドアは開いてたに違いない。どういうことかわかりますか。事務所に通じる特別室の奥のドアがあって、それが開いてると裏庭から明かりが見えるんですよ、事務所の窓を通して。だから思うんですが、もう一人の客はまだ起きてたんでしょ――その電気代を請求しないと。寝るのはそのあとだ」

「客がまだいたことは自分の目で確かめていないんだね」

「はあ。死ぬほど寒かったから、ぐずぐずできなかった。ベッドに入って寝ました」

「それは残念。すぐ寝入ったのか」

「はあ、ぐっすり」

「ワッグスタッフが二階に来るような音は聞かなかったかね」

「何も聞いてません。でも女房が真夜中まで起きてまして、ワッグスタッフは来なかったと。だから、ふつうに考えりゃ、ずっと来なかったんでしょうよ」

「そんな感じだな」警部が用心深そうにうなずいた。「ジョージはどうしたんだね」

バーテンの証言はラッドの証言を裏づけたうえ、新情報も加わっていた。それによると、バーテンは九時半から一〇時半のあいだにバーの特別室に行き、取っ組み合いを始めそうな二人のあいだに割って入ったという。スレイターはこう言った。「このチンケなネズミ野郎――てめえの全身の骨を一本残らず折ってやろうか」二人とも酔っていたようだ。自分は何も口出しせず、火を起こしてその場を離れた。二人の争う声は聞こえなかった。ラッドが一〇時半に引き上げたあと、自分はまた顔を出してみた。二人は静かに話をしていたし、手紙を何通か読んでいたようだ。自分は床についたが、誰かの足音と車の走り去る音で目が覚めた。

「それからどうしたね」バーチ警部が問うた。

ジョージはむっつりした顔をうつむけた。

「ラッドさんがまた階段を上がってきました」

「それで？」

「いや、それだけのことで。おれは眠りました」

「ほかの者が動き回る音は聞かなかったかね」

「いえ。だから眠ってたんですよ」

「ラッドさんは何時に上がってきたんだ」

「さあね。わざわざ見たわけじゃない」

「時計が一二時を打つ音は聞いたか」

「何も。寝てたから」

「スレイターって男はいくつバッグを持っていたかね」

「一つだけです」

「確かか」

「だと思います」

「もう一人の男――ワッグスタッフ――はバッグを持っていたかね」

「はい、一つ。特別室に持ち込みました」

「二人とも宿泊者名簿に名前を書いたかね」

「スレイターは着いたときに書きました」ラッドが答えた。「でもワッグスタッフは。朝になったら、書いてくれと言うつもりでした」

「つまりスレイターは、着いたときには何ももくろんではいなかったのか」バーチが言った。「二人はたまたま会ったようだな。これで終わったよ、ラッド。あとで奥さんと話したい。今は仕事に戻ってくれ。あまり捜査状況を人にしゃべらんでくれよ。スレイターの車のナンバーはわかっている」警部は誰に言うともなしに付け加えた。「もし本当にペティフォードへ行ったなら、現地の当局に捕まるだろう」

「そうですね」モンティが言った。「それはそうと」念のためにという顔で語を継いだ。「あの箱時計は正しく時を告げていますかね」

「針が少し戻された恐れがあるわけか」警部が言った。「世の中でおこなわれている小細工みたいにかね」

「そうですね」モンティもうなずいた。「妙なんですよ、犯人が時計に対して慎重に打撃を加えた手口が。まるでわざわざ自分に不利な証拠を残したみたいだ。不自然でしょ。売り物のよさをほめるときは控えめにすべし。ほめちぎる売り手を客はたちまち怪しむなり、と『販売員必携』にもある」

「まあ、そのうちわかる」時計に歩み寄りながら警部が言った。「そうだ、この箱に指紋がついていないかどうか確かめたほうがいいな」

写真撮影係と指紋を検出・記録する機材が到着したことで、時計と瓶に手が触れた跡がたくさん見つかり、このホテルではぞうきんや家具の艶出し剤が長く使われていないのがわかった。写真も撮られた。警部と巡査は時計を元の位置に戻した。強い衝撃こそ受けていないようだったが、振り子が箱の側面に当たったせいで時計は止まったのだろう。振り子は位置を直してやると再び元気にちくたく鳴りだした。バーチ警部は太い人さし指を分針に当てた。が、そこで指の動きは止まった。

「やめよう。こいつはこのままにしておくか。もし何か細工が加えられたなら、針に手がかりが残っているかもしれない。指紋がつくには少し幅が狭いが。なんとも言えんがね。一、二時間は正しく動いてくれるだろう」

「そうですよ」エッグ氏が応じ、箱を開けてなかを覗いた。「振り玉は底に近いですね、とくに一つは。でも、あと半日ぐらいは持ちそうだ。今日は何曜日かな。土曜ですか。たぶん日曜の朝にねじを巻くんでしょう」

「たぶんね」警部も応じた。「とりあえず、お世話さまでした、エッグさん。もう、自由にされてけっこうですよ」

「バーでエールを一杯やるぐらいは許されるかな。バーはあと三〇分もすれば開きますね。朝食もろくに摂れなかったから」

「わたしは何も食っていない」バーチがうらみがましく言った。

ここからのなりゆきはすぐ察せられた。警部が皿に盛り上げたベーコンエッグをちょうどたいらげようとしたときだ。特別室の戸口が何やらざわついたかと思うと、巡査部長が姿をくらましていたスレイターを連れて現れた。スレイターはふてくされた顔つきの大柄な男で、なかに入るや口汚くののしりだした。

「その辺にしておけよ、大将」バーチ警部が言った。「巡査部長、バッグはいくつあったかね」

「一つだけです――本人の」

「いいか、おい」スレイターが言いだした。「おれはなんにも知らねえ。一一時二〇分かそこらにこの場所でワッグスタッフと別れたんだ。やつはふつうどおりだったよ――酔ってたが。おれは一一時半に車でホテルを発った。四五分だったかもしれねえ。このホテルに持ってきたバッグは一つで、出てくときも一つだった。こいつだよ。違うことを言ってるやつはうそつきだ。おれが人殺しをやらかしてたら、まっすぐペティフォードへ向かって、フォーベルの店でのんびり朝食を摂って、あんたらに捕まるのを待ってるわけがあるかよ」

「殺したかどうかは、まだなんとも言えん」バーチ警部が言った。「ワッグスタッフのことはよく知っているのか」

怒りに燃えた目が気まずそうに宙を泳いだ。

「たまたま知り合っただけだ」

「けんかしていたそうだな」

「だから――やつは酔ってたし、感じが悪かった。それもあっておれは席を立ったんだ」

「なるほど」警部は被害者のポケットに入っていた手紙にちらりと目をやった。

「おまえの名はアーチボールドだな。イーディスっていう妹がいるだろ……おい、やめろ」

スレイターが警部の手から手紙をひったくった。

「まあな」スレイターはしぶしぶ認めた。「あのワッグスタッフのクズ野郎が、汚ねえろくでなしだってことは教えてやるよ。やつはおれたちにはソーンって名乗ってた。おれの妹はやつの女房だ——というか、自分じゃそう思ってた。ところが、やつが別な名前でほかの女と結婚してることがわかったんだ、クソッタレが。おれが北部地方へ行ってたときに、やつらは結婚した。おれはこの地区を訪れて初めてそれを知ったんだ。やつはなんとかしておれと顔を合わさねえようにしてたわけだよ——ゆうべまでは。だからって、やつに対しておれが何かできるわけもねえ。せいぜい、妹とのあいだに生まれたガキの養育費を取ることぐらいだ。結局やつも払うと言ったよ。おれは——なあ警部さん、立場が危ういのはわかってるよ、だけど——」

「ちょっと！」モンティが声を上げた。「時計のことをお忘れなく。もう鳴りますよ」

「そうだ」警部も応じた。「おまえたちのけんかの最中に打撃を被ったとき、時計は一一時一〇分になっていた。おまえは二〇分過ぎにはここを出ていた。もし今、一時を打てば、時計は遅らされていたわけだ——もし一二時を打てば時間は正確ってことになる。おまえには不都合だな」

時計の箱は開いたままだ。最初に響いた音が静まった。一同がかたずを飲んで見ていると、時刻を打つ振り玉（the striking weight）が上からゆっくり降りてきた。片方の玉より三、四インチ（約七センチ半から九センチ）下がっている。

時計は一二時を打った。

「これは重大だぞ、とにかく」バーチ警部が怖い口ぶりで言った。

「違うんだ！」スレイターは取り乱したように叫んだが、落ち着きを取り戻して言い足した。「やつが殺されたのは、おれが出てったあとかもしれないが、まだ真夜中には間があった。時計の針が四五分戻されてる」

警部が言い淀んだところでモンティが口を開いた。

「ちょっといいですか。すみません、警部、一つ思いついたことがあります。一二時になると、振り玉はいちばん長く音を鳴らすわけですね。そしてせいぜい半インチ（約一・二センチ）下がるだけです。とところが今は、どういうわけか振り子を動かす玉（the driving weight）よりずっと下まで降りている。言っている意味がわかりますか。六時から一二時までの長い時間では、音を鳴らす玉は振り子を動かす玉より先を行っていて、もっと下に降りる。でも短い時間では、振り子を動かすほうの玉は遅れずについていく。だから――少なくともぼくの経験では――八日巻きの時計では双方の差はせいぜい半インチほどなんです。で、双方は同着で競争を終える。とすると、どうしてこの振り玉は相棒の玉よりこんなに大差をつけることができたのか」

「ぞんざいにねじを巻いたから、とか」警部が言ってみた。

「そうですね、さもなければ時計が進められていたからですよ、しかも一、一、一時間。それこそ、ぼんぼん時計を遅らせる唯一の手です。時刻を打つほうの振り玉を取り外してしまうぐらいの気転が利けば別ですがね。でもふつうの人なら、そんなことは思いもつきません」

「こりゃまいった」バーチ警部が言った。「だとすれば、誰がそんなことまで知っているんだ。誰が時計のねじを巻いたんだ。ラッドに訊いてみよう」

「ぼくなら訊きませんね、差し出がましいようですが」エッグ氏が思案ありげに言った。

「ほう。なるほど」バーチ警部が口ひげを引っぱりながら言った。「ちょっと待った。答えがわかるぞ」

警部はそそくさと部屋を出ていったが、やがて一四歳ぐらいの少年を連れて戻ってきた。

「ぼく、箱時計のねじを巻くのは誰かな」

「パパです。毎週日曜の朝」

「先週お父さんが巻いているところを見た？」

「あ、見ました」

「憶えているかな、二つの振り玉が同じ高さになるまでお父さんは巻いていたかどうか――それとも、こんなふうに二つの玉は離れていたかね」

「パパはいつも振り玉をぎゅっと巻いてます――一四回――毎日、二度針が回るように――そして振り玉は、すっかり巻き上げると、音を立てます」

警部がうなずいた。

「話はそれだけだ――行っていいよ。エッグさん、どうやらあなたの思いついたことが正しいようだね。おい、巡査部長、巡査部長！」

巡査部長は警部を見て、わかっていますよと言いたげに目くばせして出ていった。三〇分経った。なんの変化も起きない。ただ、振り子を動かす玉がほとんど目に見えないほど下がり、時計がきまじめにちくたく音を発しているだけだ。巡査部長がバッグを一つ手にして戻ってきた。

「おっしゃるとおりでした――鶏小屋に積んであるズックの下に。ラッドかバーテンのジョージのしわざですね」

「二人とも一枚かんでいるに違いない」警部が応じた。「とはいえ、どちらが手を下したかは、まだ見えてこない。指紋の検出を待たないと」

「時計の鍵のことを二人に問うてみたらどうですか」エッグ氏が口をはさんだ。

「どうしてだね」

「ただの一案ですよ」

「わかった。ラッドを呼んでくれ。ラッド、この時計の鍵を見たいんだが」

「あ、そうですか」亭主が言った。「いや、あたしは持ってません。どこに消えたのかね。そこは警部さんにもちゃんとわかってもらわんと。ここは堅気の宿ですよ、変なことはできない」

「そうか。もういい。ジョージに訊いてみる。ジョージ、時計の鍵はどこにある」

バーテンは乾いた唇を手で拭った。「飾り棚に置いてある壺のなかです」

「ないぞ」壺のなかを覗きながら警部が言った。

「ありませんよ」モンティが言った。「それから、鍵がそこにないことをどうしてラッドが知っていたのか。ゆうべ探したからですよ。時計を一一時間進ませたあとで、振り玉を正しい位置に戻そうとして。位置が逆転していたのは不思議じゃない」

亭主の顔が病的なほど蒼ざめた。ジョージはいきなり泣きべそをかきだした。

「警部さん、わかってください。おれが何も知らないうちに事は終わってたんです。おれは何も関わってないんですよ」

「二人に輪っか（ブレスレット）をはめてやれ、巡査部長」警部が言った。「それから、スレイター、おまえの処分は証拠次第だ。エッグさん、お世話になりました。だけど、妙だな、鍵はどこへ消えたのやら」

「我らが若き望くん（ホープフル）に訊くといいですよ」エッグ氏が応じた。「もう驚きますね、ああいう小僧っ子が大人のじゃまをしてくれるありさまには。とにかく『販売員必携』にも載っていますからね、細かなことに心を配れば物も売れるべし、と。小さな振り玉が局面を決める力を持つってこともよくある話です」

噴水の戯れ

「うむ」スピラー氏が満足げに言いだした。「やはりな、わたしは観て楽しめる水が好きなんだ。一つの場所の仕上げってところだ」

「ヴェルサイユ流ですね」ロナルド・プラウドフットもうなずいた。

スピラー氏は相手をちらりとにらんだ。皮肉の一つも飛んでくるのかと身構えんばかりの目つきをしたが、相手の細面は無表情だった。愛娘の婚約者の前では、スピラー氏はどうも心が落ち着かなかった。我が娘よでかしたぞと鼻は高かったのだが。（スピラー氏にとっては）不愉快な資質をいろいろ具えていながらも、ロナルド・プラウドフットは完璧な紳士で、ベティはまさに恋のとりこだった。

「ただ一つ足りないのは」スピラー氏が語を継いだ。「あくまで私見だが開放感だ。つまり眺望を利かせることだよ。こんなやぶに四方を囲まれていれば効果が表れん」

「あら、それはどうかしらね、スピラーさん」ディグビー夫人が穏やかに異を唱えた。「やぶのおかげで、なかなかすてきな驚きが味わえませんこと？　咲き乱れるリラの花の後ろに何かあるなんて思いもせずに小道を歩いてきて、角を曲がると、いきなりこの池が現れるのよ。今日の午後、ここまであなたに連れてきていただいてこれを目にしたとき、もうわたし、息を呑みました」

「その点は、たしかに」スピラー氏も認めた。これが初めてのことではないが、ディグビー夫人の銀色に輝くような人柄には実に心を惹かれるところがあるなと思った。気品も感じられる。分別ある年齢に達しているやもめと男やもめといえども、双方ともにそれなりの財産もあると、半エーカーの庭と人の目を楽しませる噴水を具えた居心地よい家で満ち足りた日々を送るよりも、感心できないようなことをしてしまう場合もあるものだ。

「とてもきれいだし、秘密の場所みたいね」ディグビー夫人が言った。「シャクナゲも咲き誇っていて。ごらんなさいな、一面に水しぶきを受けて鮮やかねえ——妖精の宝石みたい。それに奥の黒いイトスギを背景にした素朴な田舎の地所。まさにイタリアふうね。リラの香りがまたうっとりするほどすてきだし」

実はイトスギではなくイチイだとスピラー氏は知っていたが、何も言わなかった。ちょっとした無知は女に似合いのことだ。スピラー氏は噴水の片側に咲くコトネアスターから、もう片側に咲くシャクナゲに視線を移した。ダイアモンドを想わせる水滴をつけた虹色の花房がきらめいている。

「シャクナゲやコトネアスターに手をつけようとは思っていなかった」スピラー氏が言った。「リラの大きな生け垣をばっさり切ってやろうとしただけでね、家からの眺望を利かせるために。だが、断を下す役はやはりご婦人方になるなあ——ふうむ——ロナルドよ（スピラー氏にはプラウドフットの洗礼名をなかなかすんなり口にできなかった）。ディグビー夫人、このままのありようがお気に入りなら、それで決まりです。リラは残すことにする」

「まあ、おじょうずをおっしゃいますわね。でも、わたしのためにご自分の計画を変更するなんてお考えにならないで。わたしにはあなたのきれいなお庭に口出しする権限はないんですから」

「とんでもない、ありますよ。あなたの趣味にすべて合わせますから。あなたはリラを称えた。今後リラは聖なる花だ」

「そんな。もうわたし、何事にも意見を述べるのが怖くなるわ」ディグビー夫人は首を振った。「とにかく、あなたが何をどうお決めになっても、リラはずっと愛らしいままよ。あそこに噴水を据えるのは名案でしたわね。庭が見違えるようによくなりましたもの」

そのとおりだとスピラー氏も思った。約四フィート（約一・二メートル）四方の貯水施設の中央にある大理石の溜池というかたちをなしていて、〝観て楽しめる水〟と、いささか飾られた名を冠せられているが、噴水は堂々たる外観を呈していた。低木をはるか下に見るどころか、丈のあるリラの上にもそびえんとするほどの、高さ一五フィート（五メートル弱）に達する派手な水柱が立っている。涼しげに繰り返し発せられる水しぶきの音は、この過ごしやすい初夏の日には耳に快かった。

「運用するには少し費用がかさむよね」グーチ氏がたずねた。今まで黙っていたが、ここで初めて口を開いた。そんなことを言うなんて、損得勘定を事とする人生観の表れではないかとディグビー夫人は感じた。グーチ氏と知り合ったときから、氏のことを凡人そのものだと夫人は言い切っており、この人物がよくもスピラー氏とこんなに親しく交われるものだといぶかった。

「いや、いや」スピラー氏が言い返した。「金はさほどかからない。ほら、同じ水を使い回すから。うまくできている。トラファルガースクエアの噴水も同じ原理のはずだよ。もちろん設置費用はちょっとかかったが、金を使っただけのことはあった」

「そうよねえ」ディグビー夫人も続いた。

「ぼくはいつも言ってきたんだよ、きみは熱い男だってね、スピラー」グーチ氏が品のない笑い声を上げた。「きみと同じ境遇に身を置きたいもんだなあ。安らぎの場って、ぼくはここのことを呼んでるんだ。心が安らぐよな」

「ぼくは億万長者じゃない」スピラー氏がいささかそっけなく応じた。「いずれにしろ近ごろでは状況は悪化しているかもしれない。いや、もちろん」少し明るい口ぶりで言い足した。「誰でも気をつけるのは当たり前だが。たとえば、ぼくだって夜には噴水を止めているよ、水漏れや無駄遣いを避けるために」

「そりゃそうだろうさ、なにせきみはしみったれだから」グーチ氏が腹立たしげに言った。

スピラー氏が何か言い返そうとしたとき、遠くで銅鑼の音が聞こえた。

「お、夕食だ」ややほっとしたようにスピラー氏は言った。一同はリラのあいだを縫うように歩みだし、不ぞろいの石造りの長い道をゆっくり通り、多年草花壇の縁や手入れをしていない小さなバラが植わった二つの長い花壇を通り過ぎて、こけおどしのように飾り立てた邸宅に戻った。スピラー氏が〝愉悦荘〟と命名した屋敷だ。

夕食の席にはかすかに気まずい空気が流れているようにディグビー夫人は感じた。絵画を想わせるほどきれいで、ロナルド・プラウドフットのことを深く愛しているベティは、人を惹きつける申し分ない接待役を担っていたが。グーチ氏から不快な音声が発せられた。氏は気持ち悪い音を立てながら物を食べ、自分勝手にぐいぐい酒を飲み、プラウドフットの神経を逆なでし、スピラー氏に対しては、あからさまではないものの腹立たしくて聞くに堪えないような物言いをした。この人はどんな育ちをしてきたのか、よくもスピラー氏は腹を立てずにいるものだと、ディグビー夫人はあらためて思った。グーチ氏については、〝愉悦荘〟にときおりふらりと現れ、たいていひと月ほど泊まってゆき、金には不自由していないらしい人、ということしか知らない。何かの仲介業者か、という気がしている。はっきりそれとわかることを本人の口から聞いた憶えはないが。スピラー氏は三年ほど前この村に落ち着いた。氏に対して夫人はずっと好意を抱いてきた。教養人という表現にはとても当てはまらないが、氏は優しく心が広く気取りがない。ベティを一途に思いやる姿は、とてもほほえましかった。グーチ氏がここを訪れるようになったのは一年ほど前のことだ。ディグビー夫人は心でつぶやいた。自分が〝愉悦荘〟で規則を定める立場にいられたら――事態はそんな方向に展開しつつある気もしている――グーチ氏を排除することに力を用いるだろう。

「ブリッジでも一戦どうですか」コーヒーが出されるとロナルド・プラウドフットが言った。従僕にコーヒーを運んでもらえるのはすてきだとディグビー夫人はひそかに思った。マスターズはしっかり鍛えられた執事だ。運転手の職務も兼ねてはいるが。〝愉悦荘〟は誰にとっても居心地よい場だろう。食堂の窓から、一階にウルズリーの乗用車をおさめているしゃれた車庫が見える。二階には運転手の部屋があり、沈む間際の日を浴びてきらめくきれいな金めっきの風向計が屋根についている。腕のよい料理人、賢い部屋付きメイド、何事にもこちらの望むどおりにやってくれる勤務ぶり――もし自分がスピラー氏と結婚する運びになれば、生まれて初めて、自分付きのメイドを従えることができるわけだ。屋敷にはいくつも部屋があるし、それにもちろん、ベティが結婚したあかつきには――。

ロナルドがブリッジをしようと言ったことをベティは大喜びしてはいないと、ディグビー夫人は思った。ブリッジは繊細な愛情表現にかなった遊びではない。リラの香り漂う夕暮れのなか、噴水のわきにあるイチイの生け垣の下に座ろうよと、ロナルドがベティを誘っていたら、もっと好ましいありさまが生まれていただろうに。二人の間柄ではベティのほうが相手を想う気持ちが強いのではと、ディグビー夫人はときおり思っていた。とはいえ、もちろんロナルドだって自らの望むものを得てよい。ディグビー夫人自身、なごやかにおこなわれるラバー方式のブリッジを何より楽しみにしていた。しかも、ロナルドの案どおりの流れになれば、グーチ氏を除け者にできそうだ。「ブリッジはやらんよ」

とグーチ氏はよく言っている。「やり方を覚えるときがなかった。おれが育ったところじゃ誰もブリッジはやらなかったよ」と、氏は今あらためて述べ、スピラー氏に向けてわざわざあざけるように鼻を鳴らした。

「いつ始めても遅すぎることはない」スピラー氏は穏やかに言った。

「おれは違うね」グーチ氏が言い返した。「ちょいと庭を歩いてくるかな。マスターズってやつはどこにいるんだ。噴水のところまでウィスキーソーダを持ってくるよう伝えてくれ。デカンターを忘れずに——一杯きりじゃ小生には物足りん」サイドテーブルに置いてある高級葉巻コロナの箱に肉厚の指を入れ、ひとつかみの葉巻を取り出すと、書斎のフランス窓からテラスに出た。スピラー氏は呼び鈴を鳴らし、執事に用件だけを言い渡した。ほどなく、バラの苗床と多年草花壇の縁とを隔てる不ぞろいの石造りの長い道を、トレーにウィスキーソーダを載せて歩いてゆくマスターズの姿が見られた。

ほかの四人が一〇時半までラバーを続けたところでひと段落ついた。ディグビー夫人が立ち上がり、もうおいとまするときだと言った。すかさず当主は送っていきますよと申し出た。「若い者は若い者同士、互いの世話を焼けるだろ」いわくありげな笑みを浮かべながらスピラー氏が言った。

「近ごろじゃ、若い人はおじさんおばさんより互いのお世話の仕方はじょうずよ」ディグビー夫人は恥ずかしげに笑った。そうしてスピラー氏に手を取られ、氏の腕に自分の腕をからませるかたちにされても、いやがるそぶりも見せなかった。二人は夫人の別荘まで二〇〇ヤード（約一八〇メートル）ほどの道のりを歩いた。少し寄っていったらいかがと、夫人は誘おうか否か一瞬ながら迷ったが、慎みある思いやりこそ我が生き方に似合いなりと断を下した。小さな白い門の上端越しに、夫人は指輪をはめた柔らかな手をスピラー氏に向けて伸ばした。スピラー氏は差し出された手をぐずぐず握っていた——手にキスするところだった。夫人のこぎれいな庭に咲く赤と白のサンザシの香りゆえに、それほどまでも妖しい気持ちが湧いた。しかし、氏が勇気を振り絞る間もなく、夫人はぎゅっと握られた手を引っ込め、立ち去ってしまった。

スピラー氏が心地よい夢に浸りながら自宅正面の扉を開けたところ、マスターズが立っていた。

「二人はどうした、マスターズ」

「プラウドフッド様は五分か一〇分前にお帰りになりました。エリザベス様はお部屋に引き取られました」

「ほう」スピラー氏は意外の感に打たれた。新世代は旧世代のような恋愛をしないのだなと、いささかさびしい気持ちがした。まずいことが起きなかったのなら幸いだが。もう一つ、腹立たしいことが心に浮かんだ。

「グーチさんは戻ってきたか」

「なんとも申し上げられません。見てまいりましょうか」

「いや、いいんだ」もしグーチが夕食時からウィスキーのがぶ飲みを続けているなら、マスターズは近づかせないのが好ましい。何が起こるかわからない。マスターズは穏やかな物言いをする男だが、相手に付け込むかもしれない。ともあれ、使用人は信頼しないほうがよい。

「おまえは早く寝ろ。わたしが戸締りをしておく」

「かしこまりました」

「ああ、ところで、噴水の電気は消したか」

「はい。わたくしが一〇時半に消しました。旦那様はお忙しそうだと思いまして」

「よろしい。おやすみ、マスターズ」

「おやすみなさいませ」

執事が裏口から出て、舗装した裏庭を通って車庫に向かう足音がスピラー氏にも聞こえた。氏は物思わしげに二つの玄関のかんぬきをかけ、書斎に戻った。ウィスキーのデカンターはいつものところになかった。まだ庭にいるグーチが持っているのだろう。スピラー氏はブランデーソーダを自分で少し作って飲んだ。さて、これからグーチを寝室まで連れてゆくというやっかいな作業をこなさないといけない。いや、二人が顔を合わせるのは庭ではなくこの場になりそうだと、ふとスピラー氏は思った。グーチがフランス窓から入ってきた。酔ってはいるが、ほっとしたことに、見たところ正体もないというほどではない。

「どうした」グーチが言った。

「何が、だ」スピラー氏が言い返した。

「お優しい後家さんと、くつろぎのひとときを過ごしたのか、おい。お楽しみだったかよ。うまくやりやがって、ったく。いい年こいて、その気になったたってわけか」

「もういい、そこまでにしろ」スピラー氏が言った。

「ん、そこまでだ？　上等だ。くだらねえ。そこまで、とな。おれのこと、マスターズだと勘違いしてそんな言い方してるのかよ」グーチ氏はだみ声で含み笑いをして見せた。「おい、おれはマスターズじゃねえ。ここのご主人（マスター）だ。それを頭に叩き込んどけ。おれは主（あるじ）だよ、おめえもよくわかってるだろ」

「わかったよ」スピラー氏がなだめるように応じた。「とにかく、いいかげん早く寝ろよ、子どもみたいなことを言っていないで。もう遅いし、おれも疲れた」

「こちとらとの話がつかねえうちは、もっと疲れるぞ」グーチ氏はポケットに両手を突っ込み、悪意のかたまりのような巨体をいささか危ういほどふらつかせながら立っている。「今ぁ手元に金がなくてな。今週は悪いことばかりで。すっからかんさ。おめえ、もうちょいと奮発してもいいころだぞ」

「ばかばかしい」スピラー氏がいくらか力を込めて言い返した。「こっちは約束どおりの手当は払っているし、きみが好きなときにいつでも泊まらせてもいる。こっちができるのはそれがせいぜいだ」

「ほう、そうかね。ちょいと思い上がってねえか、おい。四一三二番さんよ」

「しっ!」壁に耳も口もあるかのように、スピラー氏はあわててまわりに視線を走らせた。

「しっ、しっ、とね」グーチ氏があざけるように応じた。「おい、いいご身分だな、条件を指定できるのはおまえさんだよ、四一三二番。しっ！ 使用人たちに聞かれる！ ベティに聞かれる！ ベティの彼氏に聞かれるかもしれねえな。ははあ。ベティの彼氏か――てめえの彼女の親父が脱獄犯だって知ったら、やつも大喜びだろうな。文書偽造で一〇年間の重労働って刑を果たすために、いつなんどきムショへ逆戻りになるかもしれねえわけだ。しかも考えてみりゃ、おれみてえな、短いお勤めを言い渡されて、それをちゃんと果たした男が、おめえみてえな囚人仲間の慈善行為――けっ！――のお世話になって、おめえのほうは羽振りがいいときちゃ――」

「羽振りなんかよくないぞ、サム」スピラー氏が言った。「それはきみだってよく知っているだろ。おれは面倒を起こしたくない。おれにできることはなんでもやるさ、もうこれ以上むちゃな金をせびらないって、ここできちんと約束してくれればな。こっちのたくわえも尽きてしまう」

「おお、そりゃ約束してやる」グーチ氏がほがらかに答えた。「さっさと五〇〇〇出せばな」

「五〇〇〇だと？　どうやって今すぐ五〇〇〇も集められると思うんだ。バカなこと言うなよ、サム。五〇〇の小切手を書いてや――」

「五〇〇〇だ。でなけりゃ、ただじゃおかねえ」

「だけど、そんな金はないんだ」スピラー氏が言い張った。

「だったら、掻き集めりゃいい」

「どうやって集めたらいいんだ」

「そりゃ自分で考えろ。おめえは金遣いが荒いんだよ。噴水だのなんだのに大枚はたいてやがる。おれに寄越すはずの金なのに。しかも、まずいことにだ、ご立派な四一三二番さんよ――こっちのほうが立場は上だからな、おれを丁重に扱わなけりゃ、そのつけを払うはめになるぞ、わかるか」

スピラー氏もわかりすぎるほどわかっていた。以前から変わらず、自分がお仲間グーチに首根っこをつかまれているのは明らかだ。氏は再び弱々しい口ぶりながら言い聞かせようとしたが、グーチはせせら笑って、ディグビー夫人について悪意あることを述べたのみだった。

スピラー氏には、自分が思い切りなぐったような気はしなかった。なぐったという気さえほとんどしなかった。一発お見舞いしようとしたが、グーチはそれをよけ、補助テーブルの脚につまずいたように思えた。しかし、どうも頭がはっきりしない。わかっているのはただ一つ、グーチが事切れているということだけだ。

グーチは目を回したのではない。気を失ったのではない。息絶えていた。倒れたとき炉格子の真鍮のふちにからだをぶつけたに違いない。血はついていなかった。が、ぴくりとも動かない頭をスピラー氏が震える指で調べたところ、こめかみの上に傷があった。割れた卵の殻さながら、その箇所の骨がつぶされていた。倒れたときの音たるやすさまじかった。スピラー氏は書斎の床にひざをついて、今にも二階から悲鳴や足音が聞こえてくるのを覚悟した。

　何事も起きなかった。頭が重くてなかなか働かず、やっとのことでスピラー氏は思い出したのだが、書斎の上階には長い居間だけがあった。その上には予備の客用寝室と浴室がある。人が使っている寝室からは屋敷のこちら側は見えない。

　何かがきしるような、のろのろした耳障りな音がしてスピラー氏ははっとした。あわててまわりを見回した。撞木(しゅもく)が動きだし、ぜいぜいあえぐような音がして、古くさい箱時計が一一時を打った。スピラー氏はひたいの汗をぬぐって立ち上がり、もう一杯、もっと強いブランデーをグラスに注いだ。

　一杯の効果はあった。頭の働きを抑えていたものが消え、歯車が勢いよく回りだした。先ほどまでごちゃついていた頭のなかが驚くほど澄み渡った。

　自分はグーチを殺した。必ずしもそう狙ったわけではないが、やってしまった。自分では殺害という感じはしないが、警察がそう見なすだろうことは疑いない。ひとたび警察から目をつけられると――スピラー氏は慄然とした。警察は指紋の採取を求めてくるだろう。自分と昔の輩(ともがら)とのつながりを見出して色めき立つだろう。

　グーチが戻ってくるのを待つことにするよと、自分はマスターズに伝えた。ほかのみなは自室に入っていたことをマスターズは知っている。きっと、ぴんと来るものがあるだろう。とにかく、どうにかしないと。

　マスターズ自身、寝室に戻っていったことを証明できたら、どうなるのか。そうだ、たぶんできるだろう。あいつが中庭を横切る足音を耳にし、駐車場の上階の部屋に明かりがついたのを目にした者が、おそらくいるだろう。マスターズが疑念を抱かれるよう仕掛けるのは無理だ——しかも、あいつはそんな悪人じゃない。しかしながら、新たな、気をそそるたぐいの、あるちょっとした考えがスピラー氏の頭に浮かんだ。

自分に何より必要なのはアリバイだ。グーチの死亡時刻に関して警察の目をごまかすことができれば。グーチがもっと遅くまで生きていたように見せかけられたら……どうにかして……。

ある休日に読んだ物語のことをスピラー氏は思い返した。まさしくこういう事柄を扱った内容だった。死者の服装をして自分が替え玉となる話だ。死者に電話をかけたふりをする。そうして執事の耳に届くような声で、まるで相手が生きているかのごとく死者と話をする。自分の声を蓄音機に吹き込んで流す。遺体を隠し、どこか離れたところから偽りの手紙を送る——。

スピラー氏はふと思った。文書偽造か——だが、昔さんざんやらかしたことに再び手をつけたくない。ああいうのは周到な準備が必要だし、今すぐは実行不可能だ。

と、そのとき、自分はなんと愚かなのかとスピラー氏は思った。グーチはもっと遅くまで生きていたではなく、もっと早く死んだことにしないといけないのだ。死んだのは、一〇時半、つまりスピラー氏が三人から目を向けられているなかでブリッジに興じていた時刻より前でなければ。

ここまでは、計画は妥当で、大まかな枠組みとしては明確でさえある。だがここからは子細な点に目を向けないと。時刻をどう設定するか。一〇時半に何か起きたことはなかったか。

スピラー氏は再び酒を自分で注いで飲んだ。するといきなり、投光照明(フラッドライト)を浴びたかのように、設計図のすみずみまで見通すことができた。鮮やかなほど一つのもれもなく、あらゆる節目や角度が手に取るようにくっきりと。

スピラー氏は腕時計にちらりと目をやった。一一時二〇分。今夜が勝負だ。

スピラー氏は玄関広間から懐中電灯を取ってくると、大胆にもフランス窓から外へ出た。窓のすぐわきの壁に二つ蛇口がついている。一つの先には庭用のホースに使うノズルがついている。もう一つは庭の底部にある噴水に使うものだ。スピラー氏は後者の蛇口をひねると、足音を消そうなどとも思わぬまま、不ぞろいの石造りの舗道を通ってリラの生け垣まで来て、コトネアスターの苗床のほうから向こう側へ回り込んだ。宵の口に美しかった空も今や真っ暗に変わっている。暗い低木の上に立っている灰色の高い水柱もほぼ見えない。だがスピラー氏の耳には心を癒す水しぶきやさざ波の音が届いた。まわりを囲む芝生に足を踏み入れると、風に運ばれてきた水滴が顔に当たった。懐中電灯を前に向けると、イチイの下に庭のベンチが照らし出された。思ったとおりベンチにはトレーが立てかけてあった。ウィスキーのデカンターは半分ほど満たされている。スピラー氏は指紋を残さないようデカンターの首の部分をハンカチで包み、中身をほとんど水たまりに空けた。それからリラの向こう側へ戻り、振り返ってみた。噴水の水煙は屋敷や庭からは見えないことにほっとした。

工作の次の段階については、スピラー氏は細かく考えなかった。危険ではある。誰かに聞かれるかもしれない。実のところ、いざとなれば誰かに聞かれてほしい――とはいえ危険なことだ。氏は乾いた唇をなめ、死者の名を呼んだ。

「グーチ！　グーチ！」

反応はない。ただ静寂のなかで、不安いっぱいのスピラー氏の耳に噴水のしぶきの音が異様なほど大きく響くのみだ。氏はまわりにすばやく視線を投げた。暗闇から亡骸がぬうっと現れ出て、自分に向かってくるのを恐れるかのように。頭は垂れ、黒い口はだらんと開いて、むきだしの歯が鈍い光を放っているさまが頭に浮かんだか。スピラー氏は気を取り直し、敷石の道を足早に戻っていった。屋敷まで来たところで耳をすました。なんの気配もない。時計のちくたくいう音が聞こえるのみだ。氏は書斎の扉をそっと閉めた。これでもう音も聞こえなくなった。

配膳室そばの収納棚にゴム製防水靴（ガロッシュ）が一足あった。スピラー氏はそれをはき、再びフランス窓から影のように滑り出て、屋敷を回り込んで前庭に向かった。駐車場を見やった。上階に明かりはついていない。氏はほっと溜息をもらした。マスターズは目ざとい面があるからだ。スピラー氏は離れ家へ足を忍ばせて近づき、懐中電灯をつけた。妻は死ぬ数年前から病弱だった。氏は妻の車椅子を〝愉悦荘〟に運び込んでいた。思い出を捨てるような気がして売り払うのがためらわれたからだ。今は、ああ売らなくてよかったと感じた。購入先がきちんとした業者だったから、品物が空気タイヤのおかげで軽やかにして静かに走ってくれる点も助かった。氏は自転車の空気入れを見つけ、車椅子のタイヤに空気を目いっぱい送り込んだ。さらに念には念を入れて、あちこちに油を垂らした。次いでダメ押しとして、車椅子を書斎の窓まで動かした。このあたりを不ぞろいの敷石舗道にしておいて本当によかった。車輪の跡がつかずにすむから。

遺体を窓から出して椅子に乗せる作業で、スピラー氏はへとへとになった。グーチは巨漢だし、スピラー氏はからだをきたえていない。しかし、ともあれやりとげた。走りたい気持ちをぐっと抑えて、氏は力を抜かずに重荷をそうっと押して狭い舗道を進んだ。まわりがよく見えない。懐中電灯を照らしすぎるのも怖い。道をそれて多年草花壇に入り込んでしまったら一巻の終わりだ。スピラー氏は歯をかみしめ、前方を見すえた。もし屋敷のほうを振り返ったら、上階の窓辺に真っ蒼な顔がこっちを向いて群がるさまが目に飛び込んでくる気がした。振り返りたい気持ちは山々だったが、振り返るまいとがんばった。

ようやくスピラー氏はリラの生け垣を過ぎて屋敷から身を隠すところまで来た。汗が顔を流れ落ちる。これからいちばん慎重を要する作業が待っている。死ぬほど息切れする取り組みではあれ、遺体を芝地の外へ移さなければならない。車輪の跡や足跡、遺体を引きずった跡を残したら警察に見つかってしまう。スピラー氏は決然と作業を始めた。

やりとげた。グーチの亡骸は噴水のそばに置かれた。こめかみの傷は貯水施設の鋭い石の角に位置をぴたりと合わせた。手足はできる限り自然なかたちに伸ばし、片腕はだらんと水に浸からせた。グーチは何かにつまずいて転んだように見える。夜風を受けて、揺れ動いたり曲がったりする遺体には、頭のてっぺんから足の先まで噴水のしぶきがかかっている。スピラー氏は作業の成果を見下ろし、これでよしと思った。軽くなった車椅子を押しながら屋敷へ戻るのは楽だった。椅子を離れ家に返し、ついに書斎の窓からなかへ入ったとき、長年の重荷が背中から滑り落ちてくれた気分になった。

背中！　噴水のしぶきを浴びながらかがんでいるあいだ、夜会服（ディナージャケット）を脱ぐことをスピラー氏は忘れなかった。シャツだけがずぶぬれになった。シャツは洗濯かごに入れておけばよい。だがズボンの尻の部分には少し困った。ハンカチでていねいに水気を拭い取った。氏はそれから計算を始めた。噴水はこのまま一時間ほど動かしたままにしておけば、好結果を生んでくれるだろう。はやる気持ちを強いて抑えながら、スピラー氏は椅子に腰を下ろして今夜最後のブランデーを作った。

午前一時、スピラー氏は立ち上がって噴水を止めると、いつもとぴったり同じ音が立つように力加減に気をつけながら書斎の窓を閉め、しっかりした足取りで寝室へ向かった。

スピラー氏にとっては喜ばしくも、フランプトン警部は実に頭のさえた人物だった。警部は訓練を積んだテリアさながら、自分に投げられた手がかりをせっせと拾い上げた。生きたグーチの姿をマスターズが最後に見たのは夕食後の八時半だった。そのあとほかの一同は一〇時半までブリッジをやった。続いてスピラー氏はディグビー夫人と外へ出た。当主が立ち去った直後にマスターズは噴水を止めた。プラウドフッド氏は一〇時四〇分にいとまを告げ、スピラー嬢とメイドたちは自室に引き取った。スピラー氏は一〇時四五分か五〇分に戻ってきて、グーチ氏のようすを問うた。それからマスターズは戸締りを当主に任せて車庫へ向かった。しばらくしてスピラー氏はグーチ氏を捜そうと庭に出た。行ったのはリラの生け垣のところまでで、そこから友の名を呼んだが、答えがない。だからあいつはもう部屋に戻って寝たんだろうと思った。メイドの話でも、当主がグーチ氏の名を呼ぶ声がしたように思うという。一一時半ごろのことだ、それより遅いことはないと。続いてスピラー氏は午前一時まで書斎で読書をしたあと、窓を閉めて自室に戻った。

午前六時半に庭師が遺体を見つけた。遺体は噴水のしぶきでまだ濡れていた。しぶきは下の芝地をも水浸しにしていた。一〇時半に噴水は止まっていたのだから、グーチはそれ以前に倒れていたということがわかる。相当量のウィスキーを飲んでいた点からすると、心臓発作を起こしたか、または酔っていて何かにつまずき、倒れたときに貯水施設の端に頭をぶつけたのかもしれない。こうしていろいろ考えた末、死亡時刻は九時半から一〇時のあいだだろうとされた——その意見に、一時間もしないうちに遺体を調べた警察医は、断定はできないよと断りながらも同意した。検死官は事故死という判断を下した。

何年にもわたって、なすすべなく脅迫にさらされていた者でなければ、スピラー氏の心情を十分には理解できまい。良心の呵責など、そこに入り込む余地はなかった。何より安堵が大きかった。グーチの存在や、執拗な金の無心や、酒に酔っての果てしない悪罵や恫喝に悩まされる日々から解放されること——そのありがたみたるや、殺人を一件犯すだけの価値は優にある。さらに、噴水のそばの丸木椅子に腰かけていろいろ思い巡らしているなかで、あれは実のところ殺人ではなかったのだとスピラー氏は自分に言い聞かせた。午後にディグビー夫人のもとを訪れようと決めた。今なら、将来に対する恐怖にさいなまれることなく求婚もできるではないか。氏はリラの香りに酔いしれた。

「失礼いたします、旦那様」マスターズが言った。

じっと物を想うようにほとばしる水の流れを眺めていたスピラー氏は、はっと我に返り、なんだと言いたげな目を執事に向けた。執事はかたわらにうやうやしく立っている。

「もし旦那様のご都合がよろしければ、わたくしの寝室を代えていただきたく存じますが。お屋敷で寝かせていただければ、と」

「ん？　なぜだね、マスターズ」

「戦争以来、どうも眠りが浅くなりまして。風向計のきしむような音が、なんとも耳に障る次第でして」

「きしむような音か」

「さようです。グーチ様が不幸な事故に遭われた晩のことですが、風向きが一一時一五分に変わりました。わたくし、ようやく寝入っていたところをきしむような音で起こされまして、それが耳障りで仕方ございませんでした」

スピラー氏はみぞおちを冷たい手に摑まれた気がした。執事の目を見て、なぜかグーチのことが頭に浮かんだ。今まで両者が似ていたなどと、思ったためしもなかった。

「わたしから申し上げるのもなんですが、妙なことでございますね、一一時一五分に風向きが変わったとき、グーチ様のご遺体が噴水のしぶきを浴びていたというのは。一一時一五分までは水しぶきは反対側にかかっていました。ご遺体のようすは、一一時一五分を過ぎに置かれていたような感じでした。そして噴水がまた動いておりました」

「たしかに妙だな」スピラー氏が言った。リラの生け垣の反対側で、ベティとロナルドが多年草花壇のあいだを行き来しながら語らっている声が聞こえた。二人して楽しそうだ。グーチがいなくなって、屋敷全体が前より幸せになったようだ。

「まったく妙なことで。警部さんの捜査結果をお聴きしたあとでは、そう申し上げたくなります。わたくし、念のためリンネル用戸棚にありました旦那様の礼装用ズボンを浴室で乾かしておきました」

「ああ、そうか」スピラー氏が応じた。

「もちろん、風向きが変わったことは当局にはお伝えいたしません。死因審問も終わりましたので、とくにどなたかが注意を向けない限り、風向きの一件は話題には上らないと存じます。こうして様々な状況を考慮してみますと、旦那様にとっては、わたくしがこれからもずっとお仕えするのが得策ではないかと考える次第でございますが――とりあえずは、わたくしの賃金を倍にしていただくことで、いかがかと」

スピラー氏が口を開き、「クソくらえ」と言い放とうとした。だが声が出なかった。代わりに、ゆっくりうなずいた。

「お心遣いにお礼申し上げます」マスターズは応じると、足音も立てずに退いた。

スピラー氏は噴水に目を向けた。高い水柱が風に揺らぎ、曲がっている。

「りこうだ」スピラー氏が無表情でつぶやいた。「動かすのに金は一切かからん。同じ水を使い回している」

牛乳瓶

モーニングスター紙のヘクター・パンチョン氏は、フットボールの勝者当てくじで五〇〇〇ポンド手にした男性の対面取材を終えると、通りを足早に歩き去った。とはいえ、さほど急ぎ足でもなかったから、地下勝手口の階段のてっぺんに置いてある一パイント入り牛乳瓶二、三本は見落とさなかった。演繹法で物事を考える性癖の持ち主として、ヘクターはこの光景から示唆される様々な可能性を半ば無意識にまとめてみた。赤ん坊が生まれたか、家いっぱいに幼い子がいるか、家いっぱいにネコがいるか、週末だから家族が不在か。

ヘクターはまだ若く、およそ何事にも〝物語〟を求めたがる熱い心の持ち主だった。牛乳にも物語が秘められているか。孤独な家庭の悲劇が、増えていった牛乳瓶のおかげで、まず明るみに出る。鎧戸の閉まった暗がりに生きるわびしく風変わりないかず後家。ソヒホール街の殺人事件、使用人の遺体が奥の部屋に横たわるなか、ジェイムズ・フレミング老は牛乳を飲んでいる。牛乳配達人は何を知っているか。そこから何事かが生まれるかもしれない。ありうる。

ヘクターはこの一件について思い巡らし、職場に戻り、取材の原稿を提出してから、牛乳瓶について囲み記事らしきものを一本書き飛ばした。

文芸欄担当部長は、いつも頁に載せ切れないほどの題材を備えているが、ヘクターの記事に目をやり、ふんと鼻を鳴らしながら青鉛筆で記事に書き込みをし、家庭欄担当部長に記事を回した。後者の部長は記事を流し読み、「待機」と表示してあるかごに放り込んだ。記事はそこに三カ月留め置かれた。自分自身さほど思い入れもなかったヘクターは、この記事のことを忘れて通常の職務を続けた。

しかしながら八月のある日、家庭欄にちょっとした定期記事を書いていた女性が、バスにぶつかり、病院に運ばれたため、〝ネタ〟が書かれぬままとなった。家庭欄担当部長は四〇〇語分の空きを埋めるため、「待機」かごの中身を机にばらまき、行き当たりばったりにヘクターの記事をつまむと副部長に突き出した。「これ、短く書き直して紙面に押し込んどいてくれ」

副部長は記事にさっと目を走らせると、最初と最後の段落を消し、ヘクター流の文学作品めいたくだりを削り、三つの文を一文にまとめ、理不尽にも作業のなかで構文上の誤りを二つ仕込み、語りを三人称から一人称に変え、「牛乳配達人より」という見出しをつけて印刷係に記事を回した。記事はこのかたちで翌朝の新聞に載った。変わり果てた我が子を目にしていることに気づかぬまま、誰かおれの企画を盗んだなとヘクターは苦々しげにつぶやいた。

二日後、モーニングスターの編集長が一通の手紙を受け取った。

はいけい

お宅の新聞にのってた牛乳配達人に関する一文をおもしろく読み、ペンをとりました。当方の担当地区で妙なことがあり、じょうほうをお伝えしたいと。小生、けいさつにおもむいたことはなく、先方も一介のろうどう者には目もくれず、その言い分にも聞く耳持ちません。その点お宅は牛乳配達人にまつわる話を活字にしてくれたわけです。ごりっぱなことに、こつこつ働いてる人間を公平に扱ってくれるわけですね。実は、先週の土曜から牛乳びんが五本残ってて、そこの夫婦が姿を消してます。この手紙で小生の意がお伝えできてますように。

けいぐ
J・ヒギンズ

一年のうちでもほかの月なら、ヒギンズ氏の手紙はおそらく鼻もひっかけられまい。だが八月となると、便りのないのは良い便りというけれど、あらゆる便りは良い便りだ。編集長は報道部長に手紙を渡した。報道部長は呼び鈴を鳴らし、部下を呼びにやった。部下は呼び鈴を鳴らし、別の部下を呼びにやった。呼ばれた部下は没記事を調べた。こんな回りくどい手続きを経て、くだんの一件がヘクターの元に戻ってきた。ヘクターはヒギンズ氏の所在を確かめるべく送り込まれ、記事にできそうな内容なら数シリング払うということで本人から話を聴き出した。

ヒギンズ氏はクラーケンウェル通り（ロンドンのブルームズベリー地区東方を東西に走る通り）付近を担当地区として牛乳配達していた。ヘクターの取材を喜び、まずは実物を見てくれとばかりに不可解な牛乳瓶をそそくさと示した。続いて記者を連れてある裏通りまで行き、八百屋の店のわきの暗い門を入った。二人はネコのにおいの漂う暗くてがたつく階段を上った。上がりきったところに陰気臭い小さな扉があり、一枚の名刺が鋲で留められていた。ヒュー・ウィルブレムという名が書いてある。敷居には牛乳が詰まった半パイント瓶が五本立っている。こんなにわびしいありさまは今まで見たことがないとヘクターは思った。

踊り場には窓が一つあり、そこから強い日差しで焦げついたような各家の屋根や煙突が広々と見えた。窓は開いておらず、開くようにもなっていないようだ。狭い階段のてっぺんまで、鼻を突くすっぱいにおいがどっと押し寄せている感じだ、ガスストーブの煙さながらに。

「これ誰ですかね、ウィルブレムって」胸のむかつきを抑えつけながらヘクターが問うた。

「知らん。あいつらここに三カ月前から住んでる。牛乳代は日曜ごとに若い女が払ってた。見た目はさえねえが、しゃべりはていねいでね。落ちぶれた人じゃねえかな、おれに言わせると」

「家族は二人だけですか」

「そう」

「最後に二人を見たのはいつですか」

「土曜の朝。女が最後の代金を払ったときだ。泣いてたよ。おれが知りてえのは、やつらが夜逃げしたかどうかだ。もしそうなら今週の牛乳代はどうなる」

「たしかに」ヘクターが応じた。

「おれは責任を負ってんだよ、言ってみりゃ。だけど先方もちゃんと金を払ってたし、こっちの仕事は注文どおり牛乳を配達することだから、おれとしちゃどうすりゃいいのか知りたいわけだ――わかるだろ」

「まわりの人たちは何か知らないんですかね」

「ろくに知らないね。とにかく家具も一切なくなってるから。こいつは問題だ。あんた、ボウルズさんと話をしてみたらどうだね」

ボウルズ夫人は一階下に住んでいて、洗濯物を取り込んでいた。ウィルブレム夫妻のことはあまり知らないふうを装いながら、アイロンをどんと下ろすごとに区切りをつけて話を続けた。人付き合いをしない夫婦だった。自分みたいな人間からするとお上品すぎる感じだ。こっちも見苦しくふるまわないようにいつも心がけていたが。言葉にできないぐらいここまで気を遣わせる人はそんなにいない。二人は家具のない最上階の部屋に去年の六月から住み始めた。二人の家具が階段を上がっていくところを自分も見たことがある。べつに大したものじゃないでしょ。ボウルズ夫人のベッドは二重寝台架で、これは寝心地がいい——本物の真鍮で、夢に出てくるような羽毛ベッドみたいだ。ウィルブレム一家にはちゃんとした椅子もテーブルもなかった。がらくたみたいな代物ばかりで。まるでだめ——二、三ポンドの値打ちもなかった。全部が全部そう。旦那さんのほうは物を書く仕事か何かしていたようだ、若いボウルズ夫妻が立てた音のせいで仕事をじゃまされたと、以前に苦情を言っていたから。あの人、あんなに偉そうなら、なぜこんなところに住みついたのか。歳は三〇前後か。意地悪そうで、むっつりしていて、見た目も危ない人って感じだ。ウィルブレムの奥さん——ほんとに奥さんならば——の泣き声を何度も聞いている。旦那さんは奥さんにがみがみ言っていた。

夫人を最後に見たのはいつですかとヘクターはたずねた。

ボウルズ夫人はやせた背中をしゃんと起こし、暖炉にアイロンを立てかけると、別の洗濯物を手に取り、汗のにじむほおに押し当てようとした。風通しの悪い部屋は熱気でむっとしている。

「そうね、あの人——最後に見たのはいつだったか、憶えてないわ。土曜の夕食どきに帰ってきて、階段を駆け上がってった。そのあと夫婦で大げんかする声が聞こえたわよ。それから土曜の晩、旦那さんがスーツケースを持って階段を下りてきたとこをあたしは出くわしたの。たしか六時ごろ——ちょうどジェプソンの奥さんの洗濯物を届けた帰りだった。なんだか妙なようすで、あわてふためいてたわ。あたし、階段から突き落とされそうになったんだけど、あいつったらごめんなさいも言わないの。あいつの姿を見たのはそれが最後。それっきり帰ってこないわ。奥さんも。帰ってきてたら、天井越しに二人の声が聞こえただろうから。まあ、ひどかったのよ、毎晩あたしらが寝ようとするとき、あいつらのどかどか歩き回る音が。おまけにうちの息子たちのことで何かと文句言ってきて」

「じゃあ、ウィルブレム夫妻がいつ出ていったかはわからないんですね」

「わかんない。とにかくいなくなったわ。あたしに言わせりゃ戻るつもりもないわね。ヒギンズの兄ちゃんにも言ってるのよ、あんたがあそこに牛乳を置きっぱなしにするなら、あんたの問題よって。あれを売り切りゃ、一週間分の牛乳代になるじゃないの。ま、とにかく話せることはそれぐらいね」

ヘクターはボウルズ夫人に礼を述べ、いくばくかの金を渡して階下の部屋へ向かった。ここにはかつては羽振りのよかったらしき高齢男性が住んでいた。男性はヘクターの問いかけに首を振った。

「いや申し訳ないが、何も話せることはないかな。ときおり妙な気がするんですよ、このロンドンなる広大な荒野で、人がいかに行き場を失っているかを考えるとね。チャールズ・ディケンズがそう言っています（『ハードタイムズ』や『荒涼館』などに類似表現あり）。実際そのとおりだった。仮に明日わたしが死ぬとして、いやもう何しろ健康状態も昔とは違うしね、誰も気づいてくれないな。わたしは自分の分のささやかな食べ物などを買って、つまらない仕事をして、ごらんのとおり場末でやっと暮らしているわけです。かつてはちょっとした店を営んでいたことなんて、もはやぴんとこないありさまでね。生まれ育った世界では一目置かれた存在でしたが、もう今では事切れたところで誰からも悲しんでもらえないでしょうね」

「家賃の集金人ならどうですかね」ヘクターが言った。

「ああ、そうですね、たしかに。でも、一、二度ここへ来て、わたしがいないとわかれば、先方は一、二週間なら払いを待ってくれましたよ。うるさい男じゃないし、こちらが払えるときは払っているのを知っているから。二、三週間もしたら、まわりに聞き込みを始めるかもしれない。そうだ。きっと聞き込みをするだろう。それにガス会社だ。料金支払機の中身を回収しにきたときにね。でも、それは長く続けないかもしれない」

「でしょうね」いささか胸にぐっと来るものを覚えながらヘクターもうなずいた。ロンドン生活の非人情ぶりを初めて思い知らされた。

「じゃあ、ウィルブレム夫妻のことは何もご存じないわけですか」

「ほとんど。一度、奥さんに対する扱いで旦那に意見したことがありますが、それっきりです」

「ほう」

「男は女に酷い言い方をするものじゃないとね。女のほうは、互いのいちばんいいときでも、ずいぶん我慢していることがあるんだから。それに男というのは考えが浅い。わたしにはわかるんだ——そう、わかるんですよ。あの奥さんは旦那が好きでしたね。顔を見ればわかりました。でもあの二人は多難な時期にあった。だいたい、どうすればともかく日々食っていけるか、そのすべが見つからないと、男は女房を傷つけるつもりがなくても、いらついて口の利き方がぞんざいになりがちですね」

「争いはいつ起きたんですか」

「ひと月ほど前に。ここじゃなくて、セントパンクラス教会の中庭でね——二人で座っていました。夏の日には心地よい場所でね、芝生があって子どもたちが遊び回っていて。『残念だったよな、おれと夫婦になって』と、旦那はいやな目つきで言っていました。奥さんはうろたえていましたよ、かわいそうに。二人とも、横にわたしがいることに気づいていないようだった。そこでわたしは旦那に意見したんです」

「相手はなんて言いましたか」

「あんたの知ったことかと。それはそうでしょうがね。夫婦の問題に口をはさむのは誤りだ。でも奥さんには同情しました」

ヘクターもうなずいた。

「先週の日曜は二人を見ませんでしたか」

「ええ。でも当日わたしはずっと外出していました」

一階の青物商は何も知らなかった。ウィルブレム夫人にときおり野菜を売ってはいたが、この建物で暮らしていないので、夫妻の動向には我関せずということだった。ヘクターはさらに少し調査を続けたものの収穫がなかったので、ここで切り上げた。あまり語るべきこともない出来事に思えた――とはいえ、いくらかの時間と数シリングを費やした一件だ。何かかたちにしないといけない。ヘクターは短文をひねりだした。

「不可解な牛乳瓶」

クラーケンウェル地区バターカップ通り一四番Bのヒュー・ウィルブレム夫妻は、今どこに。夫妻が買った牛乳が五日前から手つかずになっているという事実に、牛乳配達人J・ヒギンズ氏は注意を引かれた。火曜の本紙家庭欄に載った記事「牛乳瓶の謎いろいろ」を読んでいたからだ。周囲の話では作家だというウィルブレム氏は、先週土曜にスーツケースを持って自宅を出た姿を目撃されている。折り合いが悪かったといううわさの夫妻の姿は、それ以来ふっつり見かけなくなっている。

囲み記事の余白部分を埋めるべく六行分の文章をたまたま探していた報道部長は、この記事を副部長に渡した。副部長は巧みに冒頭の二文を一文にまとめ、見出しを「謎を呼ぶ五本の牛乳瓶」と変えて印刷に回した。

金曜の晩、すでに独自取材をいくらか進めていたらしいイブニングワイヤー紙は、社会面の半分を使い、くだんの一件について詳しい記事を掲載した。

「牛乳瓶の謎」

スーツケースを手にした怒りにぎらつく目の男

タクシー運転手の話

クラーケンウェルにある共同住宅の一部屋の戸口外に置かれた手つかずの牛乳六本が、今、いくつか気になる事情をめぐる謎となっている。三カ月前に、作家だというヒュー・ウィルブレム氏なる男性とその妻が、バターカップ通り一四番Bの最上階に借りた部屋は、六日前から鍵がかかったままだ。居住者夫妻は先週土曜の夜から消息不明だ。その際、スーツケースを手にして怪しげなようすで住居を出ていくところを、階下の住人ボウルズ夫人に目撃されている。

タクシー運転手のホッジズ氏が記憶するところでは、土曜の夜六時ごろに隣接するパブ〈スター&クラウン〉の前にタクシーを停めていたとき、スーツケースを手にし、ウィルブレム氏と人相が一致している男性から声をかけられた。血走った目をして、酒に酔っているかひどく気が立っているかといったようすだった。男性はホッジズ氏にリバプールストリート駅まで全速力で行ってくれと言った。列車に乗り遅れないようあせったようすだったという。

共同住宅の住人たちの話では、ウィルブレム夫妻はけんかしているところを何度も見聞きされていて、結婚したのが失敗だったと夫は言っていたという。夫人については、大泣きしている姿を土曜の朝に訪れた牛乳配達人に目撃されたのが最後となった。

この一件の奇妙で不吉な点として、鍵のかかったドアの向こうから、どんよりした悪臭が徐々に広がっていった事実がある。警察に通報されたことも明らかになっている。

モーニングスター紙の報道部長はヘクターを呼びにやった。

「おい、これってきみが取材したネタだろ。ワイヤーに出し抜かれたようだな。さっそく現場に行って食いついてこい」

うだるように暑い八月の夕方、みすぼらしい界隈を重い足取りで進みながら、これから薄汚れた入り口を通って気の滅入るような階段を上がっていくのかと思うと、ヘクターとしては嫌気を抑えがたかった。青物商の露店を通り過ぎるところで、風に吹かれた泥だらけの新聞紙が足にまつわりついた。入り口の前まで来ると、六人ばかりが何をするでもなくたむろしていた。

「ほんと恐ろしい」ボウルズ夫人が言った。「ガス工事業者が釘で留めてった板の下から、老いぼれたネコが引っ張り出されたときよりひどい話だわ。あたし、屋外に出て新鮮な空気を吸わなきゃいけなかった」

「警察はなんで動かないのよ、そこが知りたい」厚化粧の若いはすっぱ女が言った。

「令状を取らないと踏み込めないのよ、あんた。所有権の侵害になるからね、そこが問題よ。それから家主――」

「そう、あの人も何か手を打たなきゃだめでしょ。ああいう夫婦を野放しにして――」

「口で言うのはたやすいけどね。誰からもらっても、お金のありがたみは同じだから」

「ごもっともだけどさ、でもあの旦那の顔を見てりゃ、何か悪いこと企んでたのはわかるでしょ」

「まあとにかく、あたしが言いたいのは、あの奥さんが哀れってことよ」

ヘクターは一同をかきわけるようにして建物に近づき、意を決して最上階を目指して進みだした。暗い煙突のような階段に充満しているむっとする空気を吸い込み、のどが詰まりそうだ。段を一つ上がるごとに、なお気持ちが悪くなった
二階に上がると、おなじみのネコとキャベツの入り混じったにおいに襲われた。三階ではにおいはさらに強まった。最上階では人を打ちのめさんばかりになった。鍵のかかった扉の前に牛乳瓶が六本立っている。どれもほこりをかぶって酸っぱいにおいを放っている。手紙の差し入れ口があることにヘクターは気づいた。覆いを開けてなかを覗いてみた。とたんに悪臭がどっと押し寄せてきて吐き気を催し、耐えられなかった。嫌気がさしたヘクターは後ろへ下がった。ぶんぶん鳴っているのが自分の頭のなかなのかどうか、はっきりしない。いや――違う。二、三匹の黒く大きなハエが差し入れ口から重々しく飛び出てきた。木造部分から離れようとせず、気泡の目立つペンキの上を満足げにのろのろ這い回っている。

「食った物を戻しそうだろ、え?」背後で声がした。ヘクターのあとをついてきた男だ。

「すさまじいね」ヘクターが応じた。

と、いきなり、このむさくるしい場所が自分のまわりで波打つように感じられ、ヘクターは振り向いて階段を駆け下りると、通りに出た。ぞっとしたことに、大きなハエが眠ってでもいるかのように服のえりについていた。

ヘクターは自宅に戻った。もうあんなところはたくさんだ。しかし、朝が明けると、記者としての

職務を思い出した。どんなことが起きようとも取材は続けねばならない。ヘクターはバターカップ通りに再び赴いた。

モーニングワイヤー紙のアンドルーズ記者が先んじていて、ヘクターを見るなり、にやりと笑った。「記者たる者、不快なれども現場に立ち向かわんの巻か？」アンドルーズが声をかけた。

ヘクターはうなずき、タバコに火をつけた。

「警察もすぐ到着するよ」

狭い廊下は人であふれていた。まもなく青い制服姿のがっしりした二名の人物が、野次馬を押しのけるように近づいてきた。

「ほれ」先頭の人物が言った。「何やってんだ。立ち止まらないであっちへ行け」

「記者ですよ」ヘクターとアンドルーズが口をそろえた。

「ああ、そうか。まあ、それじゃ両君、仲よくやろうや。こっちにゃ令状がある。現場はどこだ。四階か。よし」

一同はどしどし音を立てながら階段を上がっていった。最上階にはヒギンズ氏が立っていた。七本目の牛乳瓶を手にしている。

警官二名は申し合わせたように思い切り瓶のにおいを吸い込んだ。

「なんか入ってるな、たしかに」大柄なほうの警官が言った。「おい、きみら、このチビどもをどっかに連れていけ。子どもがいるところじゃない」

警官は大股で扉に近づき、扉をどんどん叩きながら、背後に存在するものに対して、法の名のもとにここを開けろと言った。

答えは返ってこなかった。返ってくるはずがあろうか。

「その金てこをよこせ」

警官は錠に金てこを当てると押し上げた。かちりと音がした。警官はまた金てこを押し上げた。錠は揺れ動いて壊れた。扉がゆっくり押し開けられると、扉のすぐ向こうにいた存在から、ハエの大群がぶーんと音を立てて飛び上がった。

クラクトンの感じのよいホテルの喫茶室で、一人の若い男が朝食用テーブルをはさんで座っている妻に微笑みかけた。

「バターカップ通りよりもいいだろ、え、ヘレン」男が言った。

「すばらしいわ。ほんとに、ヒュー、あんな化け物屋敷みたいなところにいたら、わたし頭がおかしくなっていたわ。運が巡ってきたんじゃないかしら。助かったわよね、あなたがあの小切手を手にして。ぎりぎり間に合った」

「そう、ぎりぎりだった。ぼくは追いつめられていた。ちょっとそんな感じだったな。愚かにも自分を見失っていた。神経がずたずたになっていたよ」

「わかるわ、あなた。もうだいじょうぶ。わたしだって愚かにも自分を見失っていたわ。とにかくあの場を離れて、きっぱりつながりを断ったのが正解ね。ねえ、あなたがあの通知を持ってきてくれたから、わたしはあそこを出て新しい服を買えたのよ――ああ、ヒュー、すてきだったわ。あんなにすばらしい場面は初めて。リバプールストリート駅であなたを待っていたとき、わたし、荷物を指でひねっていたのよ、これは夢じゃないって確かめるために」

「わかるよ。ぼくだって何がなんだかわからなかった。危うく列車に乗り遅れるところだったんだ――とにかく地に足をつけて、最後の章を仕上げないといけなかった」

「わかるわ。でも間に合ったわね」

「うん。だけど――話してなかったことがある。牛乳をやめるって伝えるのをすっかり忘れていたんだ、きみに言われていたのに」

「ほっときなさいよ牛乳なんて。もうわたしたち、細かいお金にこだわる身分じゃないんだから」

「おお、よく言った」

若い男は手にしている新聞を開いた。と、いきなり顔がひきつった。

「うわ、なんてこった。これ見てごらん」

若い女が見出しに目をやった。

「あら、やだあ。なんてこと。あの恐ろしいボウルズ夫人が！　それに、あの階下に住んでるおバカのノージー＝パーカーが！　血走った目つきをして、うさんくさいようすだったって――よく言うわねえ、ヒュー。わたしたち、もうぜったいあそこへは戻らないから。だけど、ねえあなた、ここに出ているにおいって、なんのことなの」

「におい？」

若い男の顔はゆっくりと真っ赤に染まっていった。

「あらやだ」妻が言った。「あなた、まさかテーブルにあのコダラを置きっぱなしにしなかったでしょうね」

板ばさみ

あの馬鹿げた議論を始めたのは誰なのか、わたしは知らない。きっとティンパニーだろう。ともかく、釣りで過ごした長い一日の終わりにティンパニーが持ち出したのは、つまらなくていらつくような話題だった。翌朝の小舟の件で、わたしが店主と話をつけて、喫煙室に戻ってきたときには、一同はわいわいがやがややっていて、中国男にまつわる問題を取り上げていた。

あの件のことはみな知っている。一万マイル（約一万六千キロ）離れた見知らぬ一人の中国野郎を感電死にいたらせるボタンを押すだけで、自分にはなんら悪影響もなく百万ポンドを手にできるとしたら――ボタンを押すか？　この論点をめぐっては誰にも自説があるようだった。我々一同とは無関係の、血色の悪い一人の新顔を除いては。

この男の姿は慎み深くも書物の背後に隠れていた。少しかわいそうな気がした。部屋のすみで、ティンパニーとその友人ポパーに両脇を固められていたからだ。なにせ饒舌ぶりではこの二人の右に出る者はいない。大佐は低いうなり声を発しながら、もちろんボタンを押すと言った。この世には中国野郎が多すぎる――とにかくいやなやつが多すぎるよ。

百万ポンドのためなら、大方の人間はいろんなことをやるだろうとわたしは言った。

同じ人間の命を奪うことはどうやっても正当化されないと、牧師（パードレ）が（立場としては当然だろうが）言った。百万ポンドを目の前にしたら、善人だってどんなことをしでかすかわからんよとティンパニーが言った。判断は中国野郎の人柄次第だとポパーのおっさんが言った――いずれ第二の孔子に変身ということになるのか。こんな議論から、話題はさらに愚かしい問題に移っていった。たとえば、病んだ浮浪者とシナイ写本のどちらかを救わねばならないとき、自分はどちらを選ぶか。

ティンパニーの意見はこうだ。まともな人間なら一瞬も躊躇するまいと言っていいだろう（わたしはまぬけなことに、この意見に傾いてしまった）。みんな憶えてないのか、似たようなことがかつて起きて大騒ぎになっただろ。ほら、昔のダヴェナント＝スミスの草稿問題さ。

パードレが憶えているところでは、ダヴェナント＝スミスはブンガブンガで睡眠病の原因と治療法を探っていた際、命を落とした男だった。科学の殉教者というところだ。

ティンパニーもそうだなと答え、貴重な調査結果を網羅したその殉教者の書類が本国の未亡人宛に送られたことを語った。一つのトランク一杯に詰まった資料で、まだ整理や分類どころか読解さえなされていない。未亡人は資料を出版するうえで力になってくれそうな、ある聡明な青年医師を見つけた。ところがある晩、自宅で火事が起きた。

当時のことを憶えているわたしは声を上げた。「ああ、そうそう。酔った執事が灯油ランプを倒した話だな」

ティンパニーはうなずいた。真夜中の出来事だった――現場は草ぶき屋根の木造家屋。水道なし。地元の消防隊は一〇マイル（約一六キロ）離れていた。手短に言えば、書類を救うかヘマをやらかしたバカ執事を救うか、青年医師は決めなくてはならなかった。医師はまず書類を外へ放り投げた。次に執事を助けようとなかに戻ると、屋根が落ちてきて執事のもとへたどりつけなかった。

パードレの「ひどい」というつぶやきが聞こえた。すみにいた新顔が、手にしている本の頁をめくるふりをしながら、憂いの漂う黒い目をティンパニーにじっと向けているのにわたしは気づいた。

「死因審問の場ですべてが明らかになったんだ」ティンパニーが話を続けた。「医師はそりゃひどい目に遭ったよ。本人の弁明では、草稿は人類にとって多大な価値のあるものだが、執事に関しては何も長所を知らなかったと。

医師は検死官からこっぴどく責め立てられた。出火元が執事の寝室だという事実がなかったら、まったくもってまずい立場に置かれたかもしれない。ところが結果としては、警報が発せられる前に執事はおそらく窒息死していただろうと陪審員は判断したわけだ。

だがこの一件で医師は破滅したよ、もちろん。人命について割り切った見方をして、すぐそばにいる執事より、未開の奥地にいる二、三千人のクロどものほうが大事だと判断するような医師に、誰が頼ろうとするのか。この運の悪い兄ちゃんがどうなったか、おれは知らない。きっと名前を変えて外国へでも行ったんだろ。いずれにしろ草稿はほかの誰かが整理した。周知のことだろうが、それは睡眠病に関する現代医療の基礎資料になった。ダヴェナント＝スミス式の治療法は無数の人命を救ったに違いない。さて、牧師さん、こういう青年医師は殉教者なのか殺人者なのか、どうなんですかね」

「神のみぞ知るだ」パードレが応じた。「だが、わたしなら、執事を救おうとしただろう」

「うー」大佐がうなった。「どうにもやっかいな問題だな。へべれけのごろつきじじいなんぞ、いなくていい。そんなのが有象無象いたって――誰のためにもならん。とはいいながら、不愉快な話だな、人が焼け死ぬのをほっとくとは」

「睡眠病だって不愉快なものですよ」新顔が口をはさんだ。「わたしはたくさん実例を見てきた」

「で、あなたのご意見はどうなんですか」パードレがたずねた。

「その青年医師は愚か者です」苦々しい口ぶりで新顔が言い切った。「この世が感情で動く人々に牛耳られていることを知るべきだったんだ。当然の報いを受けたわけです」

ポパーじいさんがゆっくり振り返り、思案ありげに新顔を見つめた。

「この問題の構造はわりに単純だ」ポパーが言いだした。「書類は疑いなく貴重なもので、執事は疑いなく無用なやつだ。そこで、本当の意味で問題となったある一件について、今からおれが語ってやる。実際おれに起きた事柄だ――何年も前にな、大昔だ。今でさえ――とくに今は――思い返すと頭に血が上るよ」

大佐がうなり声を発し、ティンパニーが口を開いた。

「続けろよ、ポパー。話してくれ」

「さて、このまま話せるかどうか。もうこだわるのをやめようとしたんだ。あの日から今まで、一言も口にしたことはない。どうにも――」

「今、話してみれば、気持ちも安らぐかもしれない」パードレがさりげなく先を促した。

「どうだかね」ポパーが返した。「もちろん、おれとしてはあんたの共感を頼りにしてもいいってことはわかってる。だけど、それこそ問題の最悪部分かもしれない」

同席している者たちのあいだに、起きてしかるべきざわめきが起きた。新顔男が、いささかしかつめらしく、だが妙に力を込めて言った。

「あなたの経験談をぜひうかがいたいものですね」

ポパーは相手を再び見つめた。それから呼び鈴を鳴らし、ウィスキーのダブルを頼んだ。「いいだろう」酒をぐいと飲み干した。「話してやる。名前は出さんぞ。だが、あの一件のことはあんたらも憶えてるかもしれんな。おれがまだ若造で、事務弁護士の職場で書記官として働いてたときのことだ。

ある男の弁護をしてくれって依頼があった。そいつは訪問販売員で、若い女を殺したかどで捕まってたんだ。証拠の面ではまったく不利だったが、本人のようすから見て無実だと我々は確信した。そこでもちろん、そいつを自由の身にするよう、そりゃがんばったよ。実際そうなったら、大変な業績になるはずだ。しかも――繰り返すがね、そいつは無実だと我々は確信してたんだ。

事件は治安判事の予備審問に付された。事態は依頼人にとってかんばしくないように思えた。弁護の要点はアリバイだが、残念ながらそいつはアリバイを立証するものを示せなかったんだ。証言としてはこんなふうだった。被害者の女とひと悶着あった（これは本人も認めてる）あと、自分は女を田舎の小道――死体で発見された場所だよ――に置き去りにして、行き先も決めずに車を飛ばしたと。

そいつが言うには、どこかのパブか何かに入って、ぐでんぐでんに酔ってから、また車をどんどん走らせて、ある森までやってきたのを憶えてるそうだ。その場所で車を降りてちょいと寝たと。翌朝三時ごろに目を覚ましたはずだと言ってる。まだ暗かったそうだ。

そこがどこだかわからなかったが、横道や名前も知らん小さな村をずいぶん通って、六時ごろにある町にたどりついた。のちにわかるがワーキンガムってところだ。前日の夕方にパブを出てから誰とも言葉を交わしてない。ほかに手がかりとなりそうなのは、さまよってた最中に羽毛の手袋をなくしたらしいってことだ。

警察の見方としては、もちろん、被疑者はパブを出たあと戻ってきて女を絞め殺し、ワーキンガムまでまっすぐ車で行ったと。殺人は真夜中過ぎに起きたんだ、医師の報告を信じるならば。だが、やつが事をすませてから、遅くとも六時ごろにワーキンガムへ行くまでには、たっぷり間があった。事件は法廷の場で審理された。見通しはまるで明るくなかったが、なぜかこの男は真実を話してると我々が信じたくなるようすが、被告には感じられたんだ。

最初の聴聞が終わって二日後、ワーキンガムから二〇マイル（約三二キロ）離れた村に住む男の手紙が届いた。我々に有利な情報があるという。おれは話を聴いてくる係を仰せつかった。男は労働者階級のうさんくさそうな顔をしたやつだった。我々のあいだでさんざん交渉がなされ、一〇シリング紙幣のやりとりがあったあとで、男は密漁で食ってることをともあれ認めた。そいつの話では、殺害があった夜、自分の村近くの森でわなをしかけてたという。一〇時直後にわなの一つに行き、朝にまた行ってみたそうだ。はじめは人も車も見えなかったが、二度目に行ったとき、そばに羊毛の手袋ひと組が落ちてた。それを家まで持ち帰ったが、誰にもそのことを話さなかった。しかし、治安判事の審問についで報じた記事を読んで、我々に連絡するのが自分の義務だと感じたってわけだ。証言するに際して報酬を期待してる態度も露骨だったよ。

そいつに手袋を見せてもらった。依頼人から聞いてた特徴とほとんど一致するものだった。だからって、強力な証拠になるわけでもなかったがね。すでに法廷で証言されてるから、あとで購入することもできた。それでもいちおう手袋は存在した。ほんとに依頼人のものだったら、そしてそれを午前一時前にワーキンガム近くの森で落としたんなら、八〇マイル（約一二八キロ）離れた場所で真夜中に殺人を犯せたはずがない。我々は、依頼人の知り合いによって、または製造元を通じて、手袋の所有者を立証できる気がした。おれは密漁者の証言を書き留め、手提げカバンに手袋を入れて戻ることにした。

当時おれは若かったから車を持ってなくて、列車で帰るほかなかった——片側通路もないおんぼろ各駅停車で、やるせない全国横断旅行ってわけだ。一一月の陰気な夜でね、霧が濃くて、何もかも予定時間より遅れてた。

事故の詳細は憶えてない。あとでわかったんだが、我々の乗った列車が転轍機を通過する直前に、ロンドン行きの急行がなぜか信号を無視してしまい、我々の列車に追突したんだ。今おれにわかってるのは、聖書にある最終審判の日みたいな音を立てて何かが自分に当たってきたこと、そして無限もに思えた時間が過ぎたあと、がれきの山の下から自分が這い出られたことぐらいだ。頭に大けがを負って、口に血が流れ込んできたよ。おれは座席に両足を乗せて眠ってたんだ。危うく胴体がすっぱり二つに切り裂かれたところだった。気がついてみると、各駅列車の後ろから三両がぐしゃっとつぶれてたからね。急行のエンジンが回転してたせいで、がれきに火がついて現場は地獄と化した。そこかしこに死傷者が倒れてた。生存者は、炎上してる車両に閉じ込められてる不幸な犠牲者たちを救出するために、作業員みたいに活動してたよ。みんながうめいたり叫んだりするさまは、まさに阿鼻叫喚だった。いやはや、もう考えたくもないね。ティンパニー、呼び鈴を鳴らしてくれ。ジョージ、ウィスキーのお代わりを。同じものでいい。

神経が正常に戻ると、手提げカバンに手袋があるのをおれは思い出した。これは確保しておかないと。まわりには助けてくれる人がいないし、炎はすでに車両のわきにまで迫ってきてる。カバンにどこにいったのかわからなかったが、曲がった鉄材や折れた木材の山のどこかに、依頼人の命を救いうる証拠があるはずだ。

カバンを探しだしてすぐ、誰かに腕をぐいとつかまれた。女だった。

『うちの子が。かわいいうちの子が、あのなかに！』

女はおれたちのいる車両のとなりの車両を指さした。火事はすぐそばまで及んでた。おれがなかを覗くと、激しい炎のなかに子どもの姿が見えた。ひっくり返った車両の下側に横たわってたよ。木材の隙間に埋まってたから押しつぶされずにすんでるんだ。だが、火の手が回る前に、どうやってまわりの木材をどかしたらいいのか。母親は狂ったようにおれを揺さぶった。『早く！　早くして！　ああ、重すぎて――持ち上げられないの。早く！』まあ、やることは一つしかない。誰か手伝ってくれないかと、まわりを見回したが、みんな自分のことで手一杯のようだ。おれは窓から這うように入って、がれきのなかを手探りした。すると手が届いて、男の子はまだ生きてるのがわかった。

　そうしてるあいだ、炎がおれの車両の骨組みを壊してるのがわかったよ、いやなにおいと耳障りな音で――おれのカバンも、書類も、手袋も、何もかもが炎に呑み込まれてる。子どもを助けてる一刻一刻が、うちの依頼人のひつぎに打ち込む釘だった。そして――これだけは忘れないでくれ――あいつはぜったい無実だとおれは確信してたんだ。

　それでも、いいか、まだほんの少し可能性は残ってた。手袋はあいつのものじゃないかもしれない。たとえそうでも、それが証拠としてあいつを救えないかもしれない。あるいは逆の見方をしてみようか。手袋がないにせよ、陪審員は被告の話を信じるかもしれない。

　赤ん坊のほうは、なんら疑うとこがない。ほら見ろ、生きてて泣き叫んでる。母親はおれの横でしゃかりきになって動いてた。火のついた分厚い板をぐいと引っ張り、割れた窓ガラスでけがをして、ずっと子どもに呼びかけてる。おれはどうしたらいいんだ。子どもの命と証拠と、どちらも失わずにすむのは難しいってのは、うすうすわかってたが。

　まあ結局、おれが望みをなくしかけたとき、二人の男がやってきて手を貸してくれた。おれたちはどうにかがれきを動かして子どもを救い出した。間一髪さ。その子の服にはすでに火がついてたから。そのころには、おれのいた車両は轟音を立てる焦熱地獄そのものになっててね。何も残ってなかったよ。何一つ。朝になって真っ赤に焼けた灰のなかを探ってみたが、見つかったのは手提げカバンの真鍮の留め金だけだった。

もちろん我々は最善を尽くした。密漁者も法廷に呼んだ。だがそいつは反対尋問にうまく対応できなかった。状況はすべて漠然としてた。一人の説明では手袋の持ち主は特定できないものだ。しかも事件当日の晩、我々は森の近くで車を目撃した人間を捜し出せなかった。結局、車は走ってなかったのかもしれない。

正当なことか不当なことか、ともあれ我々は敗訴した。もちろんどうやっても負けてたかもしれないが。あるいは、依頼人は罪を犯してたのかもしれない——そうであってほしい。だが、今でもあいつの顔が目に浮かぶよ、おれが自分の状況を証言したときの顔が。陪審長が目を泳がせっぱなしで、被告人を見ようともせずに評決を下した場面が忘れられない」

ポパーは話をやめ、両手で顔を覆った。

「そいつは処刑されたのか?」大佐がたずねた。

「そうだ」ポパーは締めつけられたような声で答えた。「そう、処刑された」

「それで、赤ん坊はその後どうなったのかね」パードレがたずねた。

ポパーはやりきれないといったように両手を下ろした。

「処刑されたよ、去年。少女二人を殺害した罪で。吐き気を催すような事件だった」

しばらく、しんとなった。ポパーは酒を飲み干すと、立ち上がった。

「でもあなた、そんな事態は想定できなかったでしょ」パードレがようやく口を開いた。

「そう、できるわけなかった。それにパードレ、おれが正しく動いてたと言ってくれますよね」

ここで、今度はくだんの新顔が立ち上がり、ポパーの肩に手を置いた。「そういうのは避けられないことです。わたしはダヴェナント＝スミスの草稿を救い出した者ですが、自分なりの悪夢も経験しましたよ」

「ほう！　じゃ、あんたはちゃんと報いを受けたわけだ」ポパーが早口で言った。「おれはまだだ」

「そうですね」相手の男は物思わし気に答えた。「わたしは受けました。しかも時の流れがわたしに対する疑いを晴らしてくれた。人は自らできることをするだけです。のちに起きることは、わたしたちの力の及ぶところではない」

とはいえポパーのあとに続いて退室するとき、男は背筋をしゃんと伸ばし、新たに自信を得たような身振りをした。

「なんともぞっとする話だった」パードレが言った。

「たしかに」わたしも応じた。「今の話にはいくつか妙な点がありますよ。ポパーが若者だったころ、訪問販売員は車で走り回っていたんですかね。それに、どうしてポパーは証拠をすぐ警察に持っていかなかったのか」

ティンパニーがくすくす笑いながら言った。

「もちろんポパーはダヴェナント＝スミスの執事に関する死因審問に出席したんだ。あの医者のおっさんのことは、目に留めたとたん誰だかわかったに違いない。ポパーは当代一の心優しきはったり野郎として、医者をなぐさめてやったのさ。とにかく、やつの口から出る言葉は一つも信じちゃいけないよ。今夜は絶好調だったなあ、ポパー親父は」

屋根を越えた矢

ハンフリー・ポッド氏が言いだした。「実のところだね、ミス・ロビンズ、この件ではうまくいってないんだ。我々はおとなしすぎるし、あっさりしすぎる。我々が書いている——まあ、わたしが書いている——のは、身の毛もよだつような、からだがぞくぞくするような、血も凍るような作品だぞ、何かにとりつかれたかのごとく眠りについている冷たい目をしたギリシア神話の怪物三姉妹(ゴルゴン)も、わめきだすほかないように狙った一作だ。で、我々としてはどう対処すべきなのか」

目の前のタイプライターから、ハンフリー・ポッド著『その時ぞ来たらん！』の最後の一枚を引き出したミス・ロビンズは、それを紙ばさみで同じ章の残りの部分につけると、雇い主におずおず目を向けた。

「これ、出版社に送るんですね」秘書は意を決して言ってみた。

「うむ。出版社に送る」苦々しげにポッド氏も繰り返した。「どんなふうにだ。ハトロン紙に包んで、こびへつらった説明文を添えて、どうかご一考たまわりたくと、よろしくお願い申し上げるわけか。先方はご一考たまわってくれるかね。せめて目を通してくれるかね。ありえない。ほこりまみれのかごに半年も入れっぱなしにしてから、そらぞらしい謝辞と賛辞を記して送り返してくるだけだ」

ミス・ロビンズは思わず引き出しをちらりと見た。そのなかには、今さら考えるのもいやになるが、表紙が傷むほど何度も送っては送り返され、哀れにも黙殺され続けた『殺人婚』や『死をもたらすゾウ』、『ネメシスの怒り』といった原稿が、死産の子さながら日の目を見ずに留め置かれているありさまだ。ミス・ロビンズの目に涙が浮かんだ。というのも、神からは頭脳明晰たることを斥けられたものの、ミス・ロビンズはタイピストとしては申し分ないほど職務に尽くす人であり、しかもポッド氏に対しては狂おしいばかりの愛慕の情をひそかに抱いているからだ。

「ご自身で足を運ばれるという手も――」

「それはだめだ。連中は社にいたためしがない。たとえいたにしろ、いつもお偉い方々と会議中ときてる。ははは。だめだ。我々がなすべきは、広告主殿の例に倣うことだ――需要を創出し、期待を喚起する。例の〝次号をお楽しみに〟とやらのはったりをかますとか、そのたぐいのことさ。宣伝活動を計画せんとな」

「ええ、そうですとも、ポッドさん」

「我々は、斬新にして躍動感に満ちて、人の心に衝撃を与えなければいかん」作家は語を継ぎ、ここぞという場面では目に先端が突き刺さらんほどばらりと乱れるよう仕立てた金髪を、ぐいと後ろになでつけると、ナポレオンばりの戦略家を気取った。「攻撃目標としては誰を選ぶべきか。スループはだめだ――やつは栄養に満ちすぎている。何をもってしても、あの牛飲馬食に慣れ切った図体の持ち主に一驚を与えることはできない。グリブルもテイプも同じだ。やつらはともに死人だ。あんなとんまな重役陣の心を揺り動かすことなど誰にも望めない。ホラス・ピンコックは攻めどころがある。だがわたしとしては、ホラス・ピンコックのごとき作家になるぐらいなら、屋根裏部屋で餓死したほうがましだ（ポッド氏が餓死する恐れあり、というわけではない。ご当人は寡婦である実母からたっぷりお手当をいただいているのだから。とはいえ、その言やよし、というところだ）。マターズもストークもだめだ――わたしはアルジャーノン・マターズに会ったことがあるが、耳がだらりと垂れたウサギを想わせるようなやつだったよ。ジョン・パラゴンは話にならない――やつの宣伝活動たるや情けないものだし、やつは我々を評価しないだろう。ここはミルトン・ランプに的を絞ったらどうだろうな。出版関係者としては知性があって進取の気性に富んでいる。神経の張った人間だと我が友人たちも評している。先端が太いペンと緋色のインク入りボトルを持ってきてくれ。それから、きみが安物市で買ってくるあの妙に派手な緑色の紙も何枚か」

「あ、わかりました、ポッドさん」ミス・ロビンズはひと息ついた。

ミルトン・ランプ氏を的にした売り込みは、〝必親展〟と記したエメラルド色の書状をもって、この日に幕を開けた。書状にはこう書いてあるだけだ――その時ぞ来たらん！　一インチ（約二・五センチ）の大きさの赤々とした文字で記されている。ミス・ロビンズはウェストセントラル地区郵便局でこれを投函した。

「ばらばらの場所で投函しないといかんぞ」ポッド氏が言った。「ばれたらまずい」

シャフツベリー大通りで投函された二通目には、言葉は書かれていなかった。いかにも不吉そうな尖端のついた巨大な真紅の矢が描かれているのみだ。フリート街で投函された三通目にも矢が描かれている。不可解な一句が付されている――〝時間には矢あり――エディントン（一八八二～一九四四。イギリスの天文学者、物理学者）を参照のこと――その的は破滅と荒廃なり〟。四通目には、このあいまいな文言の解説たりうる一節が、ポッド氏の最新作からの引用として付されていた――「破滅はかくも縁遠きことのように思えようが、しかし、その時ぞ来たらん！」ここで週末がはさまり、ポッド氏はひと息入れた。日曜の朝は、自作小説から選り抜きのくだりを集めてすごした。作品の主題が作業に向いていた。なぜなら、会社設立の発起人の陰謀によって不当な懲役刑を科され、憤懣やるかたなき紳士の活動を描いた物語だからだ。紳士は余生をかけて脅迫および復讐を延々とおこなった。土曜の夜、ポッド氏は新たな書状を自ら投函した。迫害をしかけてくる相手に主人公が公然と反抗する第四章の見せ場が抜き書きされており、続いてこんなくだりもあった。

　深き罪を背負いし汝、逃げ切れるはずもなし。真実こそ勝利者なり。その時ぞ来たらん！

月曜になると、ランプ氏は文面の一切合切を冗談と取るかもしれないとポッド氏は思いいたった。このことが不安の種になった。氏はある有名作家の人生譚を深く調べ、次のように記した。

　汝、今はあからさまに嗤わん――しかれども、我が声の聞こえし時ぞ来たらん！　――ディズレーリ（一八〇四～八一。イギリスの政治家、首相）を参照せよ。

一人で悦に入っていると、ミス・ロビンズがくずかごに一通の手紙を投げ込むところが目に入り、ポッド氏は興ざめした。

「ただの広告チラシですよ、ポッドさん」ミス・ロビンズが説明した。

「女ってやつは！　驚かせやがって。カバの皮をかぶったランプが、きみみたいな女どもの擁護者をまわりに立てて自己防御に走ったら、どうするつもりだ。おそらくやつは我々の考え抜いた神経粉砕作品に目もくれてはいまい。考えるのも忌々しい。だがあきらめるな。その考えは傷を負ったルパート・ペンテコストにも浮かばなかったのかね」

「あ、いいえ。第一五章に。わたしが探します」

「どんな状況にも適する引用だ。おお、ご苦労さん。そうそう、ここだ。『汝がもてあそんだ例の女性のことを思い出せ。汝が我を張り通すなら、警告は汝の自宅の住所にも及ぶぞ』ここは大いに使えるぞ。赤インクをよこせ。帰宅途中にこれをハムステッドで投函してくれ。それから、あの度し難いランプの野郎がどこにねぐらを構えているのか確認するんだ」

困難な任務ではなかった。ランプ氏のねぐらは電話帳に載っているからだ。新たな書状が（ピカデリーの郵便ポストから）当該住所に投函された。


復讐の女神ネメシスは荒れ果てし炉辺に座りぬ。その時ぞ来たらん！


この文言のまわりを時計の文字盤が飾った。矢のかたちをした針が一一時半を指している。

「毎日五分、時間を進めようか」ポッド氏が言った。「一週間もすれば、やつはびくつきだすはずだ。広告とはいかなる意味を持つものか、やつに示してやる。広告費の支払いといえば、印税の前払いをそれとなく求めておくほうがよくはないかね。これだけの中身を誇る作品だから、五〇〇ポンドは高くもなかろう。だが、ああいう連中はしみったれのごうつくばりだ。まずは二五〇としておくか」

「作品にはそんなくだりはありませんが」ミス・ロビンズが言った。

「ないさ、この一作には。ジェレミー・バンブルーは共感を呼ぶ人物という設定だから――こいつを恐喝野郎に仕立てたくはない。ただの殺人犯なら大衆の好感を集めうるし、結末で警察がその殺人犯を放免にしても大衆は気にしない。だが恐喝に手を染める殺人犯は処刑されねばならない。これも約束事の一つだ」

「でもわたしたち、お金なんか要求したら、ランプさんから恐喝者だと思われないでしょうか」

「それは違う」ポッド氏はいらつき気味に答えた。「我々は正当な報酬を要求しているだけだ。向こうも作品を見ればそう思うだろう。いいか——『第一回納入二五〇ポンド』——いや、だめだ、くそ。これじゃ分割払いみたいだ。ちょっと待て。『我、二五〇ポンドを求めるのみなり——今は——しかるに、汝がさらなる額を支払う時ぞ来たらん』——だめだな——『全額支払うべし』——このほうがすっきりしている。これを両方の住所に送りつけよう」

ポッド氏は手紙をしたため、新作小説の一章を書き取らせた。「第一作目が届いたら、次回作はいつ届くんだという気になるだろう。我々としてはそんなに早く仕上げられるわけじゃない。やつめ、いらいらが募ることになるぞ」

「まあ、ほんとにいろいろ名案をお持ちなんですね、ポッドさん。わたし、残業も平気ですから」

「悪いねえ、ミス・ロビンズ」ことさら卑下したようにポッド氏が応じた。「きみはいい子だ。きみがいなかったら、わたしはどうしたらいいか」ナポレオンふう垂れ髪をかきあげた。「きみ、メモ帳を持っているかね。書き取ってくれ。『下水管の死骸』第一章、調理場のにおいだ。『アン』とフレッチャー夫人が料理人に言う。『おまえ、キャベツを洗った水を流しに捨てたの?』すると、『いいえ』と若い娘はしゃあしゃあと答えた。『自分でも、それぐらいの気転が利けばいいなと思いますが——』どうだね、冒頭部分からうまい具合に家事の雰囲気が出ているだろ」

「ええ、そうですとも、ポッドさん」

ポッド氏はガンブルという名の文学関連の友人と昼食を摂っていた。ガンブルのことはあまり好きでない。世間でよく見られるような、ささやかな成功をおさめたことで図に乗っているような人物だからだ。ガンブルの小説『恥辱の荒地』は、どういうわけか、まぐれ当たりのような好評を得た。まわりからちやほやされて、ガンブルは舞い上がった。出版社主催のパーティに出ている姿を何度も目撃され、作家が集まる夕食会の席では王族の方々を前にして機知を交えて一席ぶち、今では出版界の関係者全員の裏情報をあたかも知っているかのような、そんな愚かしい顔をするにいたった。友人たちにとっては、現状では存在を無視して生きるのは無理ながら、ともかく腹立たしいやつだった。いつの日か、おれのほうがこいつのことを見下ろしてやりたいと、ポッド氏はしみじみ思った。

「ほら見ろ」ガンブルが言った。「ランプが入ってきたぞ。やつは気が参ってるんだ。ぴりぴりしてる。顔を見ればわかるぞ」

ポッド氏は話題の編集者のほうに目を向けた——やせて、色黒で、いらだちを押し殺したような顔、ロールパンをたえまなく口に押し込んでいる落ち着きのない両手。

「どうしてだ」ポッド氏が問うた。「やつは順調だろ。手がけた作品は売れているし」

「仕事では問題なしさ。たしかにその点ではそうだよ、やつとのあいだで出版の話をまとめようってことなら。だがな、違うんだよ。まあ、あまり深入りはしないでおくが、遠からぬうちにあの界隈で大騒動が起きても、おれは驚かないね」

「大騒動?」ポッド氏も言ってみた。

「ああ、そうさ——だがもう口を閉じておく。おれはたまたま知っただけだ。そういううわさは耳に入るもんだよ」

ポッド氏は戸惑った。もっと聞きたいところだが、ガンブルをそそのかすのはやめておいた。

「まあとにかく、会社が順調ならね。そこが肝心だ。あの男の私生活なんて、ぼくの知ったことじゃない」

「私生活か——けっ。出ましたよ」ガンブルが陰気な口調で応じた。「おれが聞いたところじゃ、問題は私生活だけに留まらないらしいぞ。手紙が何通か法廷に出たら——どうなるかね！」

「手紙？」ポッド氏は俄然興味をそそられた。

「おっと、口を滑らしちゃまずい。おれも内々で聞いただけだ。忘れてくれよ、な」

「ああ、わかったよ」自身にもガンブルにもじれったさを覚えながら、ポッド氏が応じた。

「やつはどきりとして、気にし始めている」ポッド氏がミス・ロビンズにガンブルとの会話を伝えた。

「まあ、ポッドさん」そわそわと目の前のタイプライターのリボンをいじりながら、ミス・ロビンズが言った。「ポッドさん！」我慢しかねるように声を上げた。「まさか、あの方——いえ、ご自分でも、今後どうなるかおわかりじゃないんですよね。あの方、怒っているかもしれません」

「やつは忘れるだろうさ、作品を一読すれば」

「ええ、でも——考えてみてください。つまり、あの方も何か動きに出たかもしれません。おびえているかもしれないし——つまり——あの、わたしのこと、救いようのないバカだとお思いですか」

「思ってないよ」ポッド氏が答えた。

「というか、つまり——あの方に何か暗い過去があるとすると——」

「それは一案かもしれないな」ポッド氏が身を乗り出して言った。「ちょっと待て——ちょっと待ってくれよ、ミス・ロビンズ、きみは新作の筋を伝授してくれたぞ。ほれ、書き留めてくれ。題名は『なにげなしに弓を引く』（旧約聖書「列王記」I第二二章第三十四節参照）。だめだ、消してくれ。これは以前に使った案だ。ひらめいたぞ、『屋根を越えた矢』にする。『ハムレット』からの引用だ（第五幕第二場、ハムレットの台詞）。『放った矢が思いもよらず屋根を越え、我が兄弟を傷つけてしまった』って。筋を話すぞ。一人の男――ジョーンズとしておく――が脅迫状を書いている――宛先は、そうだな、ロビンソンだ。ジョーンズは冗談のつもりだが、ロビンソンは死ぬほどびくついている。なぜなら、ジョーンズには与り知らぬことだが、ロビンソンはずばり人を殺したことがあるからだ。こっちは女にしよう。追いつめられる女ってのは受けがいい。ロビンソンは自殺する。ジョーンズは脅迫と殺人で起訴される。人を脅して死にいたらせるのは殺人になるのかどうか、わからん。だが、そう見ておきたい。脅迫は重罪だ。しかも重罪に手を染めているあいだに人をたまたま死なせたら、その行為は殺人だ。だからそんなふうに処理されるかもしれない。おい、この案はうまくいくぞ。『下水管の死骸』はやめておこう――あんまり考えてもいなかったし。こっちの作品一本に絞ろう。ジョーンズとしては自分が疑われる手がかりを消したつもりでいる。だが警察は――いや、警察じゃない――連中はもちろんごまかされる。私立探偵だ。そうだな、今回もホーク少佐にご登場願おう。我が最高の探偵だ。読者だって『その時ぞ来たらん！』のホークに注目しているなら、その後の姿を見たいはずだ――ホークは今まで出してきた手紙に載せた場面に出ている。難しいところだよ、投函した場所がばらばらだから。しかし――」

　ポッド氏のとりとめのない口述をどうにか書き留めようと、ひたすら用紙の上で鉛筆を走らせながら、ミス・ロビンズは小さくあえいだ。

「ホークはもちろん便箋の出どころを探る――どこで買ったか、などのことだ。それからインク。そりゃ、もちろんだよな――そして封筒の一枚に親指の指紋が見つかる。ジョーンズのじゃない――婚約者のだろうな、愛する男の代わりに手紙を投函してやったんだ。この女は――そう、善人だが、いかんともしがたいほどジョーンズのとりこになっている。この部分はよく考えよう。結末ではもっと人柄のいい相手と結婚できる展開にしよう。相手はホークじゃない――ほかの誰かだ。ちゃんとした男を創り出してやるか。警察がドアをハンマーで叩く音に追い立てられながら、この女が必死に証拠を燃やすという見せ場をこしらえよう。もちろん、女が何かを見落とすという仕掛けを施さないと。でないとジョーンズはいつまでも捕まらない――心配するな、それはあとで考えておくから。法廷場面――ここはおもしろいぞ――」

「まあ、ポッドさん、かわいそうにジョーンズは処刑されるんですか。だって、少し厳しすぎる結末じゃないかしら、単なる冗談でやったことなのに」

「そこが人生の皮肉ってわけだ」ポッド氏が冷たく言い放った。「まあしかし、きみの言い分もわかる。大衆はジョーンズを救ってやりたいだろうな。わかった――ひとひねり加えよう。こいつを悪人にする――女の心をもてあそび、女の苦しみをあざわらうたぐいの男だ。手を染めた犯罪では追及の手を逃れるが、しかし――ここが人生の皮肉だ――好感を抱いている人物に対するたわいない冗談のせいで身を滅ぼす。しっかり書き留めろ。『ジョーンズは笑いすぎがあだになった』ジョーンズよりもっといい名前を考えんとな。レスターっていうのはいいな。みんなから〝おちゃらけレスター〟と呼ばれる。金髪、巻き毛――しっかり書き留めろ――だが、目は少し顔の真ん中に寄っている。おい、申し分ない顔かたちだろ」

「で、ランプ氏宛の手紙はどうしますか」新作『屋根を越えた矢』の主筋がめでたく書き留められたところで、ミス・ロビンズがおずおず問うた。「わたし、投函しないほうがよろしいでしょうか」

「投函しない？」ポッド氏が目をむいた。「なぜだ、名文句じゃないか。『その時ぞ来たらん！――みなが思うより早く』もちろん投函してくれよ。ランプのやつ、あわてるぞ」

ミス・ロビンズはすなおに投函した――手袋をはめて。

矢のかたちをしたポッド氏所有の柱時計の針が一一時四五分を指したとき、伝言の中身を「明日、明日、明日」と記していたので、狙った獲物の反応をじきじきに確かめてみたいと氏は思いついた。そのことが頭に浮かんだのは、一一時四五分きっかりにピカデリーサーカスの中心部を歩いていたときだ。かたわらを通り過ぎようとした使い走りの若者が、思わず振り返ってまじまじと視線を送るありさまになったほど、耳障りな笑い声を上げながら、ポッド氏は地下道を前のめりに突き進み、円形建物（ロトンダ）の公衆電話ボックスに入った。ここでランプ氏の職場の番号を確認した。

今ランプは手が離せません、お名前をどうぞと、電話に応対した女性の声が問うた。こういう事態を予測していたポッド氏は答えた。用件はまったく個人的なことで、急を要します。ランプ氏ご本人以外の方に名乗るのはよろしくないかと存じます。相手の対応は意外なほど冷静かつ柔軟だった。女はランプ氏に取り次いでくれた。とげとげしく落ち着きのない声が流れた。「はい、もしもし、もしもし。どなた」

生来は高い声の持ち主ながら、ポッド氏はすごみを利かせるようなしわがれ声を発した。

「その時ぞ来たらん」間が空いた。

「なんだって？」いらついた声が問うた。

「その時ぞ来たらん」ポッド氏は繰り返したが、ふいにひらめいて言い足した。「検察官に証拠を送付しましょうか」

また間が空いた。相手の声がした。「何を言っているのかわからんね。あなた、どなたですか」

ポッド氏はしわがれ声で大笑いし、電話を切った。

「わざとらしくないだろ」ポッド氏がミス・ロビンズに言った。「記者や作家は公表前に予定稿を首相や文芸評論家に送るものだ。検察官の見解は人後に落ちないはずだ。明記しておけ」

二日経った。日ごと投函される秘密文書には、不吉な一語のみ記されていた――明日。ポッド氏は立て板に水のごとく『屋根を越えた矢』の三章を口述し終わると、一友人とともにお茶を飲みに出かけた。あとに残ったミス・ロビンズは、『その時ぞ来たらん！』の完成品を一〇冊包装し、ミルトン・ランプ氏宛にポストから投函した。

じめついた霧深い一日だった。しかも寒かった――ミス・ロビンズはハンフリー・ポッドの仕事場で暖炉の火をかきたてた。ペンを走らせすぎて指がなえてしまったからだ。原稿を小脇に抱えてスクエアまで出てみると、からだが震えた。ミス・ロビンズは首に巻いた毛皮をぎゅっと締めつけた。

郵便局へ行く途中、ミス・ロビンズはスクエアの角で新聞を売っている男の前を通り過ぎた。売り子が手にしているプラカードに記された真っ赤な文字が、薄暗がりのなかで明るく映え、ミス・ロビンズは目を奪われた。息が止まるかと思うほど驚きながら、文字を読んだ――ロンドンの編集者、射殺される。

気がつけば原稿が地面に滑り落ちていた。ミス・ロビンズは原稿を拾い上げ、震える手でバッグのなかから一ペニーを探り出すとイブニング・バナー紙を一部買った。スクエアのガードレールわきに立って新聞を広げてみた。覆いかぶさるように枝を伸ばしている木から、かぶっている帽子の頭頂部に、すすをたっぷり含んだ水分がぽたぽた垂れた。はじめのうち、自分がどの記事を探せばよいのか、ミス・ロビンズはぴんとこなかったが、ようやく最新ニュース（ストッププレス）を報じるコラムに、インクの染みがついた数行を見つけた。

　今日、著名な編集者ミルトン・ランプ氏が自身の職場で射殺された。昼食から戻った秘書が遺体を発見した。発射したあとのある拳銃がそばの床に落ちていた。ランプ氏は近ごろ、家庭内のごたごたや何通も届いた匿名の手紙に悩まされていたという。警察が捜査を進めている。

ミス・ロビンズには、小脇に抱えた原稿がとてつもなく膨らんだように感じられた。顔を上げると、売り子の目が見えた。タカさながらの、不自然なほど光る色の目だ。『殺人婚』のある章がミス・ロビンズの頭に浮かんだ。ホーク少佐が容疑者の家を見張るために新聞売りを装った箇所だ。ミス・ロビンズは急いで職場へ戻った。建物正面のかんぬきを外すと、こわごわ後ろを振り返った。濃い霧を透かして、スクエアの反対側から近づいてくる薄黒い大きな物体が目に留まった。ヘルメットをかぶり、防水肩マントをまとっている。

　ポッド氏の職場のフラットは最上階にある。ミス・ロビンズは三階まで駆け上がり、避難すべき場所に行き着くと、後ろ手に扉を閉めて鍵をかけた。窓のカーテンからこっそり外を覗くと、警官が新聞売りと話をしているのが見えた。

「ああ助かった。原稿を投函してなくて」ミス・ロビンズはそうつぶやくと、ハトロン紙を破り、ハンフリー・ポッドの名前と住所を記した一番上の紙を震える手で取った。原稿の一枚目も続いて火に焼かれた。ミス・ロビンズはあえぎながら腰を下ろしたが、まだじっとしてもいられなかった。カーボン紙の複写をどうにかしないと。自分の速記のメモ書きもある。作品自体も問題だ。ハンフリー・ポッドの手になるものであるのが疑いなくわかる内容だ。胸騒ぎが抑え切れない。そういえば、勘の鋭い探偵ホーク少佐は、『その時ぞ来たらん！』のみならず、わずか三カ月前ランプ氏に献上した『殺人婚』にも登場するではないか。編集者連中はおれの原稿を読んでいないとポッド氏は言っていたが、そう信じ込んでいいものだろうか。秘書や校正係が、ちらりと目にしたかもしれない。ホーク少佐の出てくる場面を読んだことのある者なら、少佐の奇人ぶりを忘れるはずはない。

ミス・ロビンズはまた窓の外を覗いてみた。警官はスクエアのこちら側の通りをもったいぶった足取りで進んできて、窓をじろりと見上げた。建物に近づいた。立ち止まった。ミス・ロビンズは首を締めつけられたような声を小さく発しながら、うなりを上げる暖炉に走り寄ると原稿をぎゅっと押し込んだ——原本——複写——速記帳——紙の束が速く燃えるように、各章の頁をぐいぐい引きちぎった。ほかにはないか。構想を記す帳面——これも始末しないと。頁を引き裂く手が震える。あ、そうだ、何より足がつきそうなものを忘れるところだった。緑色の用紙だ。探偵は必ず用紙の購入先に辿り着けるものだとポッド氏が言っていた。ミス・ロビンズは赤々と燃える炎に紙をくべると、ついでにペンと赤インクの瓶も放り込み、新しく石炭とコークをその上に積み上げた。

顔もからだも熱されたまま、ミス・ロビンズがまだ暖炉に覆いかぶさるようにしていると、階段を上がってくる足音が聞こえた。ミス・ロビンズはタイプライターに駆け寄り、せわしなくキーを叩きだした。誰かの手が扉の取っ手を揺り動かした。

「くそ！」ハンフリー・ポッドの声だ。続いて鍵を錠に差し込む音がした。「あの女め——まだ帰ってないのか」

　ポッド氏がなかに入った。

「なんだ、いたのか」ポッド氏が目をむきながら言った。「ドアに鍵をかけて何しているんだ。ほれ、やっかいなことになっちまったよ。あのランプの間抜け野郎、気が触れて自分の頭を銃で撃ち抜きやがって。まあ、もともと頭があればの話だがな。ともかくおかげで我々の前宣伝が無駄になったよ。また始めから仕切り直しだ」

「ああ、ポッドさん、お帰りくださってほっとしました。警官の姿が見えたとき、あなたを捕まえにきたのかと思って。どこにおいでなのかわからないから、お知らせしようにも――」

「ランプが心身ともにへとへとだったのも無理はない」相手の言葉におかまいなく、ポッド氏が言いだした。「女房がどっかの男と火遊びしていたのさ。ランプは解雇した使用人からの匿名の手紙でそれをかぎつけた。ゆうべ派手な夫婦げんかがあって、女房は家を飛び出ていった。そして間抜け野郎が自分に銃を向けたってわけだ。わたしはあのむかつくガンブルに電話して、やつから何もかも聞き出してやったよ。くそ、もっと早く話してくれりゃあいいのに。忌々しいやつだよ、まったく。まだ何かを送ったりしないほうがいい。原稿は投函していないだろうな。もしやっていたら、すぐ取り戻して、スループにでも送らないと――おい、いったいどうしたんだ、ミス・ロビンズ」

「もう、ポッドさん」ミス・ロビンズは泣きだした。「だめなんです――わたしたち――だって、わたし――もう、ポッドさん、わたし、原稿を焼いてしまったんです！」

　東地区緊急連絡対応係の巡査は、明かりのついた場所から物欲しげな視線をそらした。半地下室に住む誰かが臓物をとろ火で料理している。立ち上ってくるにおいが心地よく鼻をくすぐる。自宅へ帰れば同じようなものが自分を待っていてくれるのかなと巡査は思った。舗道をぶらぶら歩いていると、物がばたんと倒れたりガラスがガチャンと割れたりする音が聞こえた。タイプライターが上のほうの窓から飛び出てきて、かぶっているヘルメットをかすめた。

「おお、なんだ！」巡査が思わず言った。

耳をつんざくわめき声がした。続いて女の金切り声が聞こえた。「誰か！　助けて！　人殺し！」

「なんだよ、まったく」巡査が言った。「こっちがせっかく夕食にありつこうってときに、やっかいなことを始めてくれたな」

巡査は階段を上り、目の前の扉をなぐりつけるようにノックした。

ネブカドネザル

もちろん、ネブカドネザルで遊んだこと、ありますよね――遊戯の名前なんてヨーヨーぐらいしか知りませんというほど、世間にうとい御仁なら別ですが。ネブカドネザルはもう時代遅れのものなので、世の流れに逆らう洒落者がたしなむばかりです。言葉あて遊び(シャレード)とともに復活しました。ネブカドネザルはその一種ですね。なぜこう呼ばれているかといえば、おそらく、遊戯の名前としてこれほどのものは誰にもそうたやすく思いつかないからでしょう。

まず、なんらかの著名な存在の名を一つ選ぶ。それも、ほかの参加者があまり我慢強くない面々なら、短いものが好ましい。たとえばヨブ(Job)。はじめはJで始まるあるものを黙ったまま演じる。続いてOで始まるものを、それからBで始まるものを。そのあとでヨブを演じる。すると、演じられているのはヨブだと、ほかの参加者が推測し、にこにこしながら喝采する。こういう次第です。想像力たくましい快活な向きなら、このお遊びを大いに楽しめます。

ボブ・レスターは誕生会を開いていた――母親と妹と二〇名ほどの親しい人々が、ハマースミス(グレーター・ロンドン中西部の地区)の小さなフラットにひしめいていた。全員が、作家や画家や役者と、なんらかの芸能を生業としていて、歌を口ずさんだりゲームをしたりして楽しい時を過ごすことに慣れていた。おふざけでばかばかしいまねをしたり、子どもみたいなまねをしたりすることもよくあった。飲んでもいないクラレットカップ(クラレットにブランデーやレモン、砂糖を混ぜて氷で冷やした飲料)を飲んだふりしてさえ陽気になれる。また、なかなかの切れ者ぞろいで、互いのことをよく知る間柄だった。シリル・マーカムはこんな集まりにどうもなじめずにいた。誰もが細やかな心遣いを示してくれるし、自分を元気づけようとしてくれるのだが。ジェインがこの世を去って半年近く経った。みな、シリルの喪失感に心底からの同情を寄せてくれている（ジェインはみなにとても好かれていた）。それなのに、自分とこの面々とは、今のみならずおそらくこれからも、わかりあえず絆も築けない者同士だろうとシリルは感じた。愛しいジェイン。ジェインをめとって、コーンワル（イングランド南西端の州）へ連れ去ってしまった自分に対して、誰もがなかなか許してくれなかった。ジェインが胃腸炎で――わずか二年後に――命をなくしたのは、信じがたいことだった。ジェインは仲間の軽口のネタになりえただろう。仲間とたわいない遊びに興じただろうし、これ以上ないほどたわいない遊びにもさすがといえるほど品のよい楽しみを見出せただろう。自分にはとてもまねできない。シリルは、堅苦しく感じ、落ち着かなく、ここにいるのは間違いだと思えてならなかった。ボブはネブカドネザルをやろうかと言ったとき、シリルに気を遣って、自分たちの役者チームに入ってくれと誘っていた。ありがた迷惑だ、ありがた迷惑。ぼくは見学しているよとシリルは答えた。ボブはほっとしたように息を吐き、信頼できる古参の仲間たちに声をかけていった。

フラットの正面に当たる二部屋は、折りたたみ式扉を開け放って一部屋にしていた。今は一一月だが、夜でも妙に蒸し暑く、川を見下ろすバルコニー側の窓三つのうち一つは開けられていた。煙がたちこめる部屋の反対側にシリルが目をやると、そこはサリー（イングランド南東部の州。グレーター・ロンドン南部と接している）方面で、日本の長い提灯行列さながら川に映る踊りの明かりが客たちの頭越しに見えた。二部屋のうち小さなほうは演者の舞台になっていて、二部屋を隔てる戸口に、濃い紫のカーテンがかかっている。外の廊下では、笑顔の演者たちがあわただしく行き交っている。ゲームが始まるのを待ってシリルはカーテンを見つめていた。なじみの品だ。コーンワルの自分の田舎家にあったものだ。ジェインはあれを居間にかけ、くつろぐ場と物を食す場とを隔てていた。ボブがあれをここへ持ってきたのはどういうわけだ。いや、実は妙な話でもない。ボブはジェインに結婚記念の品としてカーテンを贈ったのだ。ここにあるのは同種の別物に違いない。昔の品だなとシリルは察した。あの手のダマスク織りは今日では作られていない。

ボブがカーテンを開けてぼさぼさ頭を突き出し、「四文字のネブカドネザルだ」と言って再び顔を引っ込めた。離れたところで何かが派手にぶつかる音がして、大きな声が聞こえた。「厨房に物干し網があるぞ」扉の近くに立っている誰かが明かりを消した。最初の文字を表す動作を示すために、ダマスク織りのカーテンが引かれた。

舞台の奥に日本の屏風が立てかけてあり、その上から、絹のスカーフで品よく首まわりを飾り、クリケットベルトをひたいに巻いたラヴィニア・フォーブスの顔が現れた。早とちりしがちなレスター夫人が我先に叫んだ。「ロミオとジュリエット──バルコニーの場面！」とたんにまわりから「しーっ」と制された。ジュリエットと決めつけられた当人が、屏風の背後から鏡とともに口紅を取り出し、たっぷり化粧しだした。が、そのさなか、離れたところにいる何物かの存在を感じ取ったようだ。屏風にもたれかかるようにしながら、階段の踊り場のほうをしきりに指さした。なるほど踊り場からは気になる物音が流れている。盛大な拍手喝采が起きるなか、続いてピーターとポールという双子のバーナビー兄弟が、もじゃもじゃした感じを出すために高価な毛皮の外套を裏返しにまとい、四つんばいになって現れた。手綱に見立てた物干し網を口にくわえ、じょうぶな荷物用革ひもで柳枝製肘掛け椅子を背中にくくりつけている。そうして不気味にもぐずぐず間を置き、戸口の柱のあいだでキーキー声を発してから、目に見えない手に操られて部屋のなかに勢いよく進んできた。御者──真紅の部屋着をまとい、縞入りの飾章と軍刀を身につけ、頭には大きな肉汁濾過器を逆さにかぶって、なんとも勇ましい――は、〝軍馬〟の背中から危うく落ちそうになった。もじゃもじゃのひげをつけた口から、腹立たしげな「しっかりしろ！」というつぶやきがもれた。屏風の背後にいる女性が御者に説教しているように見えた。御者は下品で残念なしぐさで反応した。さらに短いパントマイムのやりとりが交わされたところで、バスローブとターバンを身につけたがっしりした二人が姿を現した。二人は屏風越しに女性を抱き上げた。誰かが「危ない！」と言った。屏風が揺らぎ、一方の馬にあわてて支えられた。抱き上げられた女性は床にどしんと落とされ、びくびくけいれんし、何度もあえぎながら息絶えた。御者は戦車を引っ張る馬の背中を傘でばしっと叩き、再び雄々しく室内を引かれたのちに姿を消した。舞台の両そでからほえるような大声が発せられた。未開の〝奴隷〟三人の登場を告げるためだ。三人が〝死骸〟をくまなく嗅ぎ、がぶりと食いつきだすなか、幕が閉じた。

この元気な出し物は喝采を博し、見物客たちをちょっとばかり困らせた。

「イゼベル（Jezebel）（古代イスラエル王アハブの妻）だ、もちろん」トニー・ウィザーズが言った。

「それともエヒウ（Jehu）（古代イスラエル王。イゼベルを殺した）かしらね」ミス・ホルロイドが言った。

「ラヴィが怪我してなければいいけれど」レスター夫人が言った。「どしんって、すごい音を立てて落とされたから」

「まあとにかく一文字目はJよね」パトリシア・マーティンが言った。「あの荒々しい乗りこなし方がよかったわ」

「ボブはすばらしいの一言だったね」レスター夫人のすぐ後ろに座っているバイス・テイラーが応じ、さらにシリル・マーカムに声をかけた。「ジェインのことは残念でならないよ。演じるのとおしゃれするのが大好きな人だったよね。あんなに快活な人はいなかった」

シリルもうなずいた。そうだ、ジェインはいつでも女優だった。あの快活ぶりは夫婦の田舎家のさびしさやおれの気むずかしさを妙に際立たせた。ジェインは家のなかを歩くときにいつも歌を口ずさんでいた。あれが神経に障ってどうしようもなく、おれはあいつを怒鳴り飛ばしたものだ。いったいなぜあんなに歌いたがるのかといぶかった。もちろん、あの手紙の束を見つけて、ようやくわけがわかった。

こんな場に顔を出さなければよかったとシリルは思った。一人で浮いている気がする。トム・ディアリングもそのことを察して、シリルを見ながら冷たい笑みを浮かべた。扉を背にした離れた一角で、トムが悪意丸出しで嘲笑しているのがシリルにも見えた。トムはいろいろなことを憶えてもいるに違いない。腹黒い野郎だ。シリルはトムのもくろみをじゃましたことがある。あれは一つ心の慰めになった。

窓は開いているのに室内はむっとしていた。こんなに暖炉の火を燃やして、どうしようというのだ。シリルの脳に血液がどくどく流れ込んできた。まるで頭のてっぺんが吹っ飛ぶような感じだ。部屋の広さのわりに人が多すぎる。立てる音もうるさすぎるし。何か空恐ろしいほど手の込んだ出し物が準備中であるに違いない。踊り場で長々と出番を待っていて、じれったそうに足踏みしているところから、そうとわかる。これは退屈な遊戯だ。

明かりがまたぱちりと消された。「二文字目」という声が発せられるなか、幕が開いた。

キャミソールとショーツをつなげた淡いピンクの際どい下着だけを身につけ、長い髪をだらりと背中に垂らしたベティ・サンダーが、ぴっちりした上下続き（コンビネーション）の男性用下着姿でうろたえ顔のジョージ・

P・ブルースターを抱きかかえて現れると、場内は歓声と爆笑の渦と化した。

「寝室の一場面！」レスター夫人がまた早とちりの声を上げた。胸を打つような愛の交歓場面を演じたあと、二人は離れた。ジョージはピアノの向こう端まで退き、石炭をすくうスコップでせっせと土を掘るまねをした。ベティはソファに陣取り、指で髪をとかした。ほどなくして、ピーター・バーナビーの赤ら顔が扉の向こうから現れ、しきりに舌を動かしながら、床をはうように近づいてきた。その背後では、どこまであるのかと思うほど長い緑のテーブルクロスがひきずられている。ラクダのコブのように盛り上がりながらのろのろ進むところを見ると、別の〝人間発動機〟がなかにいるのが明らかだった——おそらくバーナビー兄弟の片割れだろう。テーブルクロスはソファまで行き着き、ベティの脚にまつわりついた——それから、脚にからみついたまま、一カ所がいささか不器用に持ち上がったかと思うと、補助テーブルのハラン（ユリの一種）めがけて頭が突き出た。ベティは恐怖と拒絶のしぐさを見せたが、すぐに我を折ると、ハランの葉のあいだから大きなリンゴを手に取り、楽しげな顔で食べ始めた。一方バーナビー兄弟はソファの後ろに退いた。と、そのとき、スコップを肩にかついだジョージが、ひたいに浮かぶ本物の汗を拭いながら作業から戻ってきた。ベティのようすを見るなり、ジョージはスコップを下ろして両腕を天に向かって差し上げた。そうして懇願したのち、リンゴを自分の分のごちそうとして受け入れて、まず自分の下着でていねいに拭った。そのあと自分の下着姿の不作法ぶりにはっと気づいたふうを示し、続いてベティの下着姿に対して蔑んでとがめるように指をさした。ベティは取り乱して涙にくれ、ハランに手を伸ばすなり大きな葉を二枚破り取った（「まあ、植物に罪はないのに！」とレスター夫人が叫んだ）。次いでその葉を一枚ずつジョージと自分の腰に当て、細ひもで落ちないようにした。すると屏風の陰からボブが唖然とするような格好で現れた。真っ赤なガウンと派手な青のテーブルクロスをまとい、後頭部にシチュー鍋のふたをつけている。脱脂綿で作った大きなひげを生やしているせいで威厳がある。はしたない姿の二人はひれ伏し、歓声が起こるなか幕が閉じた。

「あれ、アダムとイブよね」ミス・ホルロイドが言った。

「今のはイブだと思う」誰かが言った。「完成した文字はエヒウかもしれない」

「でも、エヒウはもう出たよ」

「いや、まだだ。あれはイゼベルだった」

「だけど、エヒウとイゼベルをまた出すことはできないでしょ」

「ＪＥ、ＪＡ、ＪＥ、ＪＡ……」

　明かりが再びついた。変だ、みなの顔色がやけに白い。仮面みたいだ。シリルは思わず指で服のえりを引っ張ってゆるめた。イゼベル、アダム――ふしだらな女、欺かれた男。Ｊ、Ａ、ジェイン（Jane）か。汝の母イゼベルの不貞と魔術かくも盛んなれば（「列王記」Ⅱ第九章第二二節）。あの手紙の束が見つかったことをディアリングが知っても、あんなふうに笑っていられるものか。いや、やつは知っている。だからあんな腹黒そうな笑みを浮かべたのだ。やつはかぎつけている。だからボブをたきつけてあんなまねをやらせたのだ。すねに傷持つ駄馬（jade）こそ、ひるめばよい（『ハムレット』第三幕第二場。ハムレットの台詞。Jadeには性悪女の意あり）。ジェイド（jade）か。Ｊ、Ａ、ＪＡＤＥか。Ｊ、Ａ、ＪＡＮＥか。ジェイド（Jade）、ジェイン（Jane）、イゼベル（Jezebel）か。犬どもイズレエルの継し地でイゼベルを食らう（「列王記」Ⅱ第九章第一〇節）。犬ども（ドッグズ）。やつの足跡をつけまわす（ドギング）。頭にシチュー鍋をつけた天国の猟犬（「天国の猟犬」はイギリス詩人フランシス・トンプソンの詩〔一八九三〕）。エホバ（Jehovah）か。ＪＡＨ。Ｊ、Ａ、ジェイン（Jane）か……。

明かりが消えた。

一同は何脚かの椅子に幕をかぶせて、ちょっとしたテントを作った。戸口にボブが座っている。ガウン姿で白いひげもつけたままだが、シチュー鍋は見当たらない。ポール・バーナビーは、頭にハンカチをかぶせ、腰のまわりに飾り帯入りの短い軍服のようなチュニックを身につけている。手にしている皿には、つましい食事として与えられた干しイチジクが二つ載っている。テントの前には、水がいっぱい入ったブリキの浴槽が置いてあり、まわりをハランが囲んでいる。

様々な楽器が思い思いの音を奏でて、ジョージが近づいてくるのを伝えた。目を見張るほど豪華な東洋風衣装をまとい、金めっきしたくずかごで作った被り物を頭に載せている。東洋人の扮装をした従者たちを引き連れてジョージはボブに歩み寄り、憂いを漂わせるしぐさで、自分の顔や腕に斑点よろしく振りかかった白い小麦粉を示した。ボブはジョージのようすをじっくり調べ、心を込めたように肩をぽんと叩くと、ブリキの浴槽を指さし、洗ってやるという手ぶりをした。ジョージはむっとし、なんだそんなものと言いたげな顔をあからさまにすると、汚物でも扱うように浴槽をけとばし、ハランにぺっとつばを吐きかけた。次いでボブに向かってこぶしを振り上げると、ぷんぷんしながらピアノのほうへ大股で歩いていった。

「おい！」トニー・ウィザーズが声を上げた。「あんたの戦車はどうしたんだよ、おっさん」

「うるさい！」あわてたようにジョージが言い返した。「あんな馬のおもちゃはもう扱えないんだ」

今度はラヴィニアが、質素なヤシュマク（イスラム教国の女性が人前でかぶるもの）らしきものをかぶって舞台に現れた。ジョージの足元にひざまづくと、穏やかに説いて聞かせるしぐさをした。〝東洋人〟の従者たちもそれぞれラヴィニアに続いてジョージに乞い願うしぐさをし、やがてジョージの機嫌もおさまった。ブリキの浴槽に戻り、石鹼とヘチマを一つずつしかつめらしく手渡されて、ジョージは顔についた小麦粉をこすり落とした。ひげそり用の鏡で落ち具合を確かめると、いかにも嬉しそうなようすでボブに顔を見せ、きれいなソファのカバーと居間用の装飾品一式をボブに与えようとした。が、これを拒まれるとジョージは喜び勇んで立ち去った。そのあとをひっそりポール・バーナビーがついていった。ボブはこのなりゆきにほっとしたようすで、自分のテントでイブニングニュース紙をゆったり読みだした。だがそのとき、ソファのカバーを腕いっぱい抱えて扉からこっそり戻ってきたポールの姿に気づいた。義憤にかられたジョージは立ち上がり、新聞紙の陰から小麦粉の袋を取り出すと、ポールの顔めがけて中身をふりかけ、ここで幕が閉じられた。

シリル・マーカムは拍手喝采をなんとなく聞いていたが、目は紫色のカーテンにしっかり向いていた。なじみのある代物だ。どっしり重くて、閉じると分厚い束になる。ジェインにとっては大のお気に入りの一品だった。あれはどうも黒くてどんよりした感じだなと自分はよく言ったのだが、ジェインはそうした評には耳を貸そうとしなかった。昨今、人は例の薄い窓掛け地（ケースメントクロス）のたぐいをかけただけで、あけっぴろげの暮らしをしている。しかし、あの昔ながらのダマスク織りは、人目を忍ぶために作られている。ああいうカーテンは秘密をいつまでも隠すものだ。

バイス・テイラーが耳元でささやくように言った。

「あれはナアマン（古代アラムの軍司令官。ハンセン病患者。「列王記」Ⅱ第五章第一節）でもないし、エリシャ（古代ヘブライの預言者。「列王記」Ⅱ第二章参照。）でもないよ。アビガイル（ダビデの妻）じゃないかな。主人にかしずく侍女だよ。すぐにはわからないね。文字はJ、E、Aとかなんとか、かね。ジーンなにがしか、あるいはフランス人ジャンかな」

イゼベル（Jezebel）のJ、アダムのA、ハンセン病患者ナアマンのNか。J、A、N、用務員

(Janitor)、か、あるいは一月（January）か。今は一一月だ。ジェインは六月に死んだ。

「そんなばかな――アビガイルはまるで違うたぐいの人物だ。あれはゲハジ（Gehazi）（エリシャの従者）に決まっている」

「ゲハジ？　おいおい――JEGやJAGで始まる四文字言葉にそんな名前はないぞ」

「いや、ある。ジェイゴ（JAGO）だ」

「ジェイゴって誰だ」

「知らん。誰かの書いた本に『ジョン・ジェイゴの亡霊』ってのがある。わたしは知っているんだ」

「それは一冊の本じゃない。ウィルキー・コリンズの短篇だ」

「ん？　そうだっけ。題名だけ憶えていたんだが（正しくは一八七四年作の中篇小説の書名。『生ける死者』という題名もあり）」

「しかし、ジェイゴって誰だったかな」

「さあね、亡霊を連れていたことぐらいしか。ところで、答えがゲハジじゃないとすると、ゲハジを組み入れた狙いはなんなんだ」

「いやあ、単に答えを難しくするためさ」

　ゲハジ――ナアマン――雪みたいに白いハンセン病患者（leper）であるあいつの前から立ち去った。自分自身、ハンセン病を毛嫌いする人の群れに混じった一患者みたいな気分だ。ハンセン病患者。ヒヨウだかイヌだか、そんなたぐいのものが自分のかたわらにいて、一つ一つの斑点に、へつらうような、こびるような、そんな色が浮かんでいる（ロバート・ブラウニング『男と女』（一八五五）所収の「決闘前」第六連参照）。どうにも奇妙だから、誰もまともに見ようとしない。みな、あたりを見回して、こいつの頭越しに互いの顔を見合わせる。なぜならこいつがハンセン病患者だからだ――だが、本人から言われない限り、誰もそれを知ることはない。以前こいつはカーテンの模様に気づいていなかった。だが今は強い明かりが模様を浮かび上がらせる――ダマスク織り、ダマスク象眼模様、くそ（ダム）多い数だ。暑いなここは。それに、ボブ・レスターのバカ面ときたらどうだ、ガキみたいなお遊びをしやがって。しかし、ほんとに恐ろしいな、答えがJ、A、Nで始まるJANEだってことを、よくもこいつらは知らないふりができるものだ。はじめから知っているはずだぞ、やつがいつまでだますつもりなのか、誰もがいぶかっている。いぶかるなら勝手にいぶかれ。とはいえ、完成された言葉の件ではどうしたらいいのか、やつも考えないといけない。J、A、Nときて、もちろん最後の文字がEでないなら――だがEになるだろう。まあ、ある意味ではほっとするな、みなにはわかっているとやつもわかるんだから。

　第四の場面は一転して中世で、簡潔なものだった。広いローブを着て長い髪を束ねずにいるベティが、ピアノのそばにみなが集うアーサー王の宮廷のところまで、居間のマットレスをオールでこいで寄せ木張りの床を横切っている。波形をつけた厚紙で、素朴ながら効果的に武装したボブが、スポンジから大粒の涙をしたたらせている。

「これはわかりやすいわ」レスター夫人が言った。「シャロット姫（アルフレッド・テニスンによる同名の詩〔一八三二〕の主人公）よ。あら、文字は何かしら」

「いや、レスター夫人、シャロットではありません。ランスロット（アーサー王伝説における円卓の騎士の一人）とかなんとかって人物ですよ」

「あら、ランスロットかしら」

「あるいはもちろん、なんとかって人物」

「とくに、なんとかって人物」ディアリングが言った。

「トム、察しがついたの？」

「ええ、もちろん。あなたは、まだ？」

「まあ、あれかしらって気もするけど。でもはっきりしないわ」

「最後まで言っちゃいけませんよ」

「そうね、わかった」

ああ、なるほどとシリルは思った。ディアリングなら察しがついただろう。ランスロットとエレイン（エレインは複数いるが、ランスロットを愛した女やランスロットとのあいだに子を産んだ女が有名）だ。愛すべきエレイン。ジェイン、エレイン。Ｊ、Ａ、Ｎ、Ｅ、ジェイン。だが、まったく違う。エレインは純粋で誠実であり、ランスロットに恋焦がれて死んだ。死んだんだ。そこが肝心だ。エレイン死す。ジェイン死す。ジェインとエレイン、エレインあってのジェイン。


シリルはダマスク織りのカーテンを見つめた。両側から閉まり切っていない箇所が一つあり、そこから舞台の明かりがもれている。「準備はいいか」と誰かが言い、見物人側の明かりを消した。シリルはもはや見物人のほうに目を向けられなかったが、まわりの息遣いや衣擦れの音は聞こえた。みなオオカミよろしくぴっちり固まり、シリルを追い込んでいるかのようだ。明かりがもれる一カ所はまだカーテンのあいだで光っているが、次第にそこが大きくなり、光も強くなった。しかしながら、光はずっと遠いところから射しているかのようだ。

すると今度はゆっくりと、音もなく、カーテンが左右に開いた。いよいよ最後の文字の出番か。

役者たちは実にうまく演じた。電球の光がなぜか抑えられていたが、シリルにもすべて意味がわかった。舞台上には、ベッドや化粧台、高い扉つきのガラスの衣装戸棚が置かれていて、右側には低い開き窓がある。室内は暑い。ハシドイ――解説書などにはバイカウツギと記されているが、ジェインはハシドイと呼んでいた――のにおいが、庭から一陣の風さながらに押し寄せてきている。ベッドに若い女が寝ている。顔は壁のほうを向いていて見えない。死の際にある者はいつも壁のほうを向く。六月に命を落とすのはいやなものだ、ハシドイのにおいが窓から入り込んでくるし、ナイチンゲールのさえずりがかまびすしい。舞台裏で、ハト笛を使っているのか、レコードをかけているのか。

暗がりで誰かの影が動いている。男の人影だ。扉をそうっと開けている。ベッドわきのテーブルにはレモネード入りのグラスが置いてある。男が瓶を持ち上げたときに、グラスに当たってかちんと音がした。だが女は動かない。男はまっすぐ歩き、明かりの真下で立ち止まった。頭を下げてグラスに近づけながら、なかに白い粉を振り込み、スプーンでかきまぜた。男はアガグ（古代イスラエルの宿敵アマレクの王）さながらの用心深い足取りでベッドわきに戻った。Ａ、Ｇ、Ａ、Ｇ、アダムとゲハジ。イゼベル、アダム、ナアマン、エレイン、Ｊ、Ａ、Ｎ、Ｅか。男が女の肩に触れると、女は少しもじもじした。男は相手の両肩を片手で抱き、グラスを唇につけて中身を飲ませた。空のグラスを下に置くと、またかちんと音がした。男は女にキスすると、その場を立ち去り、扉を閉めた。

シリルは初めてこんな沈黙の時空間を経験した。まわりのオオカミの群れの息遣いさえ耳に入らなかった。ベッドに横たわる女と二人きりだ。女が動きだした。シーツが肩から胸元まで、さらには腰まで滑り落ちた。女はからだを起こして膝立ちになり、ベッド脚部の止め板越しにシリルに顔を向けた――金髪、汗の跡が残るひたい、恐れと痛みを漂わせる黒い瞳、わずかに開いた口、下がったあごから垣間見えるきらりと光る白い歯並び。

ジェインだ！

シリルは悲鳴を上げたのだろうか、それともまわりのオオカミが？　部屋は光と音で渦巻いた。だがシリルの声がそれをすべて抑えつけた。

「ジェイン、イゼベル！　おれが殺したんだ、おれが毒を盛った。ジェイン、じゃじゃ馬（jade）、イゼベル。医者はわからなかった。でもあの女はわかっていた。医者もわかった。今はもうお前らもわかっている。出ていけ！　ちきしょう！　くそったれ！　行かせてくれ！」

そこいらの椅子がばたばた倒れ、みな叫び声を上げ、シリルにつかみかかった。シリルはぽかんと口を開けている誰かのまぬけ面にこぶしを叩き込んだ。バルコニーに出た。死に物狂いで手すりをつかもうとした。サリー側の明かりが高い屏風のように見えた。シリルは手すりを越えた。暗い水がばしゃんと波立ち、シリルを飲み込んだ。即席の瀑布、雷鳴のような大声。

すべて一瞬の出来事だったので、演者たちは何がなんだかわからなかった。トム・ディアリングは外套を脱ぎ、シリルのあとを追って川に飛び込んだ。レスター夫人は水上警察に通報しようと電話に飛びついた。「文字の完成」と、ジョージの声が響いた。幕がさっと開き、ヤエル（JAEL）の天幕が示された（カイン人の女ヤエルは、カナンの将軍シセラを天幕でかくまうふりをして殺した。「志師記」第四章第一七〜第二二節、第五章第二六節）。

バッド氏の霊感

五〇〇ポンドの懸賞金

つねに正義の目的を追求する〈イブニング・メッセンジャー〉は、ボルトンことウィリアム・ストリックランドの逮捕につながる情報の提供者に、右記の懸賞金を出すことを決めた。ストリックランドは、マンチェスターのアカシアクレセント五九番に住むエマ・ストリックランドさんの殺害に関与した容疑で、警察に指名手配されている。

指名手配されている男の人物像

公表されたウィリアム・ストリックランドの人物像は次のとおり。年齢四三、身長六フィート一、二インチ（約一八五～一八センチ）。顔は浅黒い。髪は銀白色で量が多い。染めた色である可能性あり。口ひげとあごひげは白い。今は剃っている可能性あり。目は明るい灰色、いくぶん顔の中央に寄っている。ワシ鼻。歯はじょうぶで白い。笑うとむきだしになる。左上の犬歯には金をかぶせている。左親指のつめは近ごろ物にぶつけたせいで割れている。

話す声は大きめ。身振りはきびきびして迷いがない。人当たりがよい。

立ち襟（サイズは一五）のグレーないしダークブルーのスーツを着て、柔らかいフェルト帽をかぶっていることが多い。

今月五日に失踪し、すでに出国したか、出国を狙っていると思われる。

バッド氏は記事をじっくり読み直し、ためいきをついた。ロンドンには理髪店が何軒あるかわからないが、ウィリアム・ストリックランドが、散髪やひげそりや、まして「銀白色に染める」ために、はやってもいないちっぽけな自分の店に来るわけがない。今ロンドンにいるとはとても思えないが、たとえいるとしても。

殺人事件から三週間経っている。惜しみなくもてなしてくれる国から、ストリックランドが出たなんて確率は百分の一というところだ。にもかかわらず、バッド氏は記されている人物像をもれなく記憶に留めておくことにした。これは一つの好機だ——クロスワードパズル・トーナメント大会が好機の場であり、レインボー社主催の抽選会やブンコ社主催のポスター作成コンテスト、イブニング・クラリオン紙主催の宝探し大会（以上四大会とも架空の催し）が好機の場だったように。せちがらいご時世だから、お金が絡んだ見出しならなんであれ、バッド氏の目を引き、心を捉える次第だ。その中身が五万ポンド一括してもらうか、死ぬときまで週ごとに一〇ポンドもらうか、どちらかを選ぶものであるにしろ、または控えめに一〇〇ポンドほどをもらうだけのものであるにしろ。

女性の断髪刈り上げがはやっている当世、バッド氏が当選者完全一覧をうらやましげに見るのは妙な感じがするかもしれない。通りの向かいの美容師は、つい去年まで、わずか九ペンスの生活費に加えて、タバコやタブロイド判新聞を売ってさらに低い日銭を稼いで暮らしをやりくりしていたのに、近ごろではとなりの八百屋を買い取って、なんともおしゃれな髪形をした助手たちを雇い、紫色とオレンジ色のカーテンや、二つ並んだぴかぴか光る大理石の洗面台や、パーマで使うヴィクトリア朝のシャンデリアのような器具一式をそろえ、新設の「女性理髪部門」を飾っているではないか。

さらにあいつは、真っ赤な飾り縁に彩られ、ほうき星にも似た自分のしっぽを追いかけるネコさながら、とめどなくくるくる回る大型電子看板を設置しているではないか。理髪の仕方や料金の内訳を派手に宣伝する板を持って、今でも舗道を歩き回っているのは、あいつの雇ったサンドウィッチマンではないか。さらには今このときも、店が閉まる前にシャンプーとパーマを〝突貫工事で〟仕上げてもらおうと、強い香水のにおいが漂う店内にそそくさと入ってゆく若い女の列が途切れないではないか。

受付係から申し訳なさそうに首を振られたにせよ、女たちは通りを渡ってバッド氏経営の薄暗い店へ向かおうとはしない。お目当ての店には何日も前に予約を取ってあり、辛抱強く順番を待つのみなのだ、首の後ろにごわごわ伸びてきた毛や耳の後ろでほつれた毛を腹立たしげに指でいじくりまわしながら。なにしろ気がつけば手に負えなくなるほど伸びが速いものだから。

競い合う向かいの店を女たちが相次いで出入りしているさまを、来る日も来る日もバッド氏は目にしていた。何人かはこっちへ来てくれないかなあと、なんとなく、身勝手に、望みもしたし祈りさえした。だが誰も来なかった。

とはいえ、自分のほうが腕の確かな職人だとバッド氏は心得ていた。自分ならとても手がけたくないような、まして料金を三シリング六ペンスも取るなんてありえないような、当世流行の刈り上げ頭が向かいの店を出入りするさまをバッド氏は目にしていた。うなじを醜いほどかっちり刈りそろえた髪型。かたちのよい頭に対する名誉棄損であり、醜いかたちの頭の弱点に対する容赦ない宣伝である刈り上げ髪。手抜きで真心のこもっていない刈り上げ髪。たった三年ばかり見習いをしただけで、“毛先そぎ（テーパリング）”に対する究極のこつなどちんぷんかんぷんの若い娘に、客が立て込んできた午後に仕事を任せてしまったあげくのへまな仕上がり。

それから、“髪染め（ティンティング）”――自分自身愛を込めて（コンアモーレ）研究してきた得意の芸――の作業も問題だ。あのやたらはしゃいだ奥方連中、こっちの店に来てくれればいいのに。赤褐色（マホガニー）には染めないほうがいいですよと、自分なら穏やかに言い聞かせてやれるのに。あんなぞっとする色に染めたら金属ロボットみたいに見えるのだから。例の派手に宣伝している調合剤は使うべからずと言ってやれるのに。効果がまるで疑わしいのだから。奥方たちには、長い経験で培った熟練の技――まったく目立ちはしないが、これ以上ないほど微妙な具合に髪を染める技――を駆使してあげられるのに。

ところが、バッド氏の店に来る客といえば、人夫たちや、ぶらぶら遊んでいるあんちゃん連中や、ウィルトン街の露天商の面々ぐらいのものだ。

また、なぜバッド氏は、輝く大理石と煌々たる電灯を備えた店をさっさと建てて、上げ潮に乗って宝の島まで泳ぎつけなかったのだろうか。

理由は実に痛ましいものだ。幸い本筋とは関わりないので、読者への便宜として簡潔に説明しよう。バッド氏にはリチャードという弟がいた。母親には自分があいつの面倒を見るよと約束してあった。今よりましなころ、バッド氏は故郷ノーサンプトン（イングランド中部の都市）で理髪店を営業し、繁盛していた。リチャードは銀行員だったが、金に困るようになった（この一件で哀れにもバッド氏は自責の念に駆られた）。ある女性とのあいだに情けない色恋沙汰があった。また、賭け屋（ブックメイカー）との絡みで何度も怖い目に遭い、窮境を脱しようと銀行の金を横領して、ますます泥沼にはまった。銀行の取り引き勘定をうまく操作するのは、リチャードごときの腕前ではとても無理な話だった。

支配人は旧弊で厳格な人物だった。リチャードは告訴された。バッド氏は銀行と賭け屋に弁償し、投獄されたリチャードに代わってくだんの女の面倒を見た。さらには弟が出所してくると、オーストラリアまでの旅費を女の分まで払い、かの地で二人が新生活を始められるだけの金を渡してやった。

しかし、おかげで理髪店の利益はすべて消えた。幼いころから近しかった故郷の人々にバッド氏は顔向けができなくなり、大都会ロンドンへそそくさと向かった。ロンドンは地元の目から逃れたい者なら、誰でも逃げ込みたいところだからだ。バッド氏はピムリコ（ウェストミンスター大聖堂の南方、テムズ川沿いの街）で今の店舗を買った。商売はかなりうまくいった。が、新たな流行が生まれて、ほかの店主たちには好都合だったが、資金不足のために対応できないバッド氏の店は傾いた。

金が手に入るかもしれないという新聞の見出しに、バッド氏の目が哀れなほど釘づけになったのは、そういうわけだ。

新聞を下に置こうとしたとき、鏡に映る自分の顔が目に入ってバッド氏はにやりとした。ユーモアを解する心がなくもなかったからだ。氏は見かけからすれば、野蛮な殺人犯を一人で捕まえるような人間ではない。四〇代半ばだから、もういい年だ――いささか腹も出ているし、髪は色も含めて薄くなってきて、てっぺんは頭皮が見えている（親譲りでもあるが、気苦労のせいでもある）。身長はせいぜい五フィート六インチ（約一六八センチ）で、理髪師としては当然ながら手触りが柔らかい。

かみそりを手にしていてさえ、バッド氏はウィリアム・ストリックランドの敵ではあるまい。相手は六フィートをわずかながら超える。老いた伯母を無残にも撲殺し、肉屋よろしくその手足をばらばらに切断し、遺体の一部を平然と銅釜で処理した男だ。心もとなげに首を振りながらバッド氏は出入り口に歩み寄ると、通りの向かいの繁盛店にさびしげな目を向けたが、そのときせかせかと店に入ってこようとした図体の大きな男と思わずぶつかりそうになった。

「どうもすみません」九ペンスを受け取りそこなうのではと、びくびくしながらバッド氏が小声で言った。「ちょっと外の空気を吸おうとしただけでして。あの、ご用はおひげ剃りでしょうか」

店主がおもねるように後ろから手伝うのも待たずに、大柄の男は外套をさっと脱いだ。

「あんた、カミヲテニカケル準備はしてあるか」男がいきなりたずねた。

神を手にかけるか、だと。おまえは神を絞め殺せるかなんぞと、思わぬ問いが飛んできたので、バッド氏は職業柄では取らねばならぬ立場を危うく忘れそうになった。

「ん、なんですって」バッド氏は口ごもりながら言った。しかしすぐに、この男、伝道師か何かに違いないなと思った。男は見かけからしてそんなふうだ。明るい目、妙なまなざし、燃え立つようなふさふさの赤毛、短く突き出たあごひげ。寄付でも募っているのかもしれない。だとすればそれは厳しい。すでにバッド氏はこの客から九ペンス、あるいはチップも込みで一シリングほどいただくのを当てにしているのだから。

「髪の毛を染めるのはやってるのかと訊いてるんだ」男がせかせかと問うた。

「あ。はい、やっております」バッド氏がほっとしたように答えた。

思わぬ幸運だ、これは。髪染めとなるとけっこうなもうけになる――バッド氏の腹づもりでは七シリング六ペンスにまで跳ね上がった。

「よし」男はそう言いながら椅子に座ると、店主からおとなしく首にエプロンふうの布をかけてもらった（これでバッド氏としてはこの客を安心して抱えられるわけだ――まさか、二ヤード（二メートル弱）ほどの白い綿布を肩からひらつかせて、通りの向こうまで走り去るようなまねはすまい)。

「実はだな、おれのかわいい彼女が赤毛をお好みじゃないんだ。目立ちすぎだとさ。あいつの会社の若い女たちも赤毛をネタに軽口を叩くんだよ。だからな、向こうはおれよりちょいと若いもんだから、こっちも願いはかなえてやりたくてね。いくらかおとなしい色に変えることはできるんだろうと思って。こげ茶とかさ――あいつのお気に入りの色なんだ。どうかね」

バッド氏はふと思った。いきなり上っ面をそんなふうに変えると、若い女たちからは元の色よりもっと変になったと思われてしまうのでは。とはいえそこは商売人として、こげ茶はとてもお似合いですよ、赤よりずっと悪目立ちもしませんと答えた。それに、おそらくそんな若い女は、いるまい。女だったら、違う髪の色にしたいのは気分転換のためか、またはただやってみたいからか、あるいはまたそのほうが自分には似合うと思っているからだと、はっきり言うだろう。ともあれ、何か愚かなまねをしでかすときは、できればほかの誰かにその責任を押しつけるのが好ましいものだ。

「まあいいだろう。じゃ、やってくれ。ひげは剃らないとだめだろうな。あいつ、ひげがお気に召さなくてね」

「そういう若い女性は山ほどいます。ひげは昔ほど流行らなくなりました。幸い、お客さまはきれいにおひげを剃っても別に問題ございません。剃るのは、おあごだけですから」

「そうかね」客は鏡に映る自分の顔を気遣わしげに見た。「そう言われるとほっとするな」

「お口のひげはいかがなさいますか」

「ん、いや――いい。これにはこだわりたいよ、許してもらえる限りは」客は大口を開けて笑った。

バッド氏はきれいな歯並びと金の詰め物一つを心地よさそうに見やった。この客は自分の見てくれのために金を使う気満々だ。

バッド氏の頭のなかには、この裕福な紳士ふうの客が友人たちに対して、〝おれのなじみの店〟へ足を運ぶよう促してくれているようすが浮かんだ。いいところなんだ、ほんとにね、ヴィクトリア駅の裏手のほうにあるんだが、一人で行っても見つからんだろうな、ほんの小さな店だからね、でも店主は自分の仕事を心得てるやつなんだよ、ほれ、住所を書いてやろう。これはもう、しくじるわけにはいかない。髪染めは実のところやっかいな作業だ。近ごろ新聞に失敗例が載っていた。

「染髪剤をお使いになったことがおありですね」さすがですとばかりにバッド氏が言った。「できましたら――」

「ん？　ああ、そうなんだ――いや、だからさ、おれの婚約者(フィアンセ)はけっこう若くてね。あとで確かめてもらえばわかるだろうが、おれは年の割には白髪が生えるのが早くて――親父も、いや一族がまさにそうでね――ちょっと色を染めてもらったんだ。色にむらが出たから直してもらったわけだよ。でもあいつがその色を好かなくて。そこでおれは考えたんだ、どうせ髪を染めるなら、あいつの好みの色にするのが手っ取り早いじゃないかとね」

理髪師ってのはおしゃべりだねと、浅はかな向きのあいだでは利いたふうなことが気軽に言い交される。饒舌なのは職業上の知恵だ。理髪師は客の様々な秘密や山ほどのうそを聞かされる。そこで、よくよく考えた末、もっぱら天気や政局についてぺらぺらまくしたてるわけだ。黙って手を動かしているうち、口元がむずむずしてきて、仕事柄ぜったい触れてはならぬことをずけずけ口走ったりしないように。

女心となんとやらをネタにして長口舌をふるいながらも、バッド氏は豊富な経験を誇る目と手を駆使して客の髪に対処した。無理だ――本質の問題からして無理だよ、こういうきめや質の髪は赤にはできない。生まれつきは黒で、黒の場合はときおりあることだが、若白髪に変わっている。とはいえ、それは自分には関わりない。バッド氏は知らなくてはならない事柄――以前に使った染髪剤の名――を聞き出し、うかつなまねはできないと思った。ほかの染髪剤とは相入れない場合もあるからだ。

愛想よくおしゃべりしながら、バッド氏は泡立てたせっけんを客の顔に塗り、目障りなひげを剃り落とすと、染髪の前段階である洗髪を勢いよくおこなった。うなるような音を立てるドライヤーを使いながら、ウィンブルドン全英テニス大会や絹課税、夏時間法案を俎上に載せた――と、思ったところで、いきなり止められる恐れもあった――あと、自然のなりゆきとしてマンチェスターの殺人事件へと話題を変えた。

「警察は迷宮入りとしてあきらめたふしもあるな」男が言った。

「報奨金のおかげで少しは見通しも明るくなるでは」ひそかなる一大関心事としてバッド氏が応じた。

「おお、報奨金が出るのか。知らなかった」

「今日の夕刊紙に載っています。ごらんになりますか」

「それは助かる。見ておかないと」

燃え立つような色のもじゃもじゃ頭に風を吹きかける作業を、バッド氏はほんの一瞬ながら、囂々たる音を響かせるドライヤー自体に任せておいて、〈イブニング・メッセンジャー〉を手に取った。客は記事をじっくり読んだ。仕事の出来栄えを測る鋭いまなざしのまま、バッド氏が鏡に映る相手のようすを見つめていると、客はくつろいだようすで椅子の肘掛けに乗せていた左手を引っ込め、前垂れの下にさっと差し入れた。

しかし、その前にバッド氏は見てしまった。相手が手を隠すよりも、こわばってかたちの悪い親指のつめをバッド氏が目に留めるほうが先だった。こういう醜い傷跡がある人なんて珍しくないと、バッド氏は急いで自分に言い聞かせた――自分の友人バート・ウェバーもそうだ。バイクのチェーンに巻き込んで親指の先をそいでしまった。あいつのつめはちょうどこんなふうだ。

男はちらりと視線を上げげた。鏡に映る目は刺すように鋭くバッド氏を見つめている。同じく鏡に映るバッド氏に対して、実物の目はじっくりおまえを取り調べているぞと、恐ろしいことを告げている。

「とにかくまあ、犯人はとっくに国を出て、逃げおおせているでしょう。手遅れですよ」

男は声を上げて笑った。

「だろうね」左手の親指がつぶれている男のなかには、左上の犬歯に金をかぶせる者が多いのかなとバッド氏はいぶかった。たぶんそういうのは何百人もいて、それぞれ国中を歩き回っているのだろう。同じく白髪まじり(「銀白色に染めている」)の四三歳ぐらいの男たちも。きっとそうだ。

バッド氏はドライヤーを折りたたみ、ガスを消した。続いて流れ作業のようにくしを手に取り、自然のなりゆきからして燃え立つように赤いはずはない髪のなかを滑らせた。

と、そのとき、我ながらうろたえるほどはっきりと、マンチェスターの事件の被害者が負った傷の数と程度がバッド氏の頭によみがえった。被害者は年かさの女性で、わりにずんぐりした体格だった。出入口の向こうに視線を走らせると、競合相手はすでに店を閉めている。通りには人がいっぱいだ。これならたやすく――。

「なるべく早く終わらせてくれ」いささか急くように、だが明るい口ぶりで客が言った。「暗くなってきたからね。超過勤務になったら悪いから」

「いえ、とんでもない。たいしたことはございません。まったく」

いいや、もしおれが外へ飛び出そうとしたら、この恐ろしい客は飛びかかってきて、おれをなかへ引き戻して、叫ぼうとするおれののどを締めつけるだろう。そうして、自分の伯母の頭にお見舞いしたような強烈な一発を叩き込んでくるだろう。

とはいえ、まだバッド氏は有利な立場にある。覚悟を決めた人間ならこの場を離れるだろう。客が椅子から立ち上がる前に通りへ飛び出るだろう。バッド氏は出入口へとじりじり近づきだした。

「どうしたんだ」客が言った。

「ちょっと時刻を確かめようかなと」バッド氏がおとなしく立ち止まって答えた（そんなことをしなくてもよかったのだ、もし本音を悟られてもかまわないからさっと足を踏み出す勇気があったなら）。

「今は八時二五分だ、ラジオによれば。超過料金は払うよ」

「めっそうもない」バッド氏としてはもう手遅れだ、何もしようがない。頭のなかには、自分が戸口でつまずき、転び、最初の一発を食らってへなへなになる姿が鮮やかに浮かんだ。あるいはまた、見慣れた白い前垂れの下で、歪んだかたちの手が銃を握っているかもしれない。

バッド氏は店の奥へ行き、用具をひとまとめにした。もし、小説に出てくる探偵のように目ざとかったら、親指のつめや歯に気づき、その二つを組み合わせて、あいつのひげに石鹼が塗りたくられていて顔にはタオルがかかっているうちに、外へ走り出て道行く人たちに危ないぞと呼びかけることもできただろう。あるいは、あいつの目に石鹼の泡をこすりつけることもできたのだ。そうすれば誰も殺人など犯せまい。いや、それどころか、目を石鹼だらけにして通りを逃げ去ることさえできまい。

今でさえ――バッド氏は瓶を一本棚から下ろし、首を振り、また棚に戻した――今でさえ、ほんとに手遅れなのか。思い切った手に出るのもいいじゃないか。たたんであるかみそりを開き、まだこちらを疑っていない相手の後ろにそっと近づき、大きく力強くしっかりした声をかければよいのだ。「ウィリアム・ストリックランド、両手を上げろ。おまえの命運はこっちが握っている。椅子から立て。銃を取り上げる。ほら、一番近くにいる警察官のところまで歩け」今の自分の立場にいるのがシャーロック・ホームズだったら、きっとそうするだろう。

しかし、小さなトレーに用具を乗せて戻ったバッド氏の心に、自分は優秀な犯人捜査役というたぐいの人間じゃないという思いが芽生えた。これからやろうとすることが〝吉と出る〟見込みを持てなかったからだ。客ののどにかみそりを押し当てて「両手を上げろ」と言ったら、相手は難なくこっちの手首をつかんで、かみそりをひったくるだろう。しかも、いかにこの男を恐れているとはいえ、丸腰の相手にかみそりを手にして立ち向かうなんて、我ながらまさに狂気の沙汰ではないか。

あるいは、こちらが「両手を上げろ」と言ったとき、相手があっさり「上げない」と応じたら、どうしたらいいのだ。のどを掻っ切ったら、人殺しになるわけだ、自分がそんなまねをしでかす気になったとして。朝になると清掃係の若者が来るから、このまま二人ともここでじっとしているわけにはいかない。

店の明かりがついていること、しかも扉に鍵がかかっていないことに気づいた警官が、なかに入ってくるかもしれない。そうしたら、こう声をかけてくるだろう。「バッドさん、よかったね、凶悪な殺人犯を捕まえられて」しかし、警官が気づかなかったら――しかも、自分が立ちっぱなしでいて、くたくたになり、気が緩んでしまったら、そのときは――。

結局、バッド氏は犯人を自ら捕まえるのには向いていないのだ。「逮捕につながる情報」――と謳われていた。できることとしては、おたずね者がいますよと当局に告げることだ、髪をこげ茶色に染めて、口ひげを生やしているが、あごひげは剃ったと。こいつが店を出たら、あとをつけてもいいし——そうしてもいい。

と、そのとき、とてつもないひらめきが浮かんだ。

ガラスケースから瓶を取ってくる途中で、亡き母の大事にしていた時代遅れの木製ペーパーナイフの存在が、バッド氏の脳裏に余すところなくくっきり浮かんだ。手塗りの青い勿忘草(わすれなぐさ)の小枝模様のなかに、「知は力なり」と彫ってあった。

バッド氏は妙な解放感と自信を授けられた気になった。警戒心は保っていた。さりげなく無理のないようかみそりを動かし、当たり障りのないことを言い交しながら、髪を巧みにこげ茶色へと変えていった。

客が外へ出たときには、通りの人通りは少なくなっていた。巨体がグローブナー・プレイスを横切り、二四番のバスに乗り込むところまで、バッド氏はずっと視線を送った。

「しかし、あれはあいつの芝居だな」帽子をかぶり、明かりを消しながらバッド氏がつぶやいた。「たぶんヴィクトリアで別のバスに乗るだろう。で、チャリングクロス駅かウォータールー駅から逃げるつもりだな」

バッド氏は店の出入り口を閉めると、鍵がちゃんとかかっているかどうか確かめるために、いつものとおり扉を動かしてみた。そうして自分も二四番のバスに乗ってホワイトホールの端まで来た(当時ロンドン警視庁があった)。

バッド氏が「重要な立場の方」に会わせてほしいと言ったとき、応対した警察官はいささか慇懃無礼だったが、自分にはマンチェスターの殺人犯に関して情報があると、一介の床屋が食い下がるうえ、わりにひまなおりでもあったので、相手をなかへ通してやった。

バッド氏を事情聴取したのは、まずまず偉い感じの制服姿の警部で、訴えにきちんと耳を傾け、金歯や親指の件、なかんずく白髪か赤毛になった以前は黒だったが今はこげ茶に変えた髪の件について、繰り返し話すよう求めた。

聴き終わると、警部は呼び鈴を押し、「パーキンズ、ここにおられる男性にすぐ会っていただきたいと、サー・アンドリューに伝えてくれ」と告げた。バッド氏は別の部屋に通された。そこには、愛想こそよいがやり手といったふうの私服警察官がいて、バッド氏の話をさらにじっくり聴くと、別の警部をなかへ呼んで、きみも聴いておけと命じた。そうして、今現在のウィリアム・ストリッククランドとおぼしき人物の顔かたちを正確無比に書き留めた。

「あと、もう一つお伝えしたいことが」バッド氏が言った。「これは忘れてはいけない。この男で間違いなければ幸いなんですが。でないと、わたしは身を滅ぼしかねない――」

バッド氏は思い余ったように自分のソフト帽をくしゃくしゃにつぶしながら、テーブルの上に身を乗り出し、理髪師としての自らの背信行為について苦しげに語りだした。


「ツー、ツ、ツ、ツ、ツー、ツー、ツ、ツ、ツー、ツ、ツ――」

「ズー、ズ、ズ、ズー、ズ、ズー、ズー、ズ――」

「ツー、ツ、ツ」

オーステンデ（ベルギー北西部の港市）行きの定期郵便船ミランダ号にいる無線通信士の指が、せわしなく動きながら、蚊の一群を想わせる音を発する通信文を書き留めた。

　あるくだりを見て通信員は笑いだした。

「船長(おやじさん)に早くこれを読んでもらわないと」

　おやじさんは通信文に目を走らせると頭をかき、呼び鈴を押して給仕を呼んだ。命を受けた給仕が小さな丸い執務室へ小走りで向かってみると、事務長(パーサー)が金を勘定し、額を帳簿に記入し、今夜の分として容器にしまって鍵をかけていた。事務長は船長の伝言を受け取るなり、容器をすばやく金庫に入れ、乗客名簿を手にして船尾（船長の居室がある）に向かった。短い話し合いがなされたあと、また呼び鈴が押された。呼ばれたのは給仕頭だった。

「ツー、ツ、ツ、ツー、ツ、ツ、ツー、ツー、ツ、ツー」

　イギリス海峡一帯、北海全域、マージー船着場(ドック)（マージー川はイングランド北部ダービーシャーからアイリッシュ海に注ぐ川）から大西洋にいたるまで、せわしない蚊の一群が広がった。全船の長に対して無線通信士は知らせるべきことを知らせ、船長はその内容を事務長に送り、事務長は給仕頭に送り、給仕頭は部下を呼び集めた。大型定期船、小型定期船、駆逐艦、個人所有の豪華快走船など、通信機器を備えた船舶すべて、またイギリス、フランス、オランダ、ドイツ、デンマーク、ノルウェイのすべての港、さらには蚊の一群に似た音を発する通信文を解読できるすべての警察署が、込み上げる哄笑(こうしょう)と興奮を抑えつつバッド氏の密告を受け止めた。クロイドンのボーイスカウト二団体も、自家製の通信機器で作業をおこない、四苦八苦しながら通信文を読み取った。

「なんだこりゃ」ジムがジョージに言った。「なんの冗談だ。当局は物乞いでも捕まえるつもりかね」

　ミランダ号は午前七時にオーステンデのドックに入った。一人の男が船室に飛び込んできた。ちょうど無線通信士がヘッドホンを外そうとするところだった。

「ほれ！」男が叫んだ。「これを頼む。一つ連絡が来たんだ。船長（おやじさん）が警察を呼びにやった。領事が乗船してくる」

　通信士は不満げにうーんとひと声発すると、また指を走らせだした。

「ツー、ツ、ツー」イギリス警察への通報だ。

「人相書に一致する男が乗船。ワトソンなる名前で搭乗券を予約。船室にこもり、出てくるのを拒否。理髪師を呼べと要求中。オーステンデ警察には通報済み。ご指示を仰ぎたし」

　おやじさんがずけずけした物言いとえらそうな身ぶりで、一等船室三六番の前に落ち着かないようすで群がっている乗客を掻き分けて進んだ。「何か知らないが一大事だ」と、かぎつけたらしい客もちらほらいる。船長は自信たっぷりのていで、バッグやスーツケースを持った客を舷門のあたりまで退かせた。次いで、両手いっぱいに朝食を載せた食器を持った給仕たちを戸口からぐいと遠ざけると、いっさい口を開くなと怖い顔で命じた。かたわらでは四、五人の船員が立って船長のようすを見つめている。再びあたりが静まると、三六番の客が狭い船室のなかを行ったり来たりしたり、物を動かしたり鳴らしたり、水をはねかけたりする音が聞こえた。

　ほどなくして階上の足音が近づいてきた。誰かが着いたという知らせが届いた。船長はうなずいた。ベルギー警察官の計一二本の脚が甲板昇降口をそっと降りてくる音がした。船長は差し出された身分証明書をちらりと見て、またうなずいた。

「じゃ、行くぞ」

「ええ」

船長は三六番の扉をノックした。

「誰だ」なかからしわがれ声が鋭く叫んだ。

「お呼びになった理髪師が来ました」

「そうか！」ほっとしたような答えが返ってきた。「一人で入ってくれないか。ちょっとまずいことが起きて」

「わかりました」

かんぬきがそっと外される音がするなり、船長はすっと前へ進み出た。扉が細く開いたが、すぐまた閉まりかけた。だが船長の片方の靴が隙間にぐいと押し込まれた。警察官がなかへなだれこんだ。一等船室の窓を通して、悲鳴ややむなく物を壊したりするやらの音が響いたすえ、客が外へ引きずり出された。

「ピンク色をかぶせてくれ！」大先生が金切り声を上げた。「やつが夜のうちに裏切(ゴーン・グリーン)ったんじゃなけりゃ、おれをピンクにしてくれ」

緑色！

無駄ではなかったのだ、化学染料の複雑な相互反応について研究していたことは。専門知識の持ち主としての誇りを胸に、バッド氏はくだんの客に印をつけておき、何千万人からなる人口過剰なこの世の中でも客の存在をわかりやすくした。オウムよろしく髪全体が緑一色となった殺人犯の姿を見落とすような港が、キリスト教世界に一つとてありえようか。口ひげもまゆげも緑だ。目にも鮮やかな、燃え上がらんばかりの、盛夏を想わせる緑色の、たっぷりもじゃもじゃ生えた髪。

バッド氏は五〇〇ポンドを手にした。〈イブニング・メッセンジャー〉には一大密告譚の一部始終が載った。こうして不本意にも知名度が高まったがゆえに、バッド氏は震えおののく次第となった。もう誰も自分の店には来てくれまい。

翌朝、びっくりするほど大きな青のリムジンが、ウィルトン街の住人たちの羨望のまなざしを浴びながらバッド氏の店の前に停まった。マスクラットの毛皮の外套をまといダイヤで身を飾り立てた女性が車から降り立ち、さっそうと店内へ入った。

「あなたがバッドさんなのね。あの評判のバッドさんでしょ。もう、すっばらしいじゃありませんか。だから、ねえ、バッドさん、お願いを聞いていただかないと。わたくしの髪を緑に染めてくださいな、今すぐに。ね、わたくし言いたいのよ、あなたに染めていただいたいちばん初めの人間だと。わたくし、ウィンチェスター公爵の妻よ。あのいやらしいメルカスターの女が通りを追いかけてきて――メスネコが！」

ご要望の向きがおられれば、ボンド街にできたバッド氏の美容院の所番地をお教えできます。とはいえ、料金は目の玉が飛び出るほどになるでしょうが。

訳者あとがき

本書は、イギリスの女性大御所探偵小説家、ドロシー・L・セイヤーズ（一八九三〜一九五七）の短篇を一三作選択し、訳出したものである。内訳は、モンタギュー・エッグ物六作、ピーター・ウィムジイ卿物一作、ノンシリーズ物六作。底本には左記の各初版を使用し、適宜 *Dorothy L. Sayers The Complete Stories*（Harper & Row, 1972）を参照した。

なお、執筆年を考えて冒頭に置いた「アリババの呪文」を除く作品の収録順は、底本の短篇集 *Hangman's Holiday*（Gollancz, 1933）および *In the Teeth of the Evidence*（Gollancz, 1939）での順番に従った。ピーター・ウィムジイ卿物を除く双方の収録作は次のとおり。

Hangman's Holiday

「毒入りダウ'08年物ワイン」（"The Poisoned Dow '08"）
「香水を追跡する」（"Sleuth on the Scent"）
「朝の殺人」（"Murder in the Morning"）
「一人だけ多すぎる」（"One Too Many"）
「ペンテコストの殺人」（"Murder at Pentecost"）
「マヘル・シャラル・ハシュバズ」（"Maher-shalal-hashbaz"）

以上、モンタギュー・エッグ物。
「殺人法を知っていた男」("The Man Who Knew How")
「噴水の戯れ」("The Fountain Play")
以上、ノンシリーズ物

In the Teeth of the Evidence
「ゴールを狙い撃ち」("A Shot at Goal")
「ただ同然で」("Dirt Cheap")
「ビターアーモンド」("Bitter Almonds")
「偽りの振り玉」("False Weight")
「教授の原稿」("The Professor's Manuscript")
以上、モンタギュー・エッグ物
「牛乳瓶」("The Milk Bottles")
「板ばさみ」("Dilemma")
「屋根を越えた矢」("An Arrow o'er the House")
「ネブカドネザル」("Nebuchadnezzar")
「バッド氏の霊感」("The Inspiration of Mr. Budd")
以上、ノンシリーズ物

では本書収録作を紹介する（なお、本稿校正のさなか、ネット上のあるミステリ系雑誌に、セイヤーズのいくつかの作品についての言及があると、編集部から教えていただいたが、当方は未見なので、残念ながら参考にできなかった）。

「アリババの呪文」（"The Adventurous Exploit of the Cave of Ali Baba"）……初出は作者初の短篇集で、ピーター・ウィムジイ卿を主人公とする *Lord Peter Views the Body*（Gollancz, 1928）。

読者はのっけから不安と混乱に陥らされる。うさんくさい地域の、うさんくさい家屋に住んでいるらしき、うさんくさい人物――身なりやしぐさはお上品なだけに、なおさら――の淡々たる描写。いや、何より、セイヤーズが生み出した貴族の素人探偵で、おなじみのピーター・ウィムジイ卿がもはやこの世の人ではないことを示す新聞記事。え、ピーター卿は死んだのか。ならばこの作品、読み進める意味があるのか。そう思われた向きもあろうか。それもまた、うべなるかな。とまれ、セイヤーズを愛でる者なれば、まずは頁を繰るに如くはなし。

中盤から主舞台となるのは、映画『アイズワイドシャット』（スタンブリー・キューブリック監督、一九九九）を想わせる謎の集会だ。はたしてトム・クルーズ演じる開業医と同じ立場に置かれたのは誰か――ニコール・キッドマンに当たる美女の登場は、ありやなしや。先の読めぬ展開、いや増す緊張。出席者が同じく仮面をつけた会を描いた映像作品でも、アガサ・クリスティの「戦勝舞踏会事件」（一九二三）を原作とするイギリスＩＴＶの同名ドラマ（一九九一）は、殺人を扱いながらも、華やかで軽やかな雰囲気に包まれているが、本作「アリババの呪文」の会は明らかに『アイズワイドシャット』組に属する。

本作は実のところセイヤーズの持ち味たる本格謎解き物ではない。それでも、シャーロック・ホームズ物の愛好者なら、短篇小説「空き家の冒険」（一九〇三）、いや衝撃を与える表現という意味ではむしろ、BBCドラマ『SHERLOCK（シャーロック）』の「空の霊柩車」に劣らぬほどの興味を抱かせる冒険譚になっている。

ピーター・ウィムジイ卿の人物像について、批評家マーサ・ヘイリー・デュボースが説得力ある指摘をしているので、少し長いが引用しよう（拙訳）。

ともかくピーター卿が最も似ているのは、実は生みの親自身だ。人物像の核となっているのは、特徴や性格の面でドロシー自身を想わせる架空の主人公だ。ことによると、だから今日まで卿は生き残れたし、卿を通じてドロシーも生き残れたのかもしれない。この著者と主人公は同じ硬貨の裏表だ――知性と教養があり、言葉と音楽を愛し、うわべは反抗的で野卑だが伝統と義務には忠実で、秘密主義で、好色で、傲慢だが自己不信の念も抱き、活動に便利なようにと実にうまく自分の生活を区分できる能力を具えた存在だ。少女時代のドロシーを評した言葉を用いれば、両者は旧来の社会環境における〝へんてこ人間〟だった。

（*Women of Mystery*, St. Martin's Press, 2000, p.198）

少なくともピーター卿に関しては、長篇よりはむしろ短篇を読むときのほうが、こうした指摘は胸に落ちやすい。しかも、ついでに言っておくが、セイヤーズ作品における謎解きの妙味としては、短篇のほうが上回っている。長篇では犯人が途中でおよそ判明したまま、あっと驚く逆転劇もなく終わる作品が複数ある。

ここで、内容理解のためには一定量の説明を要するがゆえに、あえて本文中に割注を入れずにおいた二件の語句について、新情報として説明しておく。

謎の舞踏会の場で、蓄音機から流れる「だあれもあたしを愛しちゃくれない」(“There ain't nobody loves me”)について。アメリカの人気ロックバンド、スリー・ドッグ・ナイトのかつての大ヒット曲(一九七一)の題名を借りれば、“An Old Fashioned Love Song”であるらしいと語り手が評したこの歌は、どうも実在しないようだ。元来イギリスではain'tという言い方はめったに用いられない。少なくともアメリカの場合と比べると頻度はずっと低い。制作年代からすると、いささか似ている歌を挙げるなら、“Nobody loves me”(作詞ハリー・B・スミス、作曲ビクター・ハーバート、一九〇七)か。ただ、この発表の地はニューヨークらしいが。

「フロス・ブロウワー(Froth Blower)のカフリンクス」について(感興をそいでしまうので、これがどんな場面での誰の台詞に出てきたのかは伏せておく)。

フロス・ブロウワーは、ほかのセイヤーズ作品でも言及されている。ともに長篇、『不自然な死』(一九二七)と『ベローナ・クラブの不愉快な事件』(一九二八)だ。これがどんな存在かを述べる前に、まず既訳の該当箇所を引いてみよう。

「心配しないでください」客は申し訳なげに言った。「別に石鹸や蓄音機を売りつけたり、借金を申しこんだり、〈名題泡吹きの会〉(実在したビール飲みの会)だの慈善団体だのに勧誘したりしに来たわけじゃありませんから。僕は本当にピーター・ウィムジイ卿なんです（後略）」（『不自然な死』浅羽莢子訳、創元推理文庫、一九九四、五〇頁）

「いや、やっとらん――だってできんじゃないか、知りもせん人に電話して――」
「泡吹きの会の歌を唄うなんて、かね？　呆れたな。他人から見たら、五十ポンドの大金じゃなくて亡くした傘でも追いかけているんだと思いかねない。（後略）」（『ベローナ・クラブの不愉快な事件』浅羽莢子訳、創元推理文庫、一九九五、六七頁）

前者の「〈名題泡吹きの会〉だの慈善団体だの」の原語句は、the Ancient Froth-blowers or anything charitable で、後者の「泡吹きの会の歌」の原語句は the Froth-Blowers' Anthem だ。

イギリス文化に対する読者の理解増進に寄与すべく、一言しておく。浅羽氏の訳文はさすがにこの両場面でも歯切れよいが、実のところフロス・ブロウワーは、単にビールを飲み合う会というより、紳士や退役軍人などによって運営され、娯楽も含めて幅広く活動したイギリスの慈善団体だ。正式名称を Ancient Order of Froth Blowers といい、一九二四年から三一年まで存続した。Order とは、中世の騎士団とか、騎士団を模した現代の結社とかいう意味だ。右記の The Ancient Froth-blowers or anything charitable の or は、「～だの」というより、「～などの、～といったような」と解したほうがよさそうだ。たしかにセイヤーズの書き方そのものも、作品によって変えていて、ややあいまいな感じではあるが。

いずれにしろ、相手が理解できるのか否かなどおかまいなく、紳士連からなる慈善団体の名をあっさり口にする御仁……おっと、危うくカフリンクスの持ち主の名をさらしてしまうところだった。

訳出に際しては、河野一郎訳「アリババの呪文」（リチャード・ハル、ドロシー・L・セイヤーズ『伯母殺人事件・疑惑』所収。中村能三訳、河野一郎訳、嶋中文庫――グレート・ミステリーズ〈12〉、二〇〇五）を参照した。この短篇集の出版年はまだ新しいが、訳出自体は半世紀以上前になされたようだ。フロス・ブロウワーの場合と同じく、文化的背景を理解すればするほど、本作の理解もさらに増すだろうから、ここでも新訳ならではの新情報として、以下の二カ所について説明しておく。

居酒屋でロジャーズを一味に引き入れようと説くなかで、ジュークスが儲けの取り分を訊かれ、仲間と公平に分けることになると答えた場面。

「ん？　まさか」

「指切りげんまん、うそついたらなんとやら、だ（"See that wet, see that dry!"）」ジュークスは笑った。

See that wet云々は、かつてイギリスの子どものあいだで流行った戯言だ。see that dry.のあとには、Whack my back if I tell a lie.と続く。うそついたら「針千本飲ます」のではなく、「背中をぴしりと叩く」のだと。これには変種もあり、「神様にのどを切られる（God cut my throat）」こともある。さらなる変種、See it wet see it dry, hope to die if tell a lie.となると、dryとdieとlieで脚韻を踏ませていて、表現はまことに詩情豊かだが、内容は直截の一言だ。遊戯の際のこうした呪文は、一九世紀末には口にされていたようだ。次の一書など、参考になるし（とくに五四三頁）、読み物としても興味深い。N. G. N. Kelsey, *Games, Rhymes, and Wordplay of London Children,* (ed. Janet E. Alton and J. D. A. Widdowson, Palgrave Macmillan, 2009)

「バルマク家さながらの、見せかけだけのもてなしか、なるほどね（"ABarmecide feast, I see"）」

やはりここも、どんな場面での誰の台詞かは伏せておく。バルマク家とは八世紀に権勢をふるった実在のイラン系名門貴族だ。『アラビアンナイト』にも登場する。そのなかの、物乞いの男をもてなしてやるが、食卓に出したのが空の器だったという話にもとづくのが右記の表現だ。まさに本作「アリババの呪文」ならではの一言であり、この名前を訳出しない手はない。

ここからモンタギュー・エッグ物の紹介に移る。

「毒入りダウ'08年物ワイン」……初出は*The Passing Show*誌（一九三三年二月二五日号）。掲載時の題名は"The Poisoned Port"だった。

上得意の貴族が、こともあろうに自社のワインを飲んだあと命を落としたと知り、愛社精神あふれるエッグは死因を突き止めようと捜査員に協力する。第一作にふさわしく、エッグが持ち前の眼力を働かせ機転を利かせる場面が簡明にして鮮烈。悲惨な状況なのに、なにかほのぼのとしているところが、いかにもエッグ物らしい。つまり、第一作たるにふさわしい。

「香水を追跡する」……初出は *The Passing Show* 誌（一九三三年三月四日号）。

悪天候ゆえに外回りもままならず、やむなく入ったうらぶれた宿のラウンジで、エッグはいろいろな客と語らう。そのなかで、ある殺人犯が当地に潜伏している可能性があることを知る。しかも困ったことには、公開された人相が誰にでも当てはまりそうなのだという。居合わせた者たちは不安に襲われる。もしや自分は凶悪犯と同席しているのでは……。最後にさりげなく示されるエッグの観察眼の鋭さに、感心するほかない。正体不明の犯人の影におびえる一般人。怖い話だ。この見えざる犯人を「コロナ」の具現化と考えると、本作から現代社会の様相をも読み取ることが可能だから。

「マヘル・シャラル・ハシュバズ」……初出は *The Passing Show* 誌（一九三三年四月一日号）。

冒頭からほどなく、ん、これはホームズ物のあの名作に似ているなと、思わずにんまりする読者も少なからずや。なにしろ、当方の好みに合うネコをお持ち込みの方には一〇シリング進呈。そんな広告が新聞に載ったのだから。一〇シリングは、すなわち半ポンド。今の日本円では五〇〇〇円から一万円足らずだろうか（文脈からすると、むしろ少額の感もあるが、当時の不況ゆえのことかもしれない）。読者のなかでも年季の入った向きなら、エラリー・クイーンの「七匹の黒猫の冒険」（一九三四）が頭に浮かぶか。かくも好ましき謎多かりし一篇。

「ゴールを狙い撃ち」……初出は *The Passing Show* 誌（一九三五年二月二日号）。

小さな町の有力者が撲殺された。強烈な個性の持ち主で、生前は町の発展に寄与した反面、いろいろ地元民の反発も買っていた。息子とも軋轢があったようだ。遺体の左手には紙切れが握られていた。

ここに記されてあることを読み解くのが鍵だ。犯人特定に与って力があったのは、やはりといおうか、エッグ氏の観察眼だった。エドガー・アラン・ポオの快作ならぬ怪作「黄金虫」（一八四五）にも通じる一篇（「紙」の種類は違うが）。

「ただ同然で（ダート・チープ）」……*In the Teeth of the Evidence* への収録が初出？　一九三六年の作だという情報もあるが、未確認。

外回りのさなか、エッグ氏はまたしても薄汚い宿に泊まる羽目となる。ところが災難はそれだけではなかった。隣室の男性が何者かに殺された。しかも、故人が死のまぎわに発したのか、苦しげな大声を耳にしていながら、エッグ氏は何もしなかったうえ、あろうことか犯人とおぼしき人物と壁越しに言葉を交わしていたのだ。エッグ氏は自責の念に駆られ、警察の捜査にすすんで協力する。今回の肝は街の大型時計をはじめとする時計の存在だ。最後にエッグ氏が放った一言には、わたしたちはどんな反応をするべきか。耳に入っていながら聴いていないがゆえに……。まるでチェスタトンの問題作「ミダスの仮面」（一九三六、『法螺吹き友の会』所収、井伊順彦訳、論創社、二〇一二）だ。

「偽りの振り玉」……初出は *The Passing Show* 誌（一九三四年七月二八日号）。本邦初訳。

泊まるつもりもなかった宿で起きた殺人事件の場にまたも居合わせてしまい、好奇心を刺激されたエッグ氏は、つい〝わらじを脱ぐ〟気になる。なんと今回の被害者は、業種こそ違え同じく訪問販売員で、顔なじみの男性だ。「ただ同然で（ダート・チープ）」にもまして、宿の時計の存在が鍵を握る。ただ今回、最後に物を言うのは、エッグ氏の鋭い目というより深い読みだ。謎解きの妙が光る。

ここからはノンシリーズ物だ。どれも読みごたえ十分。

「噴水の戯れ」……初出は *Harper's Bazaar* 誌（一九三二年一二月号）。財力を有し、庭つきの邸宅を構え、年ごろの愛娘にも恵まれ、親しい女性もいる中年男。何一つ不自由のない暮らしをしているはずなのに、なぜか、ある人物には何かにつけ遠慮しているように見える。そうして、人が命を落とした。はたして事故か事件か。途中で犯人はわかるので、倒叙物の一種だ。微妙な心理のかけひきを持ち味とするオー・ヘンリーふうの一篇。登場する従僕は、おなじみのバンターとは対照をなす存在だ。

「牛乳瓶」……*In the Teeth of the Evidence* への収録が初出？　本邦初訳。一九三二年の作という情報もあるが、未確認。

全篇にみなぎる諧謔精神、ロンドンという大都会ならではの匿名性や事件性、一本の新聞記事が〝でっちあげられる〟までの業界裏事情、取材対象たる庶民の生き生きした言葉遣い、真相の意外性、当事者が口にした最後の一言、どれを取っても読みごたえ十分。広告業界に身を置いていた作者の経験も生きている。殺人など陰惨な事件がなくても、良質のミステリ作品は成立しうることを示した点では、セイヤーズの『学寮祭の夜』（一九三五）にも通じる。訳者としては、本書中、三本の指に入れたい佳品。

「板ばさみ」……*In the Teeth of the Evidence* への収録が初出？　一九三四年の作だという情報もあ

るが、未確認。

仲間たちが集まった喫煙室での一席で、ある男が体験談を語りだした。聴いてみると、にわかには当否の判断がつきかねる事例だ。さて一同の反応は。はたして話者は実在した状況を言葉によって再現せしめているのか、それとも話者の言葉は無から有を創造、いや正確には捏造しているのか。すなわち言葉と物事との乖離のほどは如何。あたかも、かのミシェル・フーコーの快著（一九六六）における問題意識を体現しているかのような内容で、短いながら巻を措く能わずの快作。

「屋根を越えた矢」……初出は *The Strand Magazine* 誌（一九三四年五月号）。

自分が世間から不当に評価されていると思い込んだ作家が、怨念を晴らさんがため、腹心の女性秘書も引き込んで奸策を弄する話。実際ありうることだと妙に納得する。同類の作家を扱った一篇として、ジョン・アップダイク「ベック・ノワール」（『ザ・ニューヨーカー』一九九八年六月八日号、『アメリカミステリ傑作選　２００１』所収、井伊順彦訳、ＤＨＣ、二〇〇一）を挙げておく。かたやアメリカのユダヤ系男性純文学作家、かたやイギリスの（おそらくはユダヤ人のことが好きでない）女性探偵小説家。知性派という共通項を除けば色合いの異なる両名が、この手の作品ではお決まりの悲喜劇ふう結末にいたるまで、同工異曲ならぬ同工同曲を奏でている。

「ネブカドネザル」……*In the Teeth of the Evidence* への収録が初出。本邦初訳。

ネブカドネザルの説明が冒頭にある。動作と言葉を組み合わせた遊戯の一種だ。英単語にひそむ意味の重層性を生かした奇譚といえば、先述したチェスタトンの『法螺吹き友の会』（一九二五）がまさにそう。言葉の魔術師たる作者の才知が満載の奇譚だ。本作では、英語のみならず旧約聖書の登場人物の名前も絡む。洪水のごとく繰り出される単語群は、何を示唆しているがゆえに、心当たりのある者の緊張や動揺を誘うのか。臨場感あふれる傑作。ちなみにネブカドネザルのようすについては、同じイギリスの探偵小説家ニコラス・ブレイクの長篇、『短刀を忍ばせ微笑む者』（一九三九）第九章「ネブカドネザルの逸話」にも言及がある（井伊順彦訳、論創社、二〇一三、一六〇〜一六一頁）。

「バッド氏の霊感」……初出は *Detective Story Magazine* 誌（一九二五年一一月二一日号）。掲載時の題名は"Mr. Budd's Inspiration"だった。

主人公が自分の現状に飽き足らなかったり、はからずも疑心暗鬼に陥ったりする点では、「ネブカドネザル」に通じる。筋の運びも前作に劣らず巧みだが、本作はそこはかとなく喜劇風味を漂わせる。作品空間の雄大性、題材の新奇性、展開の独創性、主人公と客との対話の妙、さらには最後のしたたかな一言にいたるまで、再読・三読に値する逸品。同種の材を採ったヒッチコック映画の傑作群、『下宿人』（一九二七）や『断崖』（一九四一）、『裏窓』（一九五四）などにも迫らんばかりか？

エッグ物とノンシリーズ物の訳出に際して、かつての探偵小説雑誌『新青年』（博文館、一九二〇〜五〇）所収の作品にいくつか目を通した。しかしながら、巧みな筆遣いは楽しめたものの、訳文の抜けや誤りなどがあまりにも目につくうえ、ほとんど創作ではないかと思われる箇所も少なからずあり、残念ながら参考にはならなかった。翻訳というものに対する当時の概念が垣間見えて、その点での収穫はあったが。

本書に未収録のエッグ物五作のうち、三作は以下の各短篇集に収録されている。それぞれ初出誌と解説（拙稿）の一部を挙げておく（「ビターアーモンド」については、あらすじの一部を。「毒入りダウ'08年物ワイン」との比較の妙ゆえに）。

「朝の殺人」（"Murder in the Morning"）……中勢津子訳、『英国モダニズム短篇集　自分の同類を愛した男』（編・解説　井伊順彦、風濤社、二〇一四）所収。初出は *The Passing Show* 誌（一九三三年三月一一日号）。本邦初訳。

「率直なところ、とくに凝った筋のひねりに出会えるわけでもないが、モンタギュー・エッグ物の入門篇としては手ごろな一品だ。セイヤーズの長篇作品に文体にときおり感じる衒学めいたくさみがなく、パズルふうの謎解きが小気味よい」

「一人だけ多すぎる」（"One Too Many"）……中勢津子訳、前掲書所収。初出は *The Passing Show* 誌（一九三三年三月一八日号）。本邦初訳。

「派手な展開や衝撃の結末とは無縁ながら、まるでF・W・クロフツか西村京太郎を想わせる達者な鉄道ミステリだ。たとえばクロフツでいうなら、『死の鉄路』（一九三二）や『列車の謎』（一九四六）のような本格派には及ばずとも、『少年探偵ロビンの冒険』（一九四七）における鉄道がらみの謎には負けていない」

「ビターアーモンド」（"Bitter Almonds"）……中勢津子訳、『英国モダニズム短篇集2　世を騒がす

嘘つき男』（編・解説　井伊順彦、風濤社、二〇一四）所収。初出は*The Passing Show*誌（一九三四年六月三〇日号）。本邦初訳。

「上得意の客バーナード・ウィプリー氏の死を新聞で知り、エッグは思わず嘆く。ウィプリー氏は夕食後にリキュールを飲み、青酸中毒を起こしたらしい。酒造会社プラメット&ローズ商会の社員として、自分が売った酒のせいで客が亡くなったとは。そのときたまたまウィプリー氏の屋敷からほど遠からぬ土地にいたエッグは、自社の製品が無害であることを証言しようと、ウィプリー氏の検死審問に顔を出した。（中略）ふだんはリキュールを嫌っていたウィプリー氏の口元から、なぜリキュールのにおいが漂っていたのか」

ここでも「毒入りダウ'08年物ワイン」などの場合と同じく、エッグ氏の愛社精神が発揮されるさまが読み取れ、思わずほおが緩む。右記三作のなかでは一番の出来だろう。

エッグ物の残り二作についても翻訳掲載誌と初出誌を挙げておく。

「ペンテコストの殺人」（"Murder at Pentecost"）……浅羽莢子訳、『創元推理』（東京創元社、15号、一九九六年冬号）所収。初出は*The Passing Show*誌（一九三三年三月二五日号）。

「教授の原稿」（"The Professor's Manuscript"）……延原泰子訳、『ミステリマガジン』（早川書房、一九八五年七月号）所収。初出は*The Passing Show*誌（一九三四年一〇月二〇日号）。

本書の主役モンタギュー・エッグ氏の人物像については、明確な個性に欠けるというのが国内外の評家のほぼ一致した見方だ。たとえば探偵小説批評界の大御所ハワード・ヘイクラフトは、『娯楽としての殺人――探偵小説・成長とその時代』（一九四一）のなかで、セイヤーズ作品の文学性を高く買っている一方、エッグのことはまことにつれなく片づけているのみだ（第七章）。なるほど。たしかにセイヤーズ作品の花形ピーター・ウィムジイと比べれば明らかに、また同じく女性大御所であるアガサ・クリスティの〝主役二番手〟ミス・マープルと比べても、エッグが読者にわかりやすい魅力を欠く点は否めない。せいぜいクリスティ作品の〝主役三番手〟パーカー・パイン級だろうか。

しかし、一つ興味深い見解を紹介しておく。アメリカの哲学者ロバート・ザスラフスキー博士が、探偵小説関連の評論誌 *The Armchair Detective* の一九八六年冬号に寄稿した論攷、〝The Divine Detective in the Guilty Vicarage〟のなかで示したエッグ評だ。実のところ、これは本文で詳しく扱ったわけではなく、脚注に短く記しただけのものではあるが、エッグが身にまとった宗教性を博士は指摘している。エッグの勧める酒造会社の名〈プラメット&ローズ〉（Plummet & Rose）とは、「急落と上昇」すなわち「死亡と復活」を意味するという。またエッグがつねに持ち歩いている『販売員必携』は、いわば世俗版の聖書だと。加えてエッグ（すなわち卵）という名前自体にも宗教性を嗅ぎ取り、博士は次のように述べている（拙訳）。

「〝モンタギュー〟とは〝険しい丘〟すなわちカルバリの丘（イエスが磔にされたゴルゴタの丘のラテン語名）の意で、〝エッグ〟は世界と生命の謎との象徴であり、復活祭の関連におけるキリストの受難の象徴なのだ」（六八頁）

右記の所見を支持するか否かはともかく、一見なんの変哲もないかのように思われるエッグ氏の人物像も、ロシア文学者の江川卓氏が『罪と罰』などについておこなったような、様々な角度からの深読みが可能だということだ。その点ではパーカー・パイン氏を凌ぐ存在だろう。

ところで、せっかく今回、「アリババの呪文」を翻訳したことで久しぶりに河野一郎氏の訳文と向き合えたので、ここで一言しておこう。わたしは学生のころから、河野先生の手になる刊行物で多くを学んできた。たとえばエミリー・ブロンテの『嵐が丘』を日本語で読むなら、今でも河野訳（中央公論社）か、あとは強いていえば田中西二郎訳（新潮文庫）しか頁を繰る気がしない。「アリババの呪文」の訳文に関して、前述のとおり河野訳には出ていなかった点を一部指摘したのは、先人の背中を追ってきた後進の勉学の成果が、わずかなりと表れたゆえのことだ。

本稿を締めくくるにあたり、まず誰よりも巻頭へ書下ろしの推薦文を寄せて下さったドロシー・L・セイヤーズ協会のMs.Jasmine Simeoneにお礼申し上げたい。ジャスミン（とセイヤーズ協会の流儀にならって）はドロシー・L・セイヤーズ協会事務局長にして、同会機関誌の編集主幹でもある。彼女から推薦文をいただけた本書はセイヤーズ協会お墨付きの作品集と言えるだろう。

さらに、ジャスミンには「バッド氏の霊感」の不明な語義について、ていねいに教えていただいた。

また、論創社編集部の林威一郎氏にも同じくお礼を。コリン・ウィルソンの特異な長篇ミステリ小説『必須の疑念』の訳書を上梓したときと同じく、訳文が活字になるまでに、手綱を巧みに緩めて当方が仕事しやすい場を作っていただいた。

途中から本書の担当を引き継がれた黒田明氏にも同じくお礼を。度重なる打ち合わせや休日返上で編集作業にあたった獅子奮迅のご活躍ぶりには心からの敬意を表したい。

さらに本書に関する最終作業において、組版フレックスアートの加藤靖司氏には短い時間のなかでまさにご無理を聞いていただいた。特別の感謝の念を捧げたい。

翻訳に手を染めるようになってほぼ二〇年。翻訳をとくに生業とはしておらず、しかも鈍感な性分は治ることのないわたしでも、一冊の翻訳書を刊行するまでには関係者諸氏の貴重なご尽力があることをさすがに実感できるようになった。しかし、今回の作業の際ほど、その思いを強く持ったことはかつてなかった。おかげさまで、世のセイヤーズ愛読者の批評眼にも耐えうる一冊を仕上げられたと信じている。

わずか一作ながらピーター・ウィムジイ卿物も扱ってみて、セイヤーズの教養や筆力にはあらためて感じ入った。酒造会社の訪問販売員の次は、風変わりな青年貴族を主人公とする短篇作品集を訳出すべく、すでに準備を始めている。

〔著者〕
ドロシー・L・セイヤーズ
ドロシー・レイ・セイヤーズ。1893年、英国オックスフォード生まれ。コピーライターの傍ら執筆活動を行い、1923年に「誰の死体？」を発表。ミステリ作家親睦団体〈ディテクション・クラブ〉の会長も務めた。1957年死去。

〔編訳者〕
井伊順彦（いい・のぶひこ）
早稲田大学大学院博士前期課程（英文学専攻）修了。英文学者。編訳書に20世紀英国モダニズム小説集成『自分の同類を愛した男』、『世を騒がす噓つき男』（ともに風濤社）など。訳書に『知りすぎた男』、『法螺吹き友の会』、『ワシントン・スクエアの謎』、『必須の疑念』（いずれも論創社）など多数。英国のトマス・ハーディ協会、ジョウゼフ・コンラッド協会、バーバラ・ピム協会の各会員。

モンタギュー・エッグ氏の事件簿（しじけんぼ）
――論創海外ミステリ　258

2020年11月10日　初版第1刷印刷
2020年11月20日　初版第1刷発行

著　者　ドロシー・L・セイヤーズ
編訳者　井伊順彦
装　丁　奥定泰之
発行人　森下紀夫
発行所　論 創 社
〒101-0051 東京都千代田区神田神保町2-23 北井ビル
TEL:03-3264-5254　FAX:03-3264-5232　振替口座 00160-1-155266
WEB:http://www.ronso.co.jp

組版　フレックスアート
印刷・製本　中央精版印刷

ISBN978-4-8460-1996-9